Von Maulwürfen, Männern und anderen Tieren

Kurze Geschichten

»Man darf sich nicht zu billig verkaufen. Die anderen denken sonst, die Arbeit, die man macht, ist nichts wert.«

(Zitat aus dem Buch)

Die kurzen Geschichten von Maulwürfen, Männern und anderen Tieren sind in Dankbarkeit allen gewidmet, die – wie auch immer – dazu beigetragen haben, dass ich der bin, der ich hätte sein können.

(der Autor)

SIEGFRIED SCHÜLLER

VON MAULWÜRFEN, MÄNNERN UND ANDEREN TIEREN

KURZE GESCHICHTEN

Bibliografische Information der Deutschen Nationalbibliothek:
Die Deutsche Nationalbibliothek verzeichnet diese Publikation
in der Deutschen Nationalbibliografie; detaillierte bibliografische Daten sind im Internet über http://dnb.dnb.de abrufbar.

© 2017 Siegfried Schüller

Kontakt: siegfried.schueller@online.de
Homepage: www.worte-gegen-den-wind.de

Illustrationen: Tom Meilhammer

Autorenfoto auf der Buchrückseite: Elfi Schüller

Herstellung und Verlag: BoD – Books on Demand, Norderstedt

ISBN: 978-3-7431-8880-8

INHALTSVERZEICHNIS

Auf Leben und Tod 7
Navi hin, Navi her, sich verfahren ist nicht schwer 13
Der Herr der Fliegen 17
Das Wunder von Ampfling 22
Wie Adam zu Eva kam und die Tiere zu ihren Namen 28
Lichtpausen 37
Rotkäppchen reloaded 44
Auf dem Holzweg 46
Wenn der Goldfisch zweimal klingelt 54
Das Fenster zum Jenseits 63
Wenn der Briefträger dreimal klingelt 75
Frühaufsteher 80
Verkehrte Welt 81
Drama am Feldklo 83
Loreley lebt 85
Wer hat Angst vor Blau, blau, blau? 90
Warum der Rollmops Rollmops heisst 96
Was war da los in Bethlehems Stall? 99
Die Geschichte der tausendundzweiten und aller folgenden Nächte 104
Die Macht des Yoga 107
Rendezvous im Untergrund 109
Die Arie des Bären 110

Alptraum eines verhinderten Bundesbahnbeamten	117
Die Nacht der Kröten	120
Die Spinne	122
Panik im Waldpark	123
Prostlose Zeiten	130
Die Spatzenwette	134
Skillings letzter Einsatz	135
Bruder Schakal	147
D 300 – Nymphe im Nachtzug	151
Wie man günstig zu einer Liebesgeschichte kommt	156
Der da	162
Uschkureit geht	165
Der Kaiser von Deutschland	177
Das Modell des Minotaurus	180
Wolfsmond	184
Der Autor Siegfried Schüller	190
Der Illustrator Tom Meilhammer	192

AUF LEBEN UND TOD

Da lagen die zwei Leichen. ... Was tun? ... Die eine würde man auf dem üblichen Weg entsorgen können, aber wohin mit der anderen?
Dabei hatte alles ganz harmlos angefangen.

Arnos Nachbar ist ein ganz normaler Mensch – nicht so wie er selbst. Arno umarmt zum Beispiel den dicken Stamm seiner Birke und bittet den Baum um Verzeihung, ehe er einen störenden Ast absägt. Wer dies zufällig beobachtet, denkt garantiert: »Der tickt ja wohl nicht richtig!« – Ganz im Gegensatz zu Herrn Mälzer, Arnos Nachbarn. Der würde so etwas Seltsames nie tun. Der ist, wie gesagt, völlig normal. Das glauben alle. Jedenfalls alle, die ihn nicht so kennen, wie Arno ihn kennt. Arno aber weiß zum Beispiel, wie Mälzer seine Hecke schneidet oder seinen Rasen mäht.

Solche Arbeiten führt er mit eckigen Bewegungen und abartiger Hast aus, wobei er eine völlig verkrampfte Körperhaltung einnimmt und ein so verkniffenes Gesicht macht, dass man meinen könnte, jeder Grashalm, den er niedermäht, wäre sein persönlicher Feind.

Richtig schlimm wurde es mit Mälzer aber erst, nachdem seine Frau gestorben war. Von da an musste er neben seinem Beruf auch noch die ganze Haus- und Gartenarbeit erledigen. Seitdem schien er alles zu hassen, was seinen Ordnungssinn störte und ihm dadurch zusätzliche Mühen verursachte.

Sie sehen also: Arnos Nachbar ist völlig normal. – Erschreckend normal.

An einem Samstagmorgen im Spätherbst – Arno war gerade dabei seine Post aus dem Briefschlitz zu fingern – sprach ihn sein Nachbar am Gartenzaun an.
»Kommen Sie mal rüber und schauen Sie sich das an!«, sagte Mälzer unvermittelt und in ärgerlichem Befehlston.
»Guten Morgen erst mal, Herr Nachbar!«, sagte Arno.

»Ja, guten Morgen! – Von wegen guter Morgen, eine schöne Bescherung ist das!«, schimpfte Mälzer.

Um des lieben Friedens willen folgte Arno seinem Nachbarn in dessen Garten und überlegte dabei, was er ihm wohl angetan haben könnte. Aber dann sah er es schon. Arno atmete auf. Es war nicht seine Schuld, dass sein Nachbar so drauf war: Ein Maulwurf hatte ganze Arbeit geleistet und über Nacht Mälzers gepflegten Rasen in eine Miniatur-Mittelgebirgslandschaft verwandelt: überall frische, braune Kuppen, Hügel und Bergketten – sogar im Gemüsebeet.

»Nun sehen Sie sich *das* an!«, jammerte Mälzer. »Dabei hab ich im Frühjahr erst den Rasen neu angelegt und davor extra den ganzen Boden gründlich durchgefräst.«

»Eben!«, sagte Arno. »Da haben wir's! – Maulwürfe lieben lockeren Boden. Da können sie leicht und nach Herzenslust herumwühlen. Das gleiche Problem hatte ich auch schon. Ein halbes Jahr lang hab ich damals jedes Wochenende die neuen Haufen abgetragen und die übrige Erde mit dem Rechen verteilt. Irgendwann war wieder Ruhe. Entweder die Maulwürfe hatten alle Gänge fertig, oder sie haben's aufgegeben.«

»Oder sie sind ausgewandert«, fügte Mälzer bissig hinzu. »Zu mir!«

Arno verkniff sich ein Lachen. »Na ja, eigentlich sind's ja nützliche Tiere«, sagte er. »Und *ich* hab sie jedenfalls nicht rübergeschickt zu Ihnen.«

In den folgenden Wochen konnte Arno öfters beobachten, wie sein Nachbar Schubkarren voll frischer Erde zum Waldrand schob und dort auskippte.

Schließlich kam mit Frost und Schnee der Winter. Mälzer ließ sich kaum noch blicken, und vermutlich hatte auch der Maulwurf seine Schaufelarbeiten eingestellt.

Es wurde aber wieder Frühling: Der Schnee schmolz dahin, der gefrorene Boden taute auf und die ersten Krokusse schoben ihre grünen Spitzen ans Licht. Ende Februar gab es ein paar außergewöhnlich warme Tage. So warm, dass Arno eines Nachmittags seinen Liegestuhl aus dem Gartenhäuschen holte und sich mit einer Decke draußen in die Sonne setzte.

Er war allein, genoss die Ruhe und las ein Buch. Um ihn herum summten bereits die ersten Bienen, und Blaumeisen inspizierten ihren Nistkasten.

Plötzlich ein Riesenknall.

Weitere Explosionen folgten sowie ein lauter Schmerzensschrei. Vor Schreck ließ Arno das Buch fallen. Er schoss hoch aus dem Liegestuhl und lief, um die Hecke herum, hinüber zum Nachbarsgarten.

Inmitten von Rauchschwaden stand Mälzer – in seltsam gekrümmter Haltung. Zwischen ein paar Erdhaufen trat er von einem Bein aufs andere und presste dabei die Hände gegen den Unterleib.

»Was war denn hier los? Ist Ihnen was passiert?«, fragte Arno. Der Pulvergeruch ließ ihn aber schon ahnen, was geschehen war.

Wie sich herausstellte, hatte Mälzer an Silvester einige große Kanonenschläge aufgespart. Die hatte er jetzt alle mit einer Zündschnur verbunden, in die freigelegten Maulwurfslöcher gestopft und angezündet. Durch den Druck der Explosion war einer der Knallkörper herausgeschleudert worden und genau auf Mälzers empfindlichste Teile geböllert – was denn auch das seltsame Verhalten und den Brandfleck vorne auf seiner Hose erklärte.

»Mein lieber Mann, da haben Sie mir ja einen Mordsschrecken eingejagt!«, sagte Arno, als klar war, dass kein größerer Personenschaden entstanden war.

»Tutu-ut mir leid«, stotterte Mälzer. »Ich konnte ja nicht ahnen, dass Sie gleich hinter der Hecke im Liegestuhl liegen.«

Woher wissen Sie's denn dann, wenn Sie's nicht gesehen haben? Arno verzichtete auf diese Frage. Mälzer *konnte* es halt einfach nicht sehen, wenn einer faul herumlag, während er selbst kämpfte und rackerte. Arnos Mitleid hielt sich jedenfalls in Grenzen.

Sowohl sein Nachbar als auch der Maulwurf blieben in der Folgezeit aktiv. Mälzer beschränkte sich jedoch auf weniger geräuschvolle Maßnahmen. So schob er Knoblauchzwiebeln in die Maulwurfsgänge oder verstopfte sie mit terpentingetränkten Lappen. Auch Mausfallen stellte er auf, stocherte mit Eisenstangen in den Hügeln herum oder grub dort, mit der Öffnung nach oben, leere Bierflaschen ein, die bei Wind schauerliche Töne erzeugen sollten.

Einmal versuchte er sogar mit dem Gartenschlauch die Maulwurfsgänge zu überschwemmen. Aber Maulwürfe sind gewissermaßen genetisch hochwasserfest und haben außerdem alle den Freischwimmer.

So kam es, dass Mälzers Methoden sämtlich ohne Erfolg blieben – abgesehen von ein paar toten Mäusen und ertrunkenen Regenwürmern.

Inzwischen war es Hochsommer. Ein laues Lüftchen wehte, und Arno schaukelte gemütlich in der Hängematte, als er von drüben ein seltsames Zischen vernahm. Kurz darauf stieg ihm ein beißender Geruch in die Nase.

Jetzt reichte es! Sein Nachbar war offenbar zum Gaskrieg übergegangen, und Arno hatte buchstäblich die Schnauze voll davon. Wutentbrannt rannte er um die Hecke herum zum Zaun an der vom Wind abgewandten Seite von Mälzers Grundstück.

»Was fällt Ihnen ein!«, schrie Arno. »Sind Sie wahnsinnig geworden, oder wollen Sie mich vergiften?«

Dichte, graue Gasschwaden quollen drüben aus dem Rasen. Mälzer hüpfte herum wie Rumpelstilzchen und versuchte, die Löcher zuzutreten, aus denen der Rauch kam. Er hustete, hielt sich mit einer Hand die Nase zu und fasste sich mit der anderen an die Brust.

Als es endlich aufgehört hatte zu qualmen, kam Mälzer angekeucht. Wie zur Entschuldigung zeigte er Arno eine leere Packung MOLEX-Patronen. – *Zur Wühlmausbekämpfung* stand auf dem ausgebleichten Etikett. – Weiß der Teufel, wo er die her hatte. Soweit Arno wusste, waren die Dinger verboten und schon lang nicht mehr im Handel.

»D-d-das ha-hab ich nicht gewollt«, stammelte Mälzer. »Das Zeug hat irgendwie nicht richtig funktioniert … und dann hat plötzlich auch noch der Wind gedreht.«

Arno gab sich zufrieden damit, zumal Mälzer das meiste anscheinend selbst abgekriegt hatte und jetzt wohl erst einmal kuriert war von solchen Aktionen und – wie Arno hoffte – eine Weile Ruhe geben würde.

Denkste! Kaum wieder zurück in seinem Garten, hörte Arno den Nachbarn brüllen: »Pfui, Gina, pfui! – Lass aus! – Pfui! – Jaaa, so ist's brav. – Guter Hund!«

(Ich hatte vergessen zu erwähnen, dass Mälzer außer seinen Marotten auch noch einen Dackel der Marke Rauhaar hatte.)

Durch die Hecke spähte Arno hinüber: Mälzer tätschelte den Hund. Dann hob er ein dunkles Etwas vom Boden auf und hielt es hoch.

»Ich hab ihn, ich hab ihn!«, rief Mälzer triumphierend.

»Na endlich«, dachte Arno.

Gina wedelte mit dem Schwanz. Dem Hund war offenbar gelungen, was Herrchen monatelang vergeblich versucht hatte. Arno sah, wie Mälzer mit der Beute in seinem Holz- und Geräteschuppen verschwand und zuckte zusammen, als er hörte, wie dort Schaufelblech auf Holzblock schlug.

Es war am übernächsten Morgen, Arno war gerade auf dem Weg zum Briefkasten, als drüben jemand einen entsetzlichen Schrei ausstieß. Der Schrei kam von Mälzers Schuppen her. Sofort rannte Arno dorthin.

Die Tür stand offen. Mälzer lag auf dem Boden mit weit aufgerissenen Augen und angstverzerrtem Gesicht und rührte sich nicht. In der linken Hand hielt er ein Holzscheit; die verkrampften Finger seiner rechten umklammerten eine Axt. Daneben, auf Mälzers Hackstock, lag der tote Maulwurf.

»Nein! – Das gibt's doch nicht!«, entfuhr es Arno.

Der Erdteufel hatte sich bewegt. Arno sah genauer hin: Tatsächlich, das schwarze Fell hob und senkte sich rhythmisch, als ob das Tier atmete, obwohl es bereits den süßlichen Geruch von Verwesung verströmte.

Mit einem Stecken drehte Arno den Körper vorsichtig um. An der Unterseite klaffte ein Riss im Fell und darin ein pulsierender, weißer Klumpen: Hunderte winziger Maden, die immer wieder gleichzeitig zusammenzuckten, als wären sie ein einziges, lebendes Organ. – Nach vergeblichen Wiederbelebungsversuchen an Mälzer nahm Arno eine Kehrichtschaufel und bugsierte damit die ekelerregenden Reste des Maulwurfs zu seinem Grundstück. Dann rief er den Notdienst.

Zwei Polizisten kamen, machten Fotos, stellten Fragen und nahmen ein Protokoll auf. Der Notarzt stellte fest, dass Mälzer offenbar beim Holzhacken einen tödlichen Herzanfall erlitten hatte.

Drei Tage später wurde er neben seiner Frau auf dem Dorffriedhof beigesetzt. Um den Dackel kümmerten sich Mälzers Angehörige.

Zwei Spatenstiche tief, am Rand von Arnos Hecke fand der Maulwurf seine wohlverdiente letzte Ruhe.

Ab und zu kommt seine Verwandtschaft und besucht das Grab. Man sieht's an den Hügeln.

NAVI HIN, NAVI HER,
SICH VERFAHREN IST NICHT SCHWER

Wie fast alles Überflüssige hat auch ein Navigationsgerät seine Vorteile. Wer zum Beispiel geschäftlich viel mit dem Auto unterwegs ist, muss sich nicht von jeder fremden Stadt, in der man einen Termin hat, einen Stadtplan besorgen, ihn studieren und den Weg zum Zielort aufschreiben oder auswendig lernen, damit man bei der Fahrt dorthin nicht immer wieder hineinschauen muss.

Ein Nachteil, wenn man sich nur noch auf seinen digitalen Lotsen verlässt: Die fremde Stadt wird einem fremd bleiben. Man kennt sein Hotel, den kürzesten Weg zum Tagungsort, zum bevorzugten Restaurant oder Nachtclub, was aber jenseits des Displays und der eigenen Fahrtroute liegt, bleibt einem verborgen.

Wer sich ausschließlich auf sein Navigationsgerät verlässt, wird mit der Zeit seinen Orientierungssinn verlieren – sofern man denn einen hatte.

Ein Freund zum Beispiel, dessen Namen ich hier nicht nennen will, ist so ein Fall. Ich weiß nicht, ob es einen Fachausdruck dafür gibt, aber man könnte ihn vielleicht als straßenblind oder als Landschaftslegastheniker bezeichnen. Jedenfalls hat er etwa so viel Orientierungssinn wie eine Schildkröte, die kopflos in ihrem Panzer steckt. – Schlimmer als die meisten Frauen, wie er selbst einmal sagte.

Selbst wenn er schon dutzendmal eine Strecke gefahren ist, kommt er bestenfalls an sein Ziel – vorausgesetzt er trifft unterwegs auf keine Baustellen, Umleitungen, Regen, Nebel, Dunkelheit oder andere widrige Umstände. Spätestens auf dem Rückweg aber, wenn das, was vorher rechts war, plötzlich links liegt, und was vorne war, auf einmal als terra incognita verkehrt herum im Rückspiegel auftaucht, dann ist er aufgeschmissen. Da ist es schon sehr hilfreich, wenn einem eine Frauenstimme freundlich, aber bestimmt sagt, wo es langgeht.

Ein weiterer Nachteil ist: Navis sind nicht immer zuverlässig. Wenn sie entweder schlecht programmiert oder ihre Daten nicht auf dem neusten Stand sind.

Bei Frau H. zum Beispiel: H. ist Bestattungsrednerin und war deswegen auf dem Weg zu uns, um den Ablauf der Beisetzung meiner Schwiegermutter mit uns zu besprechen. Da unser Haus abseits liegt, hinter Bäumen versteckt ist und ohne Ortskenntnis nicht leicht zu finden, hatte ihr meine Frau den Weg erklärt.

H. verließ sich aber doch lieber auf ihr Navi. Zum vereinbarten Zeitpunkt war ich gerade bei der Gartenarbeit, als ein Mercedes auf dem Schotterweg zügig an unserem Grundstück vorbei und den Berg hinauffuhr. Zehn Minuten später klingelte drinnen das Telefon. H. rief von ihrem Handy aus an. Sie stehe bei einer Wiese mit schöner Aussicht, in der Nähe sei ein Turm mit Stromleitungen, aber weit und breit kein Haus zu sehen. Wie sie denn von dort aus zu uns käme, wollte sie wissen.

Ihr Navi hatte sie den Flurweg hoch bis auf halbe Höhe des Anstiegs gelotst, wo die Stimme dann mitten in der Pampa verkündete: »Sie haben ihr Ziel erreicht!«

Obwohl der Anlass ihres Besuches ein trauriger war, haben wir mit Frau H. herzlich darüber gelacht.

Anderen ist das Lachen vergangen. Vor allem im Winter. Besagter Weg bergauf wird dann, vor allem nach Regen- oder Schneefällen, nur von Waldbauern mit Traktor, Jägern mit Geländewagen oder jugendlichen Spinnern und Draufgängern benutzt. Fehlgeleitete Navi-Opfer bleiben dann stecken und müssen entweder den ganzen Hang rückwärts herunterfahren oder sich von jemand aus dem vorher erwähnten Personenkreis herausziehen lassen.

Beim Pilzesuchen bin ich einmal sogar am Ende eines Waldwegs auf ein verrostetes Auto gestoßen mit zwei gut erhaltenen Skeletten auf den Vordersitzen. Das Display des Navis leuchtete noch und seine Stimme wiederholte in einem fort: »Sie haben Ihr Ziel erreicht. Sie haben Ihr Ziel erreicht.«

Das ist natürlich geflunkert. – Es gibt keine Autobatterie, die so lange durchhält.

Hätte Kolumbus schon ein Navigationsgerät gehabt und als Ziel »Indien« eingegeben – Amerika wäre wohl unentdeckt geblieben. Eine freundliche, Spanisch sprechende Frauenstimme hätte niemals gesagt: »Nehmen Sie Kurs nach Westen, bleiben Sie auf dem Atlantik und halten Sie sich immer geradeaus!« Nein, gnadenlos hätte sie ihn nach Süden und auf dem bekannten Seeweg um Afrika herum nach Indien geleitet.

So schlau und allwissend sie auch tun, Navis sind nämlich im Grunde ihres Wesens dumm und wissen nur, was man ihnen einprogrammiert hat, was also sowieso schon bekannt ist.

Auf Blue Jeans, Coca-Cola, Hamburger, Hollywood-Filme, Elvis und vieles andere mehr hätten wir verzichten müssen, und auch den Indianer wäre viel erspart geblieben.

Außerdem: Wenn jemand anscheinend immer genau weiß, wo ich gerade bin und wo ich hin will, dann ist mir das eher unangenehm. Wie ferngesteuert und von oben an der langen Leine geführt, käme ich mir dann vor.

Ich fahre lieber mit Gottvertrauen. Eine Bekannte behauptete das jedenfalls, als ich sie hochschwanger (also sie, nicht ich und nicht von mir) quer durch den Nürnberger Stadtverkehr ins Krankenhaus zur Geburt fuhr, die sich bereits wehentlich ankündigte.

Wenn ich irgendwo schon einmal war, dann finde ich auch wieder hin. Da kann ich mich auf die Karte in meinem Kopf verlassen.

Außerdem liebe ich Abkürzungen, verfahre mich auch gerne mal und nehme Umwege in Kauf. Wenn ich bei einem Ausflug oder bei einer Wanderung vom geraden Weg abweichen will, verdreht meine Frau meistens hörbar die Augen und stöhnt auf: »Nein, nicht schon wieder eine Abkürzung! Bis zum Abendessen will ich daheim sein.«

Aber nur auf Abkürzungen oder Umwegen kann man Neues entdecken: schöne, unbekannte Landschaften, verwunschene Dörfer, schlechte Straßen.

Ich habe so etwas wie einen inneren Kompass, der mich zuverlässig in die richtige Himmelsrichtung führt. Und wenn ich doch einmal nicht mehr weiß, wo ich bin oder wo es langgeht, dann vertraue ich meinem Instinkt, orientiere mich am Stand der Sonne oder, wenn sie gerade nicht scheint, an den Schatten. Ich fahre nach dem Mond oder richte mich am Heck des großen Wagens aus, oder verlasse mich darauf, dass Moos und Flechten immer auf der Wetterseite der Baumstämme wachsen.

Notfalls frage ich jemand nach dem Weg, auch im Ausland. Jeder spricht schließlich irgendeine Sprache, und sei es auch nur Zeichensprache.

Ganz selten, dass es mal nicht so gut endet.

Zwecks Abkürzung war ich wieder einmal auf eine schmalere Straße abgebogen, die immer an einem Fluss entlang führte. Ich wusste, dass es ein paar Kilometer weiter eine Brücke gab, wo ich wieder auf die bekannte, größere Straße stoßen wollte.

Die schmale Straße aber wurde zum Sträßchen, der Asphalt- zum Schotterweg, der Schotter- zum Feldweg, und der endete schließlich auf einer Wiese im Morast – kurz vor Biegung des Flusses, wo die Auffahrt zur Brücke sein sollte.

Da es keine Möglichkeit zum Wenden gab, musste ich den ganzen Weg zurücksetzen, bis wir endlich wieder an die normale Straße kamen.

Den restlichen Heimweg und die ganze nächste Zeit musste dann meine Frau fahren, da ich erst zwei Wochen später meinen Hals wieder richtig geradeaus drehen konnte. Das war weniger schön.

Aber stellen Sie sich vor, eine Navi-Stimme hätte beim Rückwärtsfahren auch noch ständig wiederholt: »Bitte wenden und zurückfahren! – Jetzt sofort wenden und zurückfahren!

DER HERR DER FLIEGEN

Mit leichtem Schlürfen probierte er einen Löffel voll von der Suppe. Er schloss die Augen und lächelte genießerisch.
»Martha weiß halt, was mir schmeckt«, dachte er.
In dunkler Anzughose und weißem Hemd saß der etwas beleibte, ältere Herr – Junggeselle, wie es sich gehört – am Esstisch, vor sich den Teller mit der Suppe und einen Bierkrug. Über der Lehne des leeren Stuhls neben ihm hing seine schwarze Krawatte.
Er warf einen zufriedenem Blick auf das große Kruzifix, das über dem gediegenen, etwas altmodischen Mobiliar in einer Ecke seines Wohnzimmers hing.
Es summte. Eine Fliege landete auf dem Teller.
Der Mann hörte auf zu löffeln, beugte sich etwas herab und sah zu, wie die Fliege mit ihrem Rüssel ein Tröpfchen Suppe vom Tellerrand aufsaugte. Es war keine gewöhnliche Stubenfliege.
Die Tür zur Küche ging auf. Eine Frau, etwa so alt wie er, mit Kittelschürze, schaute herein.
»Wenn Sie mich nicht mehr brauchen, dann geh ich jetzt«, sagte sie.
»Ja, gehen Sie nur, Martha!«, sagte er. »Die Suppe ist übrigens köstlich.«
»Freut mich, dass es Ihnen …« Sie beendete den Satz nicht, sondern verzog ihren Mund. »Da schwimmt eine Fliege in Ihrem Teller!«
»Auch nur ein Geschöpf Gottes, das Hunger hat«, sagte er. Mit dem Löffelstiel fischte er die Fliege aus der Suppe und streifte sie behutsam am Tellerrand ab.
»Na, dann wünsch ich noch guten Appetit und einen schönen Abend, Herr Pfarrer!«, sagte seine Haushälterin, wandte sich mit angewidertem Gesichtsausdruck ab und ging.
»Danke, Ihnen auch!«, rief er ihr mit vollem Mund hinterher.
Die Fliege lag wie tot auf dem Goldrand des weißen Porzellans. Plötzlich fing sie doch wieder an, sich zu bewegen.

Mühsam stemmte sie sich auf ihre Beinchen, schleppte ihren nassen Körper etwa drei Zentimeter voran, fing dann an zu brummen und schüttelte sich, am ganzen Körper vibrierend, die Suppe von den Flügeln, ehe sie davonsurrte.

Später am Abend hatte Pfarrer Gebhardt es sich in seinem breiten Sessel gemütlich gemacht. Im Licht der Stehlampe las er in einem dicken Buch. Neben ihm auf dem Beistelltisch stand ein halbvolles Glas Rotwein. Es summte. Eine Fliege landete auf der aufgeschlagenen Seite des Buches und lief darauf herum. Dann fing sie an, sich zu putzen.

Der Pfarrer hielt das Buch ganz ruhig, führte es dann vorsichtig etwas näher an seine Lesebrille heran und beobachtete das Insekt. Der Anblick löste seltsame Gefühle in ihm aus. Während die Fliege mit ihren Hinterbeinchen ausgiebig und behutsam über ihre Flügel strich, begann seine Vorstellung vom Leben eine andere Gestalt anzunehmen. Etwa so, wie aus einem einzigen Gedanken manchmal ein Buch geboren wird. Oder wie beim Entkorken einer Flasche, wenn die Flüssigkeit darin ihren Charakter preisgibt oder wenigstens erahnen lässt, noch ehe man davon probiert hat.

Scheinbar hastig fuhr sich die Fliege jetzt mit ihrem vorderen Beinpaar über die Augen, immer wieder. Wie sie dabei mitrollen und nicken, ihre Facettenaugen.

»Wie mag sie mich wohl sehen? Kann sie meine Gedanken erraten?«, fragte er sich. – »Weiß sie, was ich fühle? Ahnt sie, was ich vorhabe? Ist das Licht meiner Leselampe, ist die 60-Watt-Birne ihr Fixstern und mein Wohnzimmer ihr Universum? Mag der Duft eines frisch geodelten Feldes ihr Paradies sein? Bin ich vielleicht ihr Gott?«

Er stellte sich vor, sein eigenes Dasein mit den Augen der Fliege zu betrachten. Bedeutsam erschien es ihm im Schein der Leselampe – im Mittelpunkt und vollen Licht des Lebens stehend: Er, Herr über das Seelenheil und Begleiter im Tod, der Fliege zugewandt die helle Seite seines Wesens, während die andere im Dunkel lag und für besonders feine Nasen wie die ihre vielleicht schon den süßlichen Duft des Ver-Wesens verströmen mochte.

Jetzt putzte sie sich ihr haariges Hinterteil.

»Muss auch sein«, dachte er. Die subtile Erotik des Fliegenarsches – unter den zarten, transparenten Flügeln blieb sie ihm dennoch verborgen.

Fliegen haben keine Angst vor großen Tieren, sie setzen sich einfach drauf. Sind dabei aber ständig auf der Hut. Mit Augen nach allen Seiten.

Mit Augen nach allen Seiten, man stelle sich das vor ... oder nach ... oder drunter und drüber. Nichts entgeht ihren wachsamen Blicken, keine noch so rasche Bewegung. Ja, selbst eine böse Absicht scheinen sie zu spüren. Wusch sind sie weg, noch ehe man zur Fliegenklatsche greift.

Nur wenn sie geil sind und sich andauernd behüpfen und bebrummen wollen, werden sie unvorsichtig. Dann sehen sie nur noch sich selbst, besitzen einander und lassen sich durch nichts stören in ihrem Treiben. Manchmal hängen sie dabei so fest zusammen, dass sie sich selbst beim Davonfliegen nicht trennen können, sodass man sie dann gleich paarweise erschlagen kann.

»Die Sterne sind nur der Samen in Gottes kosmischem Sperma.« Derart inspiriert kam dem Geistlichen ganz unvermittelt dieser Satz in den Sinn – weiß der Herr allein, woher.

Er wedelte mit der Hand und verscheuchte so die Fliege und mit ihr die abartigen Gedankengänge.

Marthas köstliche Suppe – mit in Olivenöl extra vergine gedünsteten Zucchinischeiben, verfeinert mit Kräutern, Knoblauch und gerösteten Weißbrotwürfeln – erregte noch immer die Fantasie seines Magens. Auch die Fliege hatte ja davon gekostet. Immer wieder war sie auf dem Tellerrand gelandet, um auch etwas abzubekommen, und so oft er sie mit einer fahrigen Handbewegung verscheucht hatte, so schnell war sie nach einer Runde über dem Tisch wieder zurückgekehrt.

Auch diesmal kam sie zurück und ließ sich wieder auf dem Buch nieder. Er wusste, dass es genau die gleiche Fliege war, denn er hatte ihr ins Gesicht geschaut.

Er kannte das hartnäckige, klebrige Tasten ihres Saugrüssels, und ihr Hinterleib war nicht schwarz, wie bei den meisten ihrer

Artgenossen, sondern rot, fast durchscheinend rötlich gefärbt. Es war die Fliege, die er beim Abendessen aus seiner Suppe gerettet hatte.

Eine zweite, gewöhnliche Stubenfliege landete in der Nähe der ersten. Erst saß die schwarze nur ruhig da, plötzlich aber machte sie einen Hüpfer und landete auf der roten Fliege. Unter heftigem Brummen und mit vibrierenden Flügeln fingen die Tiere an, sich zu begatten.

Energisch und mit lauten Knall klappte Pfarrer Gebhardt das Buch zu. Er bekam gerade noch mit, wie die schwarze Fliege sich im letzten Augenblick von der anderen löste und entkam.

»Zeit ins Bett zu gehen«, dachte er und knipste die Leselampe aus.

Bis auf einen schwachen Lichtstreifen, der sich von der Straßenlaterne her oder vom Mondlicht durch den Spalt zwischen den Vorhängen hereinschob, war es dunkel im Zimmer. Plötzlich kam von draußen ein lautes, metallisches Scheppern, wie wenn jemand eine Gießkanne oder einen Blecheimer umstößt.

Pfarrer Gebhardt schreckte auf: War er doch tatsächlich im Sessel eingeschlafen. Er rieb sich die Augen. Die roten Leuchtziffern der Uhr auf dem Beistelltisch wechselten gerade von 03:59 auf 04:00 Uhr. Gleichzeitig begann die Glocke des nahen Kirchturms, die volle Stunde zu läuten.

Kaum war der letzte Glockenschlag verklungen, ertönte ein schauriges Heulen. Erst hörte es sich an wie das Jammern eines Kindes, das schreckliche Bauchschmerzen haben musste; dann eher wie das Geschrei eines hungrigen Säuglings. Schließlich erkannte er das Fauchiauen einer Katze draußen vor seinem Fenster. Seit einigen Nächten nutzten die Kater aus der Nachbarschaft seine Terrasse als Bühne für ihre Brautschau und als Arena für ihre Rivalitäten und raubten ihm mit ihrem brünstigen Miauen, Jaulen und Knurren die Nachtruhe.

Er beschloss, statt ins Bett zu gehen noch ein bisschen zu lesen. Auf seinem Schoß lag noch immer das schwere, schwarze Buch. – Die rote Fliege fiel ihm ein. Er knipste das Licht an.
Als er die Bibel aufschlug, um seine Lektüre dort fortzusetzen, wo er sie vor seinem Nickerchen beendet hatte, da pappten die

Seiten in der Mitte zusammen und ein dunkler Fleck breitete sich an der Stelle aus.

Angewidert verzog er das Gesicht. Dann trennte er vorsichtig und mit Hilfe des eingelegten Lesebändchens die beiden Blätter voneinander.

Pfarrer Gebhardt setzte seine Lesebrille wieder auf, die ihm im Schlaf von der Nase gerutscht war.

Auf Vers 15 Kapitel 11 des Lukas-Evangeliums klebte die tote Fliege. – »Er treibt die bösen Geister aus durch Beelzebub, ihren Obersten«, las er an eben dieser Stelle.

Mit dem Nagel seines rechten Mittelfingers schabte er die matschigen, rötlichen Reste des toten Insekts vom Papier. Seine Hand zitterte. Mit offenem Mund und weit aufgerissenen Augen starrte er auf das Blatt. Er wusste, was ihn erwartete.

Genau dort, wo der zerquetschte Fliegenleib einen Teil des Textes verdeckt hatte, erschien das Wort »Beelzebub«.

DAS WUNDER VON AMPFLING
oder *Wie die Integration baden ging*

Solche Besucher hatte Erwin Kaufnagel noch nie in seinem Redaktionsbüro. Es waren seine ersten Schwarzen – mal abgesehen von den nur politisch so gefärbten.

Sie sprachen Französisch. Der jüngere der beiden, Seydou Sané, erzählte etwas von Fischern, die nicht schwimmen können und von einem gewissen Grenouille, den Jesus am See Genezareth beobachtet habe.

Die Verständigung war schwierig. Dem Zeitungsmann war der Name Grenouille – als Hauptfigur eines deutschen Bestsellerromans – durchaus geläufig. Aber in diesem Zusammenhang? Als er fragte, wer denn dieser Grenouille sei, fing Sané an zu quaken – bis Kaufnagel kapierte, dass es sich wohl um das französische Wort für Frosch handelte.

Der zweite Schwarze hieß Kéba Kanouté und war von hünenhafter Gestalt – ein schwarzer Riese sozusagen. Er sprach etwas besser Deutsch als Kaufnagel Französisch und übernahm von nun an, um weitere Missverständnisse zu vermeiden, die Rolle des Dolmetschers.

Kanouté redete von einem besonderen Projekt – von Menschenfängern, Ziel erreichen und Integration. Dann faselte er noch etwas von »Wunden durch Wandern« oder »Wandel durch Wunder« oder so ähnlich. Drogen waren keine im Spiel, Kaufnagel schob es also auf die beiderseits mangelhaften Fremdsprachenkenntnisse.

Egal! In der Redaktion herrschte die übliche Nachrichtenflaute der Saure-Gurken-Zeit, und Kaufnagel griff nur allzu gern jede Neuigkeit auf, die ihm in sein journalistisches Sommerloch hereinflatterte.

Zwei Tage später erschien sein Bericht über das Integrationsprojekt der Afrikaner in der Wochenendausgabe des Ampfländer Landboten – unter der sensationsträchtigen Schlagzeile

Asylant aus Ampfling will wie Jesus übers Wasser wandeln.

Der Zeitungsartikel sorgte für Gesprächsstoff im Ort. Auch am Sonntagsstammtisch beim Sumpferwirt. Mit waschechten Schwarzen hatten sie dort ebenfalls noch nichts zu tun gehabt, außer dass ihnen vor Jahren einmal zwei Schwarze von auswärts für wenig Geld Ledergürtel und Tabakbeutel verkauft hatten.

»Wie soll das denn gehen mit dem Über-Wasser-Wandeln?«, fragten sich die Stammtischbrüder.

»Das wird wohl gehen wie im Witz«, meinte der Scherzer Rudi. »Kennt ihr den?« – Und ehe einer mit dem Kopf hätte nicken können, legte er schon los. »Also ...«, fing er an:

»Bei einem ihrer Gipfel treffen sich Berlusconi, Putin, Merkel und Obama an einem See und langweilen sich. ›Lasst uns doch mal ausprobieren, ob wir wie Jesus übers Wasser laufen können‹, schlägt Berlusconi vor. Putin rennt sofort los, bleibt aber bereits im Uferschlamm stecken. ›Ich mach das lieber auf meine Weise‹, flötet Merkel, bildet mit den Händen vorm Bauch eine Raute und wirft herausfordernde Blicke ans andere Ufer. Obama dagegen setzt zaghaft einen Fuß vor den anderen auf den trüben Wasserspiegel des Sees. Er kommt fast zehn Meter weit, ehe er ausrutscht und ins Wasser platscht. ›Nicht schlecht!‹, meint Berlusconi. ›Aber woher zum Teufel hat der gewusst, wo ich die Holzpfähle hab einsetzen lassen?‹«

Doch nicht nur am Stammtisch, auch andernorts warf der Zeitungsartikel Fragen auf. Montagmorgen zum Beispiel in einem Klassenzimmer in Ampflings einziger höherer Schule:

Der trotz seiner arabischen Herkunft bestens integrierte Biologie- und Mathelehrer Anwar Scheinlich war dafür bekannt, dass er seinen Unterricht gerne durch aktuelle Beiträge auflockert. Diesmal erzählte er seinen Schülern, die für *jede* Abwechslung dankbar waren, von der Jesus-Echse, die in Mittelamerika lebt. Sie werde so genannt, weil sie bei Gefahr auf ihren langen Hinterbeinen übers Wasser laufen und so ihren Feinden entkommen könne. »Mit einer Geschwindigkeit von 1,5 Metern pro Sekunde!«, rief Scheinlich. »Na, wie viele Stundenkilometer sind das?«

»5,4«, kam nach einer Weile die richtige Antwort.

»Im Verhältnis zu seinem viel größeren Gewicht müsste ein Mensch dagegen – und zwar mit Schwimmflossen an den Füßen! – mindestens 100 km/h draufhaben, um nicht auf der Stelle unterzugehen«, behauptete Scheinlich. »Höchst unwahrscheinlich also, selbst für einen schwarzen Sprinter.«

Am folgenden Samstag war es soweit und halb Ampfling auf den Beinen, um sich das Ereignis am Baggersee nicht entgehen zu lassen. Wenn schon kein Wunder, so erwartete man zumindest ein Spektakel. Außerdem gab es Imbissstände, die – von vegetarischer Bratwurst über Fleischpflanzerl bis zum Salat mit zugewanderten Süßwassergarnelen – für jeden Geschmack etwas boten. Die Ampflinger Wasserwacht hatte vorsichtshalber ihr Erste-Hilfe-Zelt aufgestellt.

Am linken Ufer des Sees hatte sich die rechte Szene aufgebaut mit einem Spruchband, auf dem in runenartigen Schriftzeichen stand: »Asylanten raus! Ampfling den Ampflingern!«

Auf der anderen Seite des Kiesweihers reckten ihnen – farblich weniger eintönig – die Mitglieder der Bürgerinitiative *Ampfling braucht Asyl* ihre Transparente entgegen. In bunten Buchstaben hieß es darauf: »Mit Seydou zum Sieg!« und »Arschlöcher raus aus Ampfling!«

Da die Blaskapelle Husten hatte, wurde die Veranstaltung stattdessen von den Jagdgenossen eröffnet, die auf ihren Hörnern – ohne böse Hintergedanken – das Große Halali bliesen.

Bürgermeister Martinsthaler hielt anschließend eine nicht allzu lange Rede, in der er die Errungenschaften seiner bisherigen Amtszeit hervorhob und die Bedeutung seiner zukünftigen Pläne für die Entwicklung der Gemeinde betonte. Am Ende wünschte er dem afrikanischen Mitbürger ein ebenso gutes Gelingen für dessen Vorhaben sowie einen erfolgreichen Weg übers Wasser.

Neben Martinsthaler hatte sich der Anglerverein positioniert. Seine Mitglieder hielten drei Pappschilder hoch mit den Aufschriften: »Unser Weiher muss sauber bleiben!« – »Betreten der Wasseroberfläche verboten!« und »Wer fliegt, betrügt!«

Nach dem Bürgermeister war der ökumenische Kirchenchor an der Reihe. Er intonierte die alte Fußballhymne *You'll never walk alone* als dreistimmigen Gospelkanon. Ein paar Senioren im Publikum wischten sich die Augen, die anwesende Jugend wischte über die Displays ihrer Smartphones.

Der örtliche Vertreter der hierzulande dominierenden Religionsgemeinschaft hatte es vorgezogen, dieser möglicherweise gotteslästerlichen Veranstaltung wegen einer Sommergrippe fernzubleiben. Dass hier einer wie der Herr Jesus übers Wasser wandeln würde, glaubte er sowieso nicht. Sein afrikanischer Glaubensbruder, Seydou Sané, musste also ohne kirchlichen Segen auskommen.

Stattdessen feuerte ihn die Frauentrommelgruppe an. In ihren farbenfroh flatternden und größtenteils selbstgenähten Gewändern machte sie ein gewaltiges Tamtam, als Seydou hervortrat und begann, sich auszuziehen. Nur kurz kamen die Trommlerinnen aus dem Takt beim Anblick seines muskulösen Oberkörpers. Als Seydou nur noch seine Badehose anhatte, hörten die Frauen auf zu trommeln.

Ganz still war es jetzt, und Seydou Sané, der bisher nichts gesagt hatte, sagte: »*Alors!*« – Und während die einen *aloha* verstanden, und andere das bayerische *alloa* zu hören glaubten, so wussten doch alle, dass es gleich losgehen würde.

Seydou nahm jedoch nicht wie erwartet Anlauf, sondern schritt würdevoll über den Kiesstrand ins Wasser. Als es tief genug war, ließ er sich nach vorne fallen und begann mit kraftvollen Schwimmzügen durch den Weiher zu gleiten.

Vom linken Ufer, wo die Rechten standen, schallte es »Schie-bung, Schie-bung!«, und einer schrie: »Wir wollen dich laufen sehen! Heimlaufen!«

In diesem Moment griff Kéba Kanouté, der alle Umstehenden überragte, zum Megafon.

»Was haben ein Frosch, Jesus Christus und mein Freund Seydou Sané gemeinsam?«, rief er. Und da er auf diese Frage keine Antwort erwartete, las er sie selbst von einem Zettel ab: »Wenn ihr Schiff zu kentern droht, dann müssen sie nicht auf Hilfe warten oder mit ihm untergehen und ertrinken wie die Fischer, die nicht schwimmen können. Nein! Sie können ins Wasser springen und sich retten. – Warum? – Weil sie schwimmen können!«

Den Frosch Grenouille, von dem Jesus angeblich das Schwimmen gelernt habe, hatte Kanouté unbedingt mit an Bord haben wollen, entgegen der Einwände Erwin Kaufnagels, der ihm beim Verfassen der kurzen Rede geholfen hatte.

Der Reporter des Ampfländer Landboten suchte jetzt nahe der Stelle, wo Seydou Sané bald an Land gehen würde, nach dem besten Blickwinkel für ein aussagekräftiges Foto.

Seine quirlige Kollegin, Jasmin Jäger vom Ampflinger Anzeiger, dem Konkurrenzblatt, stand bereits am Ufer und sprach mit Kéba Kanouté. Aber Kaufnagel kannte seine Kollegin: Sobald Seydou Sané aus dem Wasser heraus war, würde sie Kanouté sofort stehen lassen und sich den Schwimmer schnappen. Und noch ehe der dreimal Luft holen und *ja, aber* ... oder genauer gesagt *oui, mais* ... sagen könnte, würde sie ihm ihre eigenen Worte schon in den Mund gelegt haben – auch ohne Französischkenntnisse.

Ja, dachte Kaufnagel und seufzte. Aber er, Erwin Kaufnagel, würde das *eine* Foto machen, das schon alles sagte.

Als Seydou schließlich schwer atmend und triefend, aber mit einem Lächeln aus dem Wasser stieg, da hatten die meisten seine Botschaft wohl verstanden und spendeten begeisterten Applaus. Der Rest tat wenigstens so oder schwieg. Und manch grober Kieselstein, den sich der eine oder andere zuvor heimlich in die Hosentaschen gesteckt hatte, wurde verschämt wieder fallengelassen.

»Wie Phoenix aus dem Wasser – hm, guter Titel!«, dachte Kaufnagel beim Anblick des schwarzen Schwimmers.

Kaum wieder auf dem Trocknen, wurde der von seinen Anhängern jubelnd umringt. Kaufnagels Kollegin Jäger kam gar nicht zum Zug, während Sanés Landsleute ihren Helden in ein Badetuch mit den Farben seines Heimatlandes hüllten.

»*Tout est accompli*«, sagte Seydou. – Es ist vollbracht! – Und wie seinerzeit Muhammad Ali nach seinem K.-o.-Sieg in der ersten Runde seines zweiten Kampfes gegen Sonny Liston, reckte er beide Fäuste zum Himmel. Heute war es egal, wo er herkam, egal, warum er hier war. Er hatte es geschafft.

Genau im richtigen Moment drückte Erwin Kaufnagel auf den Auslöser, um diesen Anblick für die nächste Ausgabe des Landboten festzuhalten.

Als er danach die Aufnahmen kontrollierte, musste er schmunzeln: Ragte doch der Zwiebelturm der Ampflinger Pfarrkirche hintergründig ins Bild hinein.

Ihre Glocken fingen eben an zu läuten, während sich ringsum zahlreiche Zuschauer ihre Kleider vom Leib rissen und sich ins Wasser stürzten, um es dem Afrikaner gleichzutun.

WIE ADAM ZU EVA KAM
UND DIE TIERE ZU IHREN NAMEN

Wer kennt sie nicht, die biblische Geschichte von Adam und Eva? Spätestens im Religionsunterricht konnten wir erfahren, wie Gott die ersten Menschen schuf, und wie sie zueinander fanden. Kaum jemand wird aber den fantasievollen Schöpfungsbericht der Bibel heute noch für bare Münze nehmen.

Oder glauben Sie tatsächlich, dass der liebe Gott die erste Frau aus einer Rippe Adams gebaut hat? Und soll wirklich ein harmloses Reptil schuld daran sein, dass der Mensch aus dem Paradies vertrieben wurde?

Wenn Sie wissen wollen, was damals wirklich geschah: Hier erfahren Sie die *wahre* Geschichte von Adam und Eva.

Ich beginne gleich mit dem sechsten, dem entscheidenden Tag und fasse die ersten fünf Tage der Schöpfungsgeschichte nur kurz zusammen. Mögen sich ansonsten die Wissenschaftler darüber streiten, wie und in welcher Reihenfolge die Welt entstand, und warum sie so wurde, wie sie ist und nicht anders.

Der HERR hatte also bereits Himmel und Erde, die Meere, alle Pflanzen sowie Sonne, Mond und Sterne geschaffen. Das Wasser wimmelte seit dem Vortag von Fischen und Walen, und unter dem Himmel flatterten vielerlei Vögel herum. Ach ja, beinahe hätte ich's vergessen: Das Licht hatte er natürlich auch längst angeknipst, gleich am ersten Tag. Erst drei Tage später schuf er die Sonne. Das Licht war also schon vor dem Leuchtkörper da. Ich finde das erstaunlich. Versuchen Sie einmal Licht zu machen, ohne eine Lampe einzuschalten oder Feuer zu machen!

Die ganze Schöpfung war eigentlich nach dem fünften Tag perfekt. All das Vieh, das Gewürm und die Tiere des Feldes, wie auch wir selbst wären der Welt erspart geblieben, und der liebe Gott hätte seine Ruhe gehabt.

Es sollte jedoch anders kommen, denn es gab damals noch nicht die Fünf-Tage-Woche. Gott musste sich also noch etwas einfallen lassen, und so schuf er die oben erwähnten Landtiere, ein jedes nach seiner Art. Gegen Mittag des sechsten Tages war der HERR fertig.

»Eine kleine Erfrischung wäre jetzt nicht schlecht«, dachte er und ließ es gleich ein bisschen regnen. Danach setzte er sich auf einen Stein um auszuruhen. Wie er aber eine Weile so dasaß und betrachtete, was er gemacht hatte, kam er ins Grübeln. Ob es auch gut war, was er da geschaffen hatte? Gern hätte er jemand gefragt, doch es gab niemand, mit dem er hätte reden können. Die Tiere der Erde und die Vögel am Himmel verstanden seine Sprache nicht, die Fische und Pflanzen blieben stumm. Da fühlte sich Gott auf einmal sehr einsam. Aus Langeweile fing er an, kleine Steine in eine Pfütze zu werfen, die vor seinen Füßen lag. Er sah zu, wie die Steinchen winzige Wellen schlugen, die sich rasch zerkräuselten.

»Irgendwas fehlt noch«, dachte der HERR. Er überlegte hin und her, was er noch tun könnte, aber es wollte ihm nichts Vernünftiges einfallen. Seine Fantasie hatte sich erschöpft in den Anstrengungen der vergangenen Tage, und je mehr er nachdachte, um so verzweifelter wurde er.

»Scheiße!«, sprach da der HERR. »Es ist Freitagnachmittag, und ich muss Überstunden machen.« (Der HERR irrte übrigens nicht, denn nach seinem Kalender begann die Woche mit dem Sonntag – folglich war der sechste Tag ein Freitag.)

Gott ließ den Kopf hängen und legte seine Stirn in Falten. Plötzlich zuckte er zurück: Aus der nun unbewegten Wasserfläche blickte ihm sein eigenes Abbild entgegen.

»Das isses!«, dachte der HERR. »Warum nicht!«, rief er laut und war im Nu auf den Beinen. Dann kniete er nieder neben der Pfütze und begann, aus feuchtem Lehm sein Ebenbild zu bauen. Um die Formen des Körpers zu vergleichen, schaute er dabei immer wieder ins Wasser, denn der Spiegel war noch nicht erfunden.

Es dämmerte bereits, als Gott fand, dass er genug geschöpft hatte. Er betrachtete das Werk seiner Hände und war zufrieden. Wie aber sollte er seine Skulptur, die reglos auf dem Rücken lag, zum Leben erwecken?

Er besann sich auf eine Methode, die man heute in jedem Erste-Hilfe-Kurs beim Thema Wiederbelebung lernt: Wieder und wieder blies er also seine eigene Luft in die Nase der Lehmfigur und klopfte ihr mit der Faust verzweifelt auf die Brust, bis diese sich endlich, wie von selbst, gleichmäßig hob und senkte, und das Geschöpf dem Schöpfer seinen eigenen Atem ins Gesicht pustete.

Der HERR war froh, dass er sein Werk noch vor Sonnenuntergang vollendet hatte. Er breitete die Arme aus.

»Mensch, wie hab ich das gemacht!«, rief er. Und da hatte er auch schon beschlossen, sein Ebenbild ganz einfach Mensch zu nennen, was auf hebräisch Adam heißt.

Inzwischen war es dunkel geworden, und weil der Mensch noch trocknen musste, ließ ihn der HERR erst einmal liegen, und weil er selbst sehr müde war, legte er sich gleich daneben.

So verbrachten sie gemeinsam die Nacht von Freitag auf Samstag, und ebenso verschliefen sie den ganzen siebten Tag. Den Samstag aber nennen die Juden Sabbat, und er ist seitdem der Tag, an dem sie sich ausruhen von ihrer Arbeit.

Als Gott am Morgen des achten Tages erwachte, sah er, dass neben ihm der Mensch noch immer schlief.

»Was fange ich nun an mit ihm?«, fragte sich der HERR. »Es gibt noch viel zu tun und ich kann mich nicht den ganzen Tag um ihn kümmern.« (Der Sonntag war nämlich für Gott ein ganz normaler Arbeitstag.)

Da erhob sich der HERR von seinem Lager und ging nach Osten. Ungefähr in der Gegend des heutigen Irak legte er einen großen Garten an, mit einem eigenen Fluss zur Bewässerung. Palmen und allerlei andere Bäume ließ er dort wachsen, mit essbaren Früchten, – verlockend anzusehen – denn der Mensch sollte es nicht schwer haben, seine Nahrung zu finden.

Und der HERR kostete selbst von den Früchten, und er fand, dass sie schmeckten. Dann ging er zurück, nahm den schlafenden Adam, trug ihn in den Garten und setzte ihn dort in den Schatten der Bäume.

Als Gott am Montagmorgen wieder in den Garten kam und sah, dass Adam immer noch schlief, rüttelte er ihn wach und sprach zu ihm: »Du kannst jetzt tun, was du willst und darfst von allen Bäumen im Garten essen.«

Es gab aber in der Mitte des Gartens, gleich neben einer großen Thuja, einen kleineren Baum, dessen Früchte dem HERRN besonders gut geschmeckt hatten. Er fürchtete nun, dem Menschen würde es genauso gehen, und dass er ihm die besten Früchte wegessen würde.

Da besann sich der HERR auf eine List, wie er dies verhindern könnte und sprach zu Adam: »Von allen Bäumen darfst du essen, außer von dem Baum mit den großen, roten Äpfeln, der in der Mitte des Gartens wächst, denn diese Früchte sind nicht gut für dich. Sie sind giftig, und wenn du davon isst, musst du sterben und wirst wieder zu Lehm.« – Dieser Baum aber war der Granatapfelbaum.

Nachdem Adam versprochen hatte, nicht davon zu essen, führte ihn Gott durch den Garten und zeigte ihm die Tiere, die er auch hineingesetzt hatte. Adam machte große Augen, als er all die Kreaturen sah und rief: »Schwein! Aff-fe! Ee-sel! Schaaaf!« Der HERR wollte erst beleidigt sein, aber dann erkannte er, dass der Mensch nicht ihn meinte. Und als er sah, mit welch kindlicher Freude Adam auf die Tiere deutete, musste er schmunzeln. Wie Adam aber die einzelnen Tiere nannte, so heißen sie noch heute.

Auch eine Schlange gab es in dem Garten. Als Adam sie sah, rief er: »Bääär! Löö-we! Wolfff!« – Es waren die Raubtiere, die dort mit knurrenden Mägen Schlange standen und auf ihre Fütterung warteten, denn der HERR hatte vergessen ihnen zu sagen, was sie essen sollten.

Als Gott dem Menschen alles gezeigt hatte, ließ er ihn allein und ging fort, denn er musste noch die Kontinente verschieben und all die verschiedenen Tiere und Pflanzen artgerecht darauf verteilen.

Erst am Nachmittag kehrte der HERR zurück. Heimlich schlich er sich in den Garten, denn er war neugierig und wollte sehen, was der Mensch tat, wenn er allein war. Er entdeckte ihn schließlich an einem kleinen Teich im Garten. Adam saß am Ufer, spielte mit sich selbst und warf Steinchen ins Wasser.

Mit gelangweiltem Blick betrachtete er die Wellenringe, weil er nicht wusste, was er sonst tun sollte.

Und Gott der HERR sprach: »Es ist nicht gut, dass der Mensch allein sei. Ich will ihm einen Gefährten machen, der bei ihm ist, wenn ich nicht da sein kann, um mit ihm zu spielen.«

Der liebe Gott versetzte Adam aber nicht in Narkose und operierte ihm auch keine Rippe heraus. Er ließ ihn einfach sitzen und weiterspielen, schlich sich wieder davon und begab sich noch einmal zu der Lehmpfütze, aus der er Adam geschöpft hatte.

Und wieder formte der HERR aus Lehm eine Gestalt, die ihm und Adam ähnlich sah. Diesmal kam Gott viel schneller voran, er hatte ja bereits etwas Übung. Er musste auch nicht immer wieder in die Pfütze schauen, um das Werk mit seinem Spiegelbild zu vergleichen. Vor seinem geistigen Auge sah er jetzt – wie ein richtiger Bildhauer – Adam als lebendes Modell.

Als die Figur eigentlich fertig war, hielt Gott aber noch einen Batzen Lehm in jeder Hand. Kurz entschlossen klatschte er sie dem neuen Menschen auf die Brust. Und damit es nicht so improvisiert wirkte, modellierte er aus den Lehmklumpen zwei wohlgeformte Halbkugeln. Obendrauf zwirbelte er zwei neckische Knöpfchen, wie er es schon bei Adam getan hatte.

Der HERR betrachtete das Ergebnis und war begeistert über seinen schönen Einfall. Es kamen ihm aber Bedenken, ob nicht das zusätzliche Gewicht auf der Brust die Balance des Körpers stören könnte. Er überlegte eine Weile, dann nahm er zum Ausgleich das, was beim ersten Menschen zwischen den Beinen baumelte, weg und warf es achtlos zur Seite. Der Lehm war aber schon etwas getrocknet und steif geworden, und so blieb der ganze Batzen aufrecht auf dem Boden stehen. Ganz nebenbei schuf Gott damit den ersten Pilz – und manch einer von ihnen erinnert noch heute an sein Urbild.

Unter dem Bauch sah der neue Mensch nun etwas abgerissen aus. Sorgfältig glättete Gott den Lehm, und damit es an der Stelle nicht so leer aussah, zog er liebevoll eine Furche in der Mitte.

Noch in der gleichen Nacht trug er den neuen Adam in den Garten und legte ihn neben den ersten, der schon wieder schlief. Vor lauter Begeisterung über sein neues Geschöpf hatte Gott nur leider vergessen, auch dem zweiten Menschen Leben einzublasen.

Als Adam am nächsten Tag erwachte und sein weibliches Gegenstück erblickte, glaubte er zuerst, er träume noch. Er rieb sich die Augen und musterte den nackten Körper, der etwas anders aussah, als sein eigener. Mit leicht geöffnetem Mund und geschlossenen Augen lag die fremde Gestalt da.
»Sie schläft noch«, dachte Adam und versuchte, sie wachzurütteln. Aber nichts rührte sich und kein Atem kam aus ihrem Mund. »Sie sieht aus wie Fleisch von meinem Fleisch und liegt doch da wie toter Lehm«, dachte Adam und seine Augen füllten sich mit Tränen. In seiner Verzweiflung wollte er ihr das Leben einhauchen und begann, in verschiedene Öffnungen des reglosen Körpers zu blasen. Mit Mund-zu-Mund-Beatmung hatte er schließlich Erfolg. Langsam öffneten sich die Augenlider der Frau und als Adam sah, dass sie lebte, rief er begeistert: »E-va!« – Das ist italienisch und heißt soviel wie »Jetzt geht's!«
Und Adam freute sich, dass er nicht mehr allein war.
Der HERR war nämlich wieder unterwegs. Er hatte einiges nachzuarbeiten: So musste er noch Eis machen an den Polen und hier und da Löcher in die Berge bohren, denn auch die Erde sollte atmen können aus ihrem Inneren. Das dauerte seine Zeit, und so kam es, dass der HERR drei Tage und Nächte nicht zurückkehrte in den Garten. Die beiden Menschen hatten so Gelegenheit, sich ungestört kennenzulernen.
Adam führte Eva durch das Paradies und zeigte ihr all die Tiere und die Bäume, von denen sie essen durften. Auch den Baum in der Mitte des Gartens zeigte er ihr und erzählte vom lieben Gott, und dass er verboten hatte, die Früchte dieses Baums zu essen.
Nach zwei Tagen hatte Eva den ganzen Garten gesehen und kannte jedes Tier beim Namen. Auch alle Früchte hatte sie probiert – außer der verbotenen.

Am dritten Tag wusste Adam nicht mehr, was er seiner neuen Gefährtin noch zeigen sollte, und da auch nichts passierte, worüber sie sich unterhalten konnten, setzten sie sich an den kleinen Teich und spielten Steinchen-ins-Wasser-werfen, bis die Sonne unterging, und es zu dunkel wurde zum Spielen.

Der Vormittag ihres vierten gemeinsamen Tages verlief zunächst genauso. Eva war aber eine Frau und sehnte sich nach etwas Abwechslung in ihrem eintönigen Alltag. Während Adam sein Mittagsschläfchen machte, schlenderte sie – in dem nach ihr benannten Kostüm – durch den Garten, um sich die Langeweile zu vertreiben. Wie zufällig kam sie dabei auch an dem Baum mit den verbotenen Früchten vorbei.

Die roten Granatäpfel glänzten verlockend in der Sonne. »Wie schade, dass wir sie nicht essen dürfen«, dachte Eva. »Es ist so heiß heute – etwas Erfrischendes würde mir gut tun.«

Da rührte sich etwas an dem Baum. Um den untersten Ast ringelte sich ein Wesen, das Eva noch nicht gesehen hatte. Sein langgestreckter Körper war ohne Beine und ganz aus nackter Haut. Einer der Äpfel war aufgeplatzt. Das Tier schien daran zu knabbern und zu lecken.

»Wenn die Frucht dem Tiere schmeckt, warum sollte sie mir dann schaden?« – Eva trat heran und griff nach dem Apfel. Da richtete sich das Tier plötzlich auf und zischte und züngelte nach ihr. Schnell zog Eva ihre Hand zurück. Das Tier erinnerte sie irgendwie an das, was Adam hatte und sie nicht.

»Weißt du nicht, dass diese Früchte giftig sind? Man stirbt, wenn man sie isst«, sagte Eva zu dem Tier.

»Keineschwegsch!«, zischte es zurück. »Du muscht keine Angscht haben. In dieschen Apfel muscht du beischen und gleisch weischt du Bescheid.«

»Geh weg, du Sch…, du lange!«, rief Eva da und siehe, die Schlange kroch davon, wand sich um den Stamm herum nach unten und verschwand in einem Loch am Boden. Der Apfel aber fiel herunter von dem Ast und rollte Eva vor die Füße. Da bückte sie sich und hob ihn auf. »Es hängen noch viele Früchte an dem Baum«, dachte sie. »Was macht es da, wenn ich eine esse, wo sie mir schon vor die Füße fällt?«

Vorsichtig biss Eva hinein. Den ersten Bissen spuckte sie gleich wieder aus, denn die Schale war wie Leder und schmeckte bitter. Die vielen roten Samen in der Schale aber waren saftig und fast süß.

Als Eva merkte, wie die Frucht sie erfrischte, und dass ihr nicht übel wurde davon, rief sie nach Adam, damit er auch probierte. Und Adam kam zu ihr. Er zögerte aber, als er Eva mit dem Apfel sah und bekam Angst, weil er erkannte, dass sie genascht hatte von der verbotenen Frucht.

»Greif nur zu, Adam! Genier dich nicht! Du siehst doch: Ich lebe und es geht mir gut.«

Adam schaute Eva mit großen Augen an. Dann langte er zu und siehe: Evas Äpfel waren fest und dennoch weich und lagen gut in seinen Händen.

»Er muss mich missverstanden haben«, dachte Eva, während Adam ihre Brüste knetete wie seinerzeit der HERR den Lehm. Sie wollte etwas sagen, Adam aber drückte seinen Mund auf ihre Lippen, und sie spürte seine Zunge wie ein wildes Tier in sich – da schwieg sie lieber. Und sie schlangen die Arme umeinander und pressten ihre Leiber fest zusammen. Evas Schultern bebten und sie zitterte in ihrem Rücken. Die Spitzen ihrer Kugeln hatten sich aufgerichtet wie reife Knospen und kitzelten an Adams Brust. Da erkannten sie, dass ihre Körper nicht aus sprödem Lehm waren, sondern dass sie eine weiche Haut hatten, durch die sie die Wärme des anderen Menschen fühlten und spürten, wie er lebte.

Auch bei Adam hatte sich etwas aufgerichtet und drängte gegen Evas Bauch. Da wanden sie sich aneinander, wie die Schlage um den Ast, und sie sanken auf das Feld und fanden ihren Weg, wie die Schlange ihren Unterschlupf gefunden hatte – und sie waren ein Fleisch.

Inzwischen war es Abend geworden, und ein kühler Windhauch streifte ihre Haut. Im nahen Gebüsch knackten Zweige, und Eva glaubte, Schritte zu hören.

»Psst, Adam!«, flüsterte sie. »Da ist etwas im Busch.«

»Das wird der HERR sein, er ist zurückgekehrt in den Garten«, sagte Adam.

Eva aber wollte nicht, dass der HERR sie so sah, und so versteckten sie sich unter einem großen Feigenbaum und bedeckten ihre Blöße mit dessen breiten Blättern.

Da trat Gott hervor aus dem Gestrüpp und rief nach ihnen: »Wo bist du, Adam? Warum versteckt ihr euch? Was habe ich getan, dass ihr euch vor mir verbergen müsst?« – Er hatte ihr Treiben nämlich heimlich beobachtet und verstand jetzt nicht, warum sie sich versteckten.

Adam antwortete ihm: »Es ist nur, weil wir nackt sind und uns schämen.« – Gott schüttelte den Kopf, ließ sie liegen, wie sie waren und ging, um etwas zu essen. Doch da leuchtete etwas rot aus dem Gras, und er fand den Granatapfel und sah, dass er angebissen war. Jetzt begriff der HERR, warum die beiden sich so anstellten, und er ärgerte sich, weil sie es nicht zugegeben hatten. Er ging zurück und schimpfte und warf ihnen vor, dass sie sein Vertrauen missbraucht hätten, während er fort war und gearbeitet hatte.

Adam aber fragte: »Was hast du, HERR, dass du so zornig bist?« – Da wurde der liebe Gott noch viel wütender. Er regte sich fürchterlich auf, und schließlich vertrieb er Adam und Eva aus seinem Garten.

»Macht euch eure Menschen in Zukunft doch selber!«, rief er ihnen hinterher. »Ihr wisst ja jetzt, wie's geht.«

Vor den Eingang zum Garten Eden aber stellte er ein großes Schild mit der Aufschrift *»Betreten des Paradieses verboten! Lebensgefahr! Kinder haften für ihre Eltern.«*

Das alles geschah an einem Freitag, dem 13. Tag seit Anbeginn der Schöpfung. Bis heute ist dieses Datum ein besonderer Tag geblieben und je nach dem, was einer glaubt, wird er ihm Glück oder Unglück bringen.

Adam und Eva aber mussten von da an arbeiten und ihren eigenen Garten anlegen und bestellen. Sie waren Tag und Nacht beschäftigt. Dafür hatten sie jetzt keine Langeweile mehr. Und als neun Monate später der kleine Kain kam, da freuten sie sich, dass sie nun schon zu dritt waren.

LICHTPAUSEN

Bernd war kein gelernter Handwerker. Aber gearbeitet hatte er nicht weniger als Frank. Der erfahrene Kollege hatte hämisch gegrinst, als Bernd ihm verriet, wie viel er verdiente.

»Man darf sich nicht zu billig verkaufen«, hatte Frank gesagt. »Die anderen denken sonst, die Arbeit, die man macht, ist nichts wert.«

Dabei hatte Bernd gearbeitet, richtig geschuftet, mindestens so viel wie Frank. Gesägt, gebohrt und gedübelt; geschraubt und gehämmert; gebeizt, geschliffen, gestrichen; gemeißelt, gegipst und verputzt; gefliest, verfugt, verlegt; gekehrt, gefegt und geputzt – *alles* hatte er gemacht.

Trotzdem war Bernd der Umbau des Ladens, der einer Bekannten gehörte, eher wie ein bezahlter Urlaub vorgekommen. Und wenn ihm danach war, hatte er Pause gemacht, Kaffee getrunken, belegte Brötchen gegessen, Zeitung gelesen oder sich mit dem älteren Frank über Gott und die Welt unterhalten. Gelangweilt hatte er sich jedenfalls nicht.

Abends war er zu müde gewesen, um noch auszugehen und war jeden Tag um Elf ins Bett geschlüpft. Er musste früh aufstehen. Aber früh aufstehen konnte schön sein, wenn einen draußen die frische Morgenluft empfing und das ausgeruhte Herz zum Überschäumen brachte. Und am Feierabend sah er, was er geschafft hatte, und er spürte es in seinen Armen und Beinen, während sein Kopf frei blieb.

Mit Wehmut dachte Bernd daran zurück. – Welch ein Unterschied zu dem öden Job, mit dem er heute seinen Tag vergeudete.

Ein Bauingenieur, den er aus der Sauna kannte, die er regelmäßig besuchte, hatte ihm angeboten, dass er an zwei, drei Tagen die Woche bei ihm arbeiten könnte.

Lichtpausen sollte er machen – was immer das sein mochte.

»Na gut, mach ich halt Lichtpausen«, hatte Bernd sich gedacht und zugesagt. »Klingt ja nicht übel, und ich werde fürs Pausenmachen sogar noch bezahlt.«

Es stellte sich als bezahlter Alptraum heraus. Die Lichtpausen waren viel prosaischer, als Bernd vermutet hatte.

Das Gebäude, in dem sich das Ingenieurbüro befand, sah aus wie ein normales Einfamilienhaus. Am Ende des Flurs im Erdgeschoss war der Empfang, wo die Sekretärin, Frau Hartmann, Wache hielt. Gleich dahinter, im Wohnzimmer, standen drei große Zeichentische, hinter denen die übrigen Mitarbeiter des Bauingenieurs saßen.

Der jüngste der drei Männer war etwa in Bernds Alter, hatte schwarze Locken und war der einzige, den Frau Hartmann mit Vornamen vorstellte. Arif hieß er.

Das Büro von Herrn Rossmann, dem Chef, lag im ersten Stock. Sein Arbeitstisch stand vor einem großen Fenster, durch das er, wie von einer Galerie, den ganzen Zeichenraum im Erdgeschoss überblicken konnte. Neben Rossmanns Schreibtisch führte eine Wendeltreppe hinauf zu einer schmalen Tür. Dahinter war Bernds Arbeitsplatz.

Die Luft in dem Giebelstübchen war stickig. Es gab nur ein Kippfenster in der Dachschräge, und darunter stand ein großer Tisch und ein Stuhl. Fast den ganzen Rest des Raums nahm ein riesiges Kopiergerät ein: die Lichtpausmaschine. Daneben lag ein Stapel aufgerollter Folien: die Baupläne, die sie unten an ihren Zeichentischen auf Vorrat produzierten.

Bernd öffnete das Fenster.

Arif, der mit hinaufgekommen war, schaltete die Maschine ein und zeigte Bernd, was er zu tun hatte.

Die Baupläne, quadratmetergroß, mussten korrekt in den seitlichen Einzugschlitz der Maschine eingeführt werden. Nach einer Weile kamen vorne Kopien auf riesigen Papierbögen heraus: die Lichtpausen. Die musste Bernd dann passend zusammenkleben, zurechtschneiden und – ähnlich wie einen gefalteten Stadtplan – auf komplizierte Weise in ein handliches Format falzen. Außerdem hatte er darauf zu achten, dass der gefräßigen Lichtpausmaschine nie der Papiervorrat ausging.

Die Arbeit war nicht schwer, aber zu der Hitze in der Dachkammer kam der chemische Dunst und der Lärm, den die

Maschine produzierte: das monotone Rauschen der Transportwalzen, das Knistern der Papierbögen und das Klattern der Bauplanfolien, wenn sie in den Auffangkasten brandeten und sich dort wieder zusammenrollten – sowie ein nervtötendes Piepen, wenn irgendetwas nicht stimmte.

Und niemand, mit dem er sich unterhalten konnte.

Wenn doch einmal jemand heraufkam, dann nur, um neue Pläne zu bringen und Anweisungen zu geben – in einer Sprache, deren Hauptwörter vor allem aus Zahlen und Großbuchstaben bestanden. FCN oder WC hätte Bernd verstanden. Aber D75N, ECP, EFC? Das waren die Chiffren von Eingeweihten – Eingeweiden einer einfamilienhausgroßen Zeichenmaschine mit menschlichen Gesichtszügen.

Als Bernd fragte, was denn die eine oder andere Bezeichnung bedeute, bekam er zur Antwort, dass eben dieses Papier oder jene Folie so hieße. Was wie Geheimcode klang, war also bloß Verpackung, leere Hüllen mit nichtssagenden Namen, die aus ihrer Bedeutungslosigkeit noch ein Geheimnis machten.

Ein Rest an kindlicher Fantasie war den Mitarbeitern aber geblieben: Da gab es ein Kurvenlineal, das sie Klothilde nannten, und Faltermeier: ein an den Kanten abgerundetes Stück Blech mit dem die Falze der Baupläne scharf gemacht wurden.

Gegen Mittag – Bernd besaß keine Uhr – beschloss er, eine Pause zu machen vom Pausenmachen. Er schaltete die Maschine ab und packte seine Brotzeit aus.

Wie still es auf einmal war. Auch von unten drang kein Laut herauf. Im ganzen Haus herrschte Grabesruhe.

»Vielleicht sind alle nachhause gefahren zum Mittagessen und haben mich hier oben ganz vergessen«, dachte Bernd. – Er wollte Gewissheit haben, öffnete leise die Tür und schlich die Wendeltreppe hinunter.

Rossmann war nicht da, und auch von seinem Fenster aus war niemand im Zeichenraum zu sehen. Bernd ging weiter, die Treppe hinunter bis ins Erdgeschoss.

Im Gang unten erschrak er, aber es war nur sein eigenes Abbild, das ihm im Spiegel der Garderobe entgegenkam.

Als Bernd in den Zeichenraum bog, blieb er mit offenem Mund stehen: hinter ihren schräg gestellten Zeichentischen versteckt, steif und stumm wie Stockfische saßen dort die drei Männer und kauten ihre Brote und Leberkäsbrocken.

»Mahlzeit!«, sagte Bernd. »Tut mir leid, wenn ich störe. Ich hab schon gedacht, Sie sind alle gestorben, weil es so leise war.«

Er erntete nur Schweigen und missgünstige Blicke. Dann entdeckte er Frau Hartmann, die hinter ihrem Tresen saß und ebenfalls kaute. Sie zog die Augenbrauen über den Goldrand ihrer Brille, schluckte ihren letzten Bissen herunter und sagte dann in vorwurfsvollem Ton: »Wir haben seit einer Viertelstunde Mittagspause!«

»Woher soll ich das wissen, wenn's mir keiner sagt?«, erwiderte Bernd. Er fragte, ob er etwas zu Trinken haben könne und erwarb zwei Flaschen Mineralwasser.

»Setzen Sie sich doch, und leisten Sie uns Gesellschaft!«, sagte Frau Hartmann in versöhnlicherem Tonfall.

Bernd warf einen Blick in die Runde und stellte dabei fest, dass es dort überhaupt keine freie Sitzgelegenheit gab.

»Ach, wissen Sie, es macht mir gar nichts aus, allein da oben zu sitzen«, sagte er. »Da kann man die Ruhe so richtig genießen.«

Er kam sich vor wie ein Fremdkörper, ein unerwünschter Eindringling in einem Mausoleum mit fester Sitzordnung und vorgeschriebener Mittagspause von 12 bis 12 Uhr 45.

»Warum sind die so komisch?«, fragte er sich. »Na ja, vielleicht glauben sie, ich bin ein guter Bekannter ihres Chefs, der nur hier ist, um sie auszuspionieren.«

»Guten Appetit!«, sagte er und zog sich wieder zurück in seine Dachkammer.

Oben nahm er die Lichtpausmaschine wieder in Betrieb, pauste wie ein Besessener, sang und pfiff dabei, während unten noch die heilige Mittagsruhe herrschte. Kurz: Er machte einen Heidenlärm, als müsste er sich selbst beweisen, dass er hörbar noch am Leben war.

Es war heiß, Bernd trank viel und musste deshalb ab und zu aufs Klo im Erdgeschoss. Als er wieder einmal vom Pinkeln zurückkehrte, kam ihm Arif, unverschämt grinsend, auf der Treppe entgegen.

Als Bernd weiterpausen wollte, verstand er, warum Arif so frech gegrinst hatte: Die Pläne, die er sich zurechtgelegt hatte, um zügig weiterarbeiten zu können, waren verschwunden.

»Jetzt soll ich wohl danach suchen und mich ärgern? – Denkste! Mach ich statt Lichtpausen eben eine andere Pause«, dachte er und ging wieder nach unten.

In dem offenen Büroraum am unteren Ende der Wendeltreppe saß jetzt wieder Rossmann über seinen Arbeitstisch gebeugt.

»Soll ich mich beschweren bei ihm?«, überlegte Bernd. »Immerhin hab ich ihn ja schon ein paarmal nackt gesehen.«

Rossmann war aber so in seine Arbeit vertieft, dass er ihn gar nicht bemerkte. Mit Hilfe einer Schablone und mit akkuraten Strichen – und einem fast liebevollen Ausdruck auf seinem Gesicht – zeichnete er winzige Laub- und Nadelbaumsymbole in einen Plan.

Bernd musste schmunzeln. »Da sitzt das Oberhaupt einer Familie von lauter Pedanten, die alle den richtigen Beruf gewählt haben«, dachte er. Das Einzige, was sie den ganzen Tag zu interessieren schien, waren ihre Pläne für einen neuen Abwasserkanal der Gemeinde A. im Landkreis R. – und dass immer genügend Nachschub in der Kaffeemaschine war. Ansonsten verlor niemand ein überflüssiges Wort.

Unbemerkt schlich Bernd sich an Rossmann vorbei.

Im Erdgeschoss zog sich Arif sofort hinter seine Zeichenplatte zurück. Die anderen saßen da wie Murmeltiere vor ihren Löchern und schauten erwartungsvoll.

»Im Moment hab ich nichts zu tun, und da oben ist es so heiß. Ich mach mal eine Pause an der frischen Luft, bis wieder neue Pläne da sind«, sagte Bernd zu Frau Hartmann.

Sie sah ihn mit großen Augen an, dann lächelte sie und nickte. »Ist schon in Ordnung, gehen Sie nur!«

Neben dem Haus lag eine unbebaute, mit Unkraut bewachsene Fläche, auf der eine Baufirma ihr Material lagerte. Bernd setzte sich am Rand des Grundstücks im Schneidersitz auf eine Holzpalette, drehte sich eine Zigarette und sah dem großen, gelben Gabelstapler zu, der auf dem Gelände rangierte.

Plötzlich kam der in rascher Fahrt rückwärts auf ihn zu. Die Sonne blendete, und Bernd war nicht sicher, ob der Fahrer ihn gesehen hatte. Er wollte gerade aufstehen, als der Stapler abrupt bremste. Der Fahrer beugte sich heraus.

»Bleib ruhig sitzen!«, rief er. »Bin gleich wieder weg.«

Der Stapler nahm eine Palette mit Metallteilen auf die Gabel, blies hinten eine dicke Abgaswolke heraus und fuhr wieder davon. Die Eisenteile klirrten dabei, dass es klang …

»Wie das Rasseln einer Ankerkette«, dachte Bernd.

Er schloss die Augen und schnupperte. Plötzlich war es, als säße er am Hafen einer kleinen Insel im Mittelmeer.

Eine Fähre legte gerade ab. Bernd roch den Schiffsdiesel, sah die bunten Ölschlieren im trüben Hafenwasser. Er hörte Möwen kreischen und das Tuckern eines kleinen Fischkutters, der mit seinem Fang zurückkehrte.

Er schmeckte sogar das Salz in der Luft.

Die Sonne brannte ihm ins Gesicht, und mit einem Mal schwappte ein Schwall aus Licht und Wärme wie eine Woge über ihn, strömte durch seine Brust und überflutete ihn ganz.

Bernd fühlte, wie er gleichzeitig im Boden versank und anfing zu schweben – völlig losgelöst von seiner Umgebung und doch so tief wie nie mit ihr verbunden. Sein Körper war eine offene Tür, durch die wie ein warmer Wind das reinste Glück wehte.

Gedankenlos gab er sich ihm hin. Erst von dem Moment an, als er sich fragte, wie lange dieser Zustand wohl anhalten werde, und ob er ihn noch länger aushalten könnte, ebbte der Glücksstrom ab, bis Bernd schließlich nur noch die Strahlen der Sonne auf seinem Gesicht spürte.

Er öffnete die Augen und stellte ohne Bedauern fest, dass er in die äußere Zeit und Wirklichkeit zurückgekehrt war. Hätte ihn jemand danach gefragt, er hätte nur raten können, wie lange dieser Gefühlssturm gedauert hatte.

»Vielleicht fühlt sich so ein Stein, wenn es ihm gut geht«, dachte er.

Das absolute Hochgefühl war vorbei – eine gute Stimmung blieb aber. Und was er erlebt hatte, schien ihn nun zu umgeben wie ein Schutzschild, dem nichts und niemand etwas anhaben konnte.

Bernd stand auf und ging zurück zum Haus.

Frau Hartmann warf einen vorwurfsvollen Blick auf ihre Armbanduhr, sagte aber nichts. Bernd nickte ihr freundlich zu.

»Ich bin wieder *da*!«, sagte er – und er betonte diese Aussage, als ob das etwas ganz Besonderes wäre.

Oben im Dachstübchen lagen seine Pläne wieder dort, wo sie hingehörten.

ROTKÄPPCHEN RELOADED
Ein altes Märchen neu erzählt mit aktualisiertem Ende

Der böse Wolf lag am Boden – gestürzt unter der Last der gefallenen Mauer. Seine Zunge hing ihm zwischen den Zähnen wie ein roter Lappen aus dem Maul. Er war so gut wie tot.

Rotkäppchen aber war frei und hüpfte vergnügt herum.

Die Großmutter lag wieder bequem im gemachten Bett.

Der Jäger grinste zufrieden und stellte seine Büchse in die Ecke. Das grüne Mäntelchen und seine soziale Maske hängte er an den Haken, gleich neben die soziale Schere, mit der er Rotkäppchen und die Großmutter aus dem Bauch des Wolfs befreit hatte. – Schon davor hatte die Schere geklemmt, aber jetzt ließ sie sich überhaupt nicht mehr zusammenklappen. – Dann nahm er sich aus Rotkäppchens Korb den Wein, den der Wolf übrig gelassen hatte.

Großmutter nickte freundlich dazu.

»Bedien dich ruhig, guter Jägersmann!«, sprach sie und schenkte ihm ein aufmunterndes Lächeln. »Du hast uns schließlich gerettet. Greif nur zu und genier dich nicht!«

Da schnappte sich der Jäger auch den Kuchen. Sogar das Brot, das auf dem Tisch lag, knabberte er an, und schließlich nahm er sich den ganzen Warenkorb vor.

Rotkäppchen schaute etwas belämmert, als es sah, wie der Jäger nach und nach den Korb leerte, der eigentlich für die Großmutter gedacht war und von dem sie gehofft hatte, auch etwas abzubekommen.

»Nun stell dich nicht so an!«, sagte der Jäger und musterte Rotkäppchen mit gönnerhaftem Blick. »Schau dir lieber mal dein Käppchen an! Der Stoff ist schon ganz ausgeblichen, halb zerschlissen und total mit Hartz verklebt. Das kommt davon, wenn man sich im Wald herumtreibt. Das kriegt man doch nie wieder raus. – Weißt du was? Wirf das rote Käppchen auf den Müll! – Du bekommst dafür von mir ein neues Käppchen in viel schöneren Farben: schwarz und gelb gestreift zum Beispiel.«

»Toll!«, dachte Rotkäppchen. »Dann seh ich aus wie eine Tigerente.« – Es musste dem Jäger dafür aber versprechen, nie wieder vom rechten Weg abzuweichen.

»Und wenn du Blumen pflücken willst«, sagte der Jäger, »dann musst du sie dir draußen im Freien, in der blühenden Landschaft suchen und nicht im dunklen Wald.« Er runzelte die Stirn und hob drohend den Zeigefinger: »Und dass du dich ja nicht mehr mit dem bösen Wolf einlässt!«

Rotkäppchen merkte sich das alles und dachte: »Nie mehr will ich alleine in den Wald gehen.«

Und wenn das hier kein Märchen wäre, dann hätte es von da an glücklich und zufrieden und im allgemeinen Wohlstand leben können.

AUF DEM HOLZWEG

Steidl zuckte kaum, als der Arzt ihm die Spritze mit der langen Nadel in den Hintern jagte. Ein schmerzhaftes Ziehen und es war überstanden. Steidl zog seine grüne Waldarbeiterhose wieder hoch und knöpfte sie zu.
»Kommen Sie in genau sechs Wochen wieder vorbei!«, sagte der Amtsarzt. »Zur Wiederholungsimpfung. – Auf Wiedersehen!«
Steidl verließ das Forstamt in der Kreisstadt. Auf kürzestem Weg fuhr er mit seinem Wagen, einem älteren Kombi ohne Klimaanlage, zurück zu seinem Arbeitsplatz im Wald. Trotz geöffnetem Seitenfenster und Schiebedach und obwohl es noch früh am Morgen war, stand ihm der Schweiß auf der Stirn, und das Baumwollhemd klebte an seinem Rücken.
»Hoffentlich krieg ich wenigstens die Fahrtkosten ersetzt«, dachte er. Seit sie das Wirtschaftlichkeitsprinzip auch für den Forstbetrieb entdeckt hatten, war vieles nicht mehr selbstverständlich. Steidl schüttelte den Kopf: Dass Forstamtsleiter Stegmüller sich da noch höchstpersönlich um solchen Kleinkram wie die Zeckenschutzimpfung kümmerte, fand er schon etwas merkwürdig.

Seine Kollegen machten gerade Brotzeit, als Steidl bei ihnen im Wald eintraf.
»Wo bleibst denn, Steidl?«, rief sein älterer Kollege Toni mit gespieltem Vorwurf in der Stimme. »Hat dich dei Alte net fortglassn?«
Wenn ihn vorher jemand gefragt hätte, was Toni als Erstes sagen würde, wenn er heute zu spät zur Arbeit kommt – Steidl hätte jede Wette gewonnen, dass sein Kollege ihn mit genau diesen Worten begrüßen würde. Er hatte sogar das Gefühl, dass er den gleichen Satz in derselben Situation an diesem Tag schon einmal gehört hatte. Aber das konnte ja kaum sein.
»Der Stegmüller hat mich Freitagnachmittag noch angerufen: Ich soll Montagfrüh ins Amt kommen, um die Zecken-

schutzimpfung nachzuholen, weil sie festgestellt haben, dass ich noch nicht gegen Zecken geimpft bin, und weil das jetzt Vorschrift ist.«

»Geh, Vorschrift!«, schimpfte Toni. »Seit zwanzig Jahren arbeit ich im Holz, und im Sommer hab ich jede Woche zwei oder drei Zecken, aber geschadet hat's mir noch net. Mit Daumen und Zeigefinger gepackt, rausgedreht und dann das Biest zwischen den Fingernägeln zerquetscht – damit hat sich's.«

Steidl lachte. »Freilich, Toni, das Zeckengift kann ja auch bloß das Hirn schädigen, und da hast du nicht viel zu befürchten.«

Alle lachten jetzt, nur Toni tat erst so, als ob er beleidigt wäre, aber dann lachte er auch. Der Humor am Rand des Bayerischen Waldes war zwar oft etwas derb, aber herzlich.

Danach gingen sie wieder an die Arbeit, denn ihre Brotzeitpause war vorbei.

Steidl hatte schon während der Fahrt im Auto – wenn auch ohne großen Appetit – ein Schinkensandwich gegessen. Jetzt zog er seine orange Arbeitsjacke und die Arbeitshandschuhe über und setzte sich den Plastikhelm mit dem Klappvisier und dem Gehörschutz auf den Kopf. Am liebsten hätte er alles weggelassen und bei der Wärme sogar die Schnittschutzhose ausgezogen. Aber Vorschrift ist Vorschrift, und wie schnell kann so ein Schnitt mit der Kettensäge ins Auge gehen oder besser gesagt ins eigene Bein.

Wie auf Kommando starteten sie ihre Motorsägen und die Stille, die bis dahin zwischen den Bäumen lag, brüllte auf und zog sich tief in den Wald zurück.

Die scharfen Zähne der Sägeketten fraßen sich durch die Stämme der Buchen, Kiefern, Fichten und Weißtannen, die der Revierförster mit roter Sprühfarbe markiert hatte.

Der Orkan im Frühjahr hatte etliche Bäume umgeworfen oder abgeknickt. Die übrigen hatte der Borkenkäfer angegriffen und geschwächt, und eine lange Trockenperiode hatte ihnen schließlich den Rest gegeben. Viele Bäume waren befallen oder krank, aber sie lebten noch, und ihr Holz leistete zähen Widerstand.

Im weiten Umkreis war die Atmosphäre jetzt erfüllt von kreischendem Stahl, von den dumpfen Schlägen der Äxte und dem metallischen Klingen, wenn die Alukeile unten am Stamm in den herausgesägten Fällspalt hineingetrieben wurden.

Die Schreie der Arbeiter, ihre Flüche und Warnrufe hallten durch den Wald, und die Luft schmeckte nach Harz und nach den Abgasen der Kettensägen, die einen manchmal in eine Art arbeitswütigen Trancezustand versetzen konnten.

Steidl war gerade dabei eine gefällte Tanne zu entasten, als es über ihm in den Wipfeln krachte. Äste brachen ab und fielen herunter. Durch seinen Gehörschutz drang das Stöhnen und Ächzen eines berstenden Baumes. Er drehte sich um. Der dicke Stamm einer Fichte kam auf ihn zu. Er sah noch, wie das Holz am Fuß des Baums splitterte. Wie in Zeitlupe neigte sich der Stamm und schien immer breiter zu werden.

Steidl stand wie erstarrt, während der Baum auf ihn zufiel. Plötzlich wurde er nach hinten weggerissen. Ein Ast streifte noch seine rechte Schulter und ein weiterer fegte ihm den Schutzhelm vom Kopf.

»Mensch, Steidl, bist wahnsinnig? Erst haust rein wie der Teufel und dann stehst da wie Lots Weib und lässt dich fast erschlagen. Bist lebensmüde oder is dir dei Zeckenspritze net bekommen? Hast net ghört, wie wir gerufen haben?«

Im letzten Moment hatte Toni ihn gepackt und weggezogen, als die große Fichte nur wenige Meter neben ihnen auf den Boden krachte und noch ein paarmal hoch auffederte, ehe sie liegen blieb – gerade dort, wo Steidl eben noch wie angewurzelt gestanden war.

Während Toni sich seine Angst vom Leib schimpfte, lag Steidl auf den Knien und kämpfte gegen das Gefühl an, seine Brotzeit gleich wieder auskotzen zu müssen.

»Ich weiß auch nicht, was mit mir los war«, keuchte er. »Tut mir leid, Toni. – Danke!«

»Schon gut, aber pass besser auf und denk dran, dass wir morgen auch noch Arbeit brauchen. So wie du heut reinhaust, können wir nächste Woche alle stempeln gehn.«

Zur Mittagszeit hatte sich der Wald über ihren Köpfen bereits merklich gelichtet. Dafür lagen unten am Boden Dutzende

kahler Stämme herum, und dazwischen lagerten mannshohe Haufen von Zweigen und Ästen.
Endlich herrschte wieder Ruhe im Holz.
Steidl hatte sich rücklings auf dem trockenen Waldboden ausgestreckt, während seine Kollegen ihre mitgebrachten Wurstbrote und Fleischrationen auspackten. Butterbrotpapier und Plastiktüten raschelten, Alufolie wurde knisternd entfaltet. Ihm selbst war der Appetit vergangen.
Im Halbschatten der wenigen übrig gebliebenen Bäume ließ sich die Mittagshitze aushalten. Außerdem wehte jetzt ein leichter Wind, der das Mittagsläuten aus dem Tal bis zu ihnen herauftrug. Der Klang der Glocken hallte in Steidls Schädel. Wie Brandung durchflutete ihn das Geräusch, und ehe die eine Welle verklungen war, wurde sie vom Rauschen der nächsten überlagert.
Nicht so weit entfernt schlug ein Hofhund an. Sein Bellen vibrierte hinter Steidls Stirn. Ganz in der Nähe hämmerte ein Specht. Steidl glaubte zu spüren, wie der Vogel sich mit scharfen Krallen an seinen Schläfen festklammerte und anfing, ihm die Gedanken aus der Hirnrinde herauszupicken.
Wie Stecknadeln schien der Schmerz von innen seine Kopfhaut zu durchbohren. Am liebsten hätte er aufgeschrien, fürchtete aber die Lautstärke seiner eigenen Stimme.
Und die Stimmen der anderen.
Das neue Auto des Schwiegersohns, der Fußball vom Wochenende, ein geplanter Anbau am Haus – Gesprächsfetzen, die er ohne Zusammenhang wahrnahm, obwohl er weghören wollte. Jeden Montag die gleiche Leier.
»Hast du das von dem Motorradunfall am Samstag schon gehört? ... Der Mann war sofort tot. Die Frau haben sie noch mit dem Rettungshubschrauber ins Krankenhaus geflogen, aber bei der Operation ist sie dann auch gestorben.« – Alfreds Stimme. Ungefragt gab er mal wieder eine Episode seines alltäglichen Horrors zum besten.
Amputierte Raucherbeine, abgesägte Fingerkuppen, mehr oder weniger schwere Verkehrsunfälle oder der Schwager von dem und dem, beim Öffnen der Garage erhängt aufgefunden von dessen Ehefrau – es gab kaum eine ländliche Tragödie, die

ihm verborgen blieb; keinen Mord aus Eifersucht, bei dem er nicht wenigstens einen der Beteiligten kannte.

Alfreds privater Mikrokosmos schien vorwiegend aus solchen Ereignissen zu bestehen. Zu seinem Glück war er nur selten selbst betroffen. Aber jeden älteren Bewohner der Ortschaften im Umkreis von zehn Kilometern konnte er beim Namen nennen. Er kannte die hellen und vor allem die dunklen Seiten all ihrer Familiengeschichten.

Zu Steidl, der nicht aus der Gegend stammte und noch nicht so lange bei dem Trupp war wie die anderen Waldarbeiter, hatte Alfred ein gewisses Zutrauen entwickelt. Steidl war auch so ziemlich der Einzige, der nicht gelangweilt abwinkte, weil er Alfreds Geschichten schon kannte, oder der nur so tat, als ob er interessiert zuhörte.

So erfuhr Steidl von Alfred etwa auch, wie man ein Schwein fachgerecht schlachtete und ausbluten ließ, oder wie der Rentner aussah, der im vergangenen Jahr von einem Tag auf den anderen aus seinem Dorf verschwunden war und nach tagelanger vergeblicher Suche, Wochen später und unerwartet an einem Wehr, zwanzig Kilometer flussabwärts als Wasserleiche wieder auftaucht war.

Ansonsten war Alfred ein harmloser, angenehmer und unauffälliger Mensch. Er hatte nur eben eine Vorliebe für menschliche Katastrophen – besonders, wenn diese sich in seiner näheren Umgebung abspielten. Alfred war sozusagen *katastrophil*.

Steidl zuckte zusammen. Direkt neben seinem linken Ohr klirrte der Boden einer Bierflasche gegen einen Stein. Die ganze Zeit war er mit geschlossenen Augen dagelegen, und bemerkte erst jetzt, dass Alfred sich direkt neben ihm niedergelassen hatte und – offenbar inspiriert durch den Beinahe-Unfall – auf ihn einredete. Allzu lange hielt es Alfred allerdings nie aus im Sitzen, weil er es sonst – wie er sich ausdrückte – im Kreuz bekam.

Diesmal war Steidl froh, als Alfred sich nach einer Weile umständlich wieder auf die Beine kämpfte und davonschlich. Ihm war wohl aufgefallen, dass heute nicht einmal Steidl ihm zuhören wollte.

Dem ging es inzwischen besser. Von ferne vernahm er das an- und abschwellende Kreischen einer Kreissäge: Da machte ein Bauer wohl mitten im Frühsommer schon Brennholz für den Winter. Es war beruhigend, dass dieses Geräusch ihm nicht mehr weh tat.

Irgendetwas berührte leicht seine Nasenspitze, blieb auf seinem Mund liegen und kitzelte die Lippen. Mit einer raschen Handbewegung wischte Steidl die herabgefallene Kiefernnadel weg.

»Lazarus, komm heraus! ... Feierabend ist erst um Fünfe.«

Obwohl ihm immer noch der Schädel brummte, musste Steidl schmunzeln, als der bibelfeste Toni ihn auf diese Weise darauf aufmerksam machte, dass ihre Mittagspause vorbei war.

Der Nachmittag verlief ohne Zwischenfälle. Lediglich ihr Chef, Revierförster Kreitmayr, kam auf eine kurze Inspektion vorbei, erkundigte sich, wie es ihnen gehe, wie die Arbeit laufe, und wie viele Festmeter jeder von ihnen geschafft habe. Über Steidls Unachtsamkeit verlor keiner ein Wort – unter Kollegen hielt man zusammen.

Bis zum Feierabend hatten sie dann noch etliche Ster aus dem geschwächten Baumbestand herausgeschlagen.

Seine Frau spürte sofort, dass mit ihm etwas nicht stimmte, als Steidl am Abend nachhause kam. Er brachte keinen Ton heraus, und sie wusste nicht recht, wie sie seinen Gesichtsausdruck einschätzen sollte. Erst wollte sie ihm Vorwürfe machen, aber als sie seinen gequälten Blick sah, meinte sie beschwichtigend: »Na, das war wohl wieder mal ein harter Tag heute?« Vorsichtig gab sie ihm noch einen Kuss und zog sich dann in die Küche zurück.

Steidl begrüßte kurz seinen dreijährigen Sohn Felix und war erleichtert, dass dieser gerade ins Spielen vertieft war und nur fröhlich »Hallo Papa!« sagte. Steidl schloss die Tür zum Kinderzimmer gleich wieder. Dann schlurfte er ins Wohnzimmer und ließ sich in seinen Sessel fallen.

Stumm saß er dort eine Weile und starrte vor sich hin, während seine Frau das Abendessen zubereitete. Als Felix dann doch mit einer Tüte Salzstangen in den Händen hereinwackelt kam, nahm er zuerst gar keine Notiz davon. Als der Junge aber anfing, die Salzstangen zu knabbern, zuckte Steidl bei jedem Bissen und jedem Knistern der Zellophantüte zusammen, als würde ihm jemand ins Ohr brüllen.

Wortlos stand er auf und flüchtete – ohne Abendessen und ohne sich vorher auszuziehen – ins Schlafzimmer, wo man ihn für den Rest des Abends in Ruhe ließ. Nur Felix, der den plötzlichen Rückzug seines Vaters mit verständnislosen Blicken verfolgt hatte, schaute noch einmal kurz herein, zog sich aber gleich nieder zurück, als er sah, dass mit seinem Papa heute nichts mehr anzufangen war.

Am nächsten Morgen saß in der Kreisstadt eine kleine Runde im Büro des Forstamtsleiters zur Dienstbesprechung zusammen. »Nun, wie hat der Mann auf die Injektion reagiert?«, fragte der Beamte vom Landwirtschaftsministerium, der eigens aus der Landeshauptstadt angereist war.

»Sie wissen, dass ich nicht einverstanden bin mit dem, was Sie da tun«, meinte Forstamtsleiter Stegmüller. »Aber Revierleiter Kreitmayr hat mir mitgeteilt, dass Steidls Arbeitsleistung gestern um etwa ein Drittel höher lag als sonst und auch höher als die Leistung der anderen und …«

»Er hat es anscheinend nicht mal gemerkt«, ergänzte der Amtsarzt.

»Sehr gut!«, sagte der Mann vom Ministerium. »Dann werden seine Kollegen ab kommender Woche ebenfalls mit dem neuentwickelten Mittel geimpft. – Gegen die Zecken«, betonte er und verzog sein Gesicht zu einem zynischen Grinsen. »Ihnen ist ja schließlich bekannt, dass wir momentan weit mehr Holz schlagen und verkaufen müssen, als Leute zur Verfügung stehen. Und die Staatsfinanzen … Na, Sie wissen schon!«

»Allerdings …«, meldete sich der Amtsarzt zu Wort, »wissen wir noch nicht, wie lange die Wirkung anhält und welche Risiken und Nebenwirk…«

»Ach was!«, unterbrach ihn der Ministerialbeamte barsch. »Wir werden sehen. Einen kleinen Versuch sollte uns die Sache auf jeden Fall wert sein.«

Etwa zur gleichen Zeit, als am Dienstagvormittag die Besprechung stattfand, war Steidl bereits wieder auf dem Heimweg. Nur noch ein kleiner Umweg, und er würde sich zuhause wieder auf die Couch legen können.

Vor dem Briefkasten beim Supermarkt zögerte er einen Moment. Dann steckte er das kleine Kuvert entschlossen in den Briefschlitz. Die Klappe des Briefeinwurfs quietschte, als sie wieder zufiel, und Steidl fasste sich ans rechte Ohr. Seine Gesichtszüge entspannten sich aber gleich wieder.

Er atmete auf: Der gelbe Zettel für das Forstamt – seine Krankmeldung – war im Kasten. Für den Rest dieser Woche hatte ihn sein Hausarzt krankgeschrieben – und seinem Kopf ging es gleich etwas besser.

WENN DER GOLDFISCH ZWEIMAL KLINGELT
Unmögliche Begegnung der neugierigen Art

Nein, am Telefon kann man sowas nicht machen. – Ich jedenfalls nicht. – Er schwitzte und nach jedem Komma wischte er den Kugelschreiber an seinem T-Shirt ab. Es war ein heißer Sonntagvormittag.

Josef *(Was kann ich dafür, dass meine Eltern mich nicht Fabian, Jan-Henrik oder wenigstens Klaus genannt haben?)* war Mitte Zwanzig. Er saß vor dem offenem Fenster an seinem Schreibtisch und grübelte über einem Blatt Papier, aus dem ein Brief an seine Freundin werden sollte.

Was er ihr mitteilen wollte, war wichtig. Einfühlsam sollte es klingen und nicht zu direkt, aber doch keinen Zweifel an seiner Entschlossenheit aufkommen lassen. Am Telefon funktionierte das nicht, jedenfalls nicht bei ihm. Da kam am Ende oft etwas ganz anderes heraus, als er gewollt hatte.

Josef schaute zum Fenster hinaus, als könnte er dort draußen die richtigen Worte finden. Eine Weile träumte er mit offenen Augen vor sich hin. Plötzlich war da so ein Sirren. Es kam von weit oben her und schien sich rasch zu nähern.

Kaum hatte er aufgeschaut, froh über die Ablenkung, da schwirrte schon ein schnarrendes Etwas vorbei, das aussah wie die überdimensionale Mutation eines Marienkäfers.

»Da schau her, ein Ufo!«, dachte Josef, ehe er sich wieder dem Briefpapier widmete. Ihm war beim Anblick des Käfers ein brauchbarer Gedanke gekommen. Den wollte er gerade verewigen, als ihn ein fürchterliches Weckerrasseln hochschrecken ließ.

Schon immer hatte solches Geräusch unangenehme Gefühle in ihm wachgerufen, und die beiden Wecker, die er selbst besaß, hatte er längst unsanft und für alle Zeiten zum Schweigen gebracht. Sie standen nur noch als stumme Dekoration auf seinem Bücherregal. – *Wollte sich da jemand einen üblen Scherz mit ihm erlauben?* – Mit gerunzelter Stirn schaute er in die Richtung, aus der das Scheppern ertönte.

Etwa drei Meter vor dem Fenster rasselte das, was er zuvor für ein Marienkäfermonstrum gehalten hatte. Es hatte sich wohl verflogen, war dann umgekehrt und schien nun einen Platz zum Landen zu suchen.

»Hmm…, scheint eine Art ferngesteuerter Flugwecker zu sein«, dachte Josef.

Das Objekt kam hereingeklappert, drehte eine Runde unter der Zimmerdecke und setzte dann zur Landung an. Als es nur noch eine Handbreit über der Schreibtischplatte schwebte, schlug Josef zu. Augenblicklich stand das Ding. Noch ein schwaches Nachrasseln, und es herrschte Ruhe.

Zufrieden wandte sich Josef wieder dem Brief zu, um etwas Amüsantes zu notieren, das ihm eben eingefallen war. Ohne abzusetzen schrieb er eine Weile, dann hielt er inne. Irgendwie hatte er ein seltsames Gefühl: wie früher in der Schule, wenn der Deutschlehrer während eines Schulaufsatzes im Klassenzimmer herumschlich und den Schülern beim Schreiben heimlich über die Schultern schaute. Josef hatte dann jedes Mal sofort aufgehört zu schreiben, bis die Lehrkraft sich mit beleidigter Miene wieder verzogen hatte.

Er wurde immer unruhig, wenn er solche Blicke spürte – und genau dieses Gefühl hatte er jetzt.

Abrupt drehte er seinen Kopf zur Seite und bekam gerade noch mit, wie etwas Schwarzes, Schlangenartiges sich blitzschnell in den Wecker zurückzog. Anscheinend hatte der sich von dem Schlag erholt.

Josef war nun doch neugierig und betrachtete den Störenfried genauer. Der sah tatsächlich aus wie eine mehr oder weniger gelungene Kreuzung zwischen einem altmodischen Wecker und einem Marienkäfer. Das Ganze stand auf zwei Paar dünnen Beinen, die wie die Beinglieder eines Insekts in der Mitte geknickt und nach unten abgewinkelt waren. Der Weckerzylinder hatte auf beiden Seiten eine Wölbung in saftigem Orangerot mit fetten, schwarzen Punkten – wie die Deckflügel eines Marienkäfers.

Aus dem Scheitel des Weckerkörpers ragte etwas Eiförmiges, schwarzblau, wie eine dicke Beule, und obenauf hatte sie einen chromglänzenden Knopf auf einem silbernen Stummel –

wie eine Kofferradioantenne. Links und rechts, auf Stielen neben der Beule, saßen zwei Halbkugeln. Ihre schwarze Oberfläche hatte einen metallischen Glanz. Es sah aus wie das Läutwerk eines nostalgischen Weckers, – fast – denn die vorderen Ränder dieser Glocken hatten lange, schwarze Wimpern.

Die Vorderseite des Weckers bestand aus einer runden Scheibe. Sie war nach vorne gewölbt wie ein starkes Vergrößerungsglas, aber schwarz und undurchsichtig. Als Josef näher hinsah, erschien dort eine breite, hässliche Fratze, die ihn mit teuflischem Grinsen anstarrte. Josef wich zurück – dann erkannte er, dass es nur sein eigenes, verzerrtes Spiegelbild sein konnte. Er streckte eine Hand aus und fuhr mit den Fingerspitzen über das Glas, als ob er das Gesicht wegwischen wollte. Die Fratze erzitterte unter der Berührung, wie die Reflektion auf einer Wasserfläche, wenn man einen Stein hineinwirft. Ihre harten Züge verschwammen, und schließlich verschwand das ganze Gesicht.

Auch das Innere des Glases geriet jetzt in Bewegung. An einigen Stellen lichtete sich die Finsternis, als würde jemand eine farblose Flüssigkeit zur Verdünnung hineinschütten. Die Schwärze zerfloss zu dunklen Schlieren, die sich auflösten, bis die Scheibe völlig klar und durchsichtig war.

Josef stand der Mund offen. Er rieb sich die Augen: Hinter der Scheibe – da, wo sich bei einem Wecker Zeiger und Zifferblatt befinden – schwamm ein Wesen, das in Größe, Form und Farbe an einen Goldfisch erinnerte, genauer gesagt an einen Goldfisch der Marke Schleierschwanz.

Das Innere des kleinen Fischbehälters hatte jedoch keinerlei Ähnlichkeit mit einem Aquarium. Es sah aus wie die Miniaturausgabe der Schaltzentrale eines Kraftwerks. Da gab es Konsolen mit Dutzenden winziger Hebel, Knöpfe, Zeiger und Skalen und an der Rückwand Monitore sowie eine Unmenge bunter Lämpchen. Immer, wenn der Fisch mit seinem breiten Schwanz darüber hinwegfächelte, leuchteten diese reihenweise und in allen Regenbogenfarben auf.

Mit jeder Veränderung des Blickwinkels verzogen sich die Konturen des Goldfisches zu noch grotesqueren Formen. Sein dicker, weißlicher Bauch wirkte dann noch kugeliger; er hatte gleichzeitig ein großes und ein kleines Glupschauge, ein schiefes Maul, oder die Flossen schienen sich, vom Fischleib versetzt, im freien Raum zu bewegen. Auch die Lichter an der Rückwand verwackelten dann, ihre Farben verwischten und gingen ineinander über.

Ein elektrisches Summen riss Josef aus seiner Versunkenheit in dieses faszinierende Schauspiel. Mit aufgerissenen Augen sah er, wie die Beule auf dem Wecker zu pulsieren begann. In rhythmischen Schüben schwoll sie auf den doppelten Umfang an, als würde sie aufgeblasen wie ein Luftballon. Ihre dunkle Oberfläche wurde durchscheinend wie Haut. Darunter schimmerte ein rötliches Licht. Es erinnerte Josef an das unheimliche Leuchten, das entsteht, wenn man im Dunkeln eine starke Taschenlampe gegen die Finger presst, sodass ihr Fleisch zu glühen scheint. Als die Beule schließlich wie eine rote Glühbirne leuchtete, hörte das Pumpen auf. Dafür bewegte sich jetzt der darauf sitzende Metallknopf. Wie ein Mitesser beim Ausdrücken wurde eine silberne Antenne teleskopartig etwa zehn Zentimeter herausgequetscht, während gleichzeitig die Beule auf ihre ursprüngliche Größe zusammenschrumpfte und dabei wieder die schwarzblaue Färbung annahm.

Die Klingelschalen mit ihren Wimpern klappten auf und zwei nackte Augäpfel in der Größe von Aprikosen quollen hervor. Erst starrten sie ihn an, dann drehten sie sich einzeln, wie Chamäleonaugen, in unterschiedliche Richtungen. Nachdem sie jeden Winkel des Zimmers durchforscht hatten, lenkten sie ihre Blicke wieder auf Josef.

Der zuckte zusammen, als die Marienkäferflügel plötzlich nach oben federten. Gleichzeitig entfalteten sich darunter pergamentartige Flügel, wie bei einer Fledermaus. Eher an menschliche Ohrmuscheln erinnerten dagegen die Umrisse der Flügel.

»Hallo?«, sagte Josef, da er glaubte, das Wesen würde ihn jetzt hören können.

Tatsächlich öffnete der Goldfisch das Maul und bewegte seine schwulstigen Lippen.

»Guten Morgen, Josef!«, sagte eine männliche Stimme, die man dem Tierchen gar nicht zugetraut hätte.

Ihr hohler, metallischer Klang machte auf Josef allerdings keinen sympathischen Eindruck.

»Wer bist *du* denn?«, fragte er mit spöttischem Unterton den unangemeldeten Besucher.

»Ich danke Ihnen, dass Sie mir nach dem etwas unfreundlichen Empfang doch noch gestatten, mich vorzustellen. Mein Name ist Frock. Ich komme vom Planeten Ring, der Ihnen freilich unbekannt sein dürfte, da er einem weit entfernten Sonnensystem ange…«

»Allerdings!«, fiel Josef ihm ins Wort und verkniff sich eine ironische Bemerkung über die gedrechselte Redeweise des Außerirdischen. »Aber woher kennst du meinen Namen?«

Frock fuhr fort, ohne auf Josefs Frage einzugehen. »Ich bin Beauftragter von Stinfistad, das ist …«

»Was?«, unterbrach Josef den Goldfisch wieder und lachte. »Stinkfischstadt?«

»STINFISTAD!«, betonte der Fremde. »Das ist die Bezeichnung für unser staatliches Institut für interstellare Statistik und Demoskopie, und ich darf Sie höflich bitten, mir einige Fragen zu beantworten. Für unsere Forschungen ist die Auswertung Ihrer Antworten von größter Wichtigkeit, da unsere zentrale Datenverarbeitung unter Heranziehung aller öffentlich zugänglichen Daten der Erde errechnet hat, dass gerade Sie, Josef, den typischen Durchschnittsbewohner Ihres Planeten repräsentieren, und …«

An dieser Stelle unterbrach Josef Frocks Redeschwall. Die langatmige und affektierte Redeweise und der metallische Klang der Stimme des Außerirdischen nervte ihn. Außerdem verletzte es seinen Stolz, wenn man ihn als Durchschnittsmenschen bezeichnete.

»Wenn das so ist«, sagte Josef, »dann glaube ich nicht, dass ich für Sie der richtige Interviewpartner bin. Ich unterscheide mich sehr wohl und in vielerlei Hinsicht von meinen Mitmenschen. Ich fühle mich nicht als Normalbürger, und wenn ich mich mit den meisten anderen vergleiche, dann bin ich, glaube ich, eher etwas Besonderes als Durchschnitt. Vielleicht sollten Sie sich lieber jemand anders suchen, dem Sie Ihre Fragen stellen.«

Frock ließ Josef ausreden, ohne mit den Wimpern zu zucken. »Nach allem, was wir wissen, glaubt jeder Erdling, dass er einzigartig ist. Eben dies ist typisch für die Angehörigen einer unterentwickelten Zivilisation. Wahrscheinlich hat unser Computer Sie, Josef, gerade deshalb ausgewählt, weil Sie besonders überzeugt davon sind, etwas Besonderes zu sein.«

Darauf wusste Josef nichts zu erwidern. Er selbst hatte fast so geschwollen dahergeredet wie Frock – das ärgerte ihn, aber noch mehr wurmte ihn, dass er den aufgeblasenen Goldfisch gesiezt hatte.

Als Josef schwieg, fuhr Frock fort: »Sie werden jetzt gewiss einsehen, dass es notwendig ist, alle meine Fragen sorgfältig und gewissenhaft zu beantworten.«

»Wenn du sowieso schon alles weißt, warum willst du mich dann überhaupt noch etwas fragen?« – Diese Bemerkung lag Josef auf der Zunge, er schluckte sie aber hinunter. Bei der Hartnäckigkeit seines Gegenübers hielt er es für sinnlos zu widersprechen.

»Na dann fang endlich an!«, forderte er Frock stattdessen auf.

»Ich nehme auch an, dass jetzt alles hinreichend geklärt ist«, sagte Frock. »Wir könnten mit dem Interview beginnen, ... allerdings ...«

»Allerdings was?«

»Nur unter einer Bedingung.«

»Und die wäre?«

»Nun, ich will Sie nicht mit Fachausdrücken und technischen Details belasten, die Sie ohnehin kaum verstehen würden, kurzum also: Am Heck meines Raumschiffs befindet sich ein Schlüssel zum Aufziehen des Antriebsfederwerkes – eine bewusst simple Konstruktion, die auch von Ihnen leicht zu handhaben sein dürfte. Sie müssen mir nur versprechen, nach Beendigung des Interviews den Schlüssel in Uhrzeigerrichtung bis zum Anschlag zu drehen, da ich, aufgrund Ihres Schlages bei meiner Landung, nicht mehr genügend Energie habe, um aus eigener Kraft den Rückflug zum Planeten Ring zu starten.«

Josef wäre zuerst beinahe geplatzt vor Wut über die arrogante Ausdrucksweise des Außerirdischen und die Anmaßung, ihm

Bedingungen zu stellen. Dann aber dachte er sich, dass es unter seiner Würde läge, sich vor einem Goldfisch zu echauffieren, und als Frock seinen lächerlichen Marienkäfer-Wecker gar als Raumschiff bezeichnete, hatte er mit Mühe ein Lachen unterdrückt. Ihm war klar, dass es sich bei Frocks Bedingung im Grunde nur um eine – wenn auch gut getarnte – Bitte handelte. Es schmeichelte Josef, dass der Vertreter einer so hochentwickelten, außerirdischen Zivilisation – der es immerhin geschafft hatte, auf seinem Schreibtisch zu landen – von seinem Wohlwollen abhängig war. Er gab Frock also großzügig das verlangte Versprechen.

»Okay, Kleiner, dann schieß mal los!«

Beim Wort *schießen* zuckte der Wecker mit den Wimpern. Dann fuhr er die Antenne auf seiner Beule auf einen halben Meter Länge aus. Noch einmal rollte er die Augen, wie um sich abzusichern, und heftete seine Blicke dann auf Josefs Gesicht.

Der Goldfisch schwänzelte über die rückwärtigen Armaturen, bis alle Lämpchen hell aufleuchteten. Nach diesen Vorbereitungen stellte Frock seine erste Frage.

Bereitwillig gab Josef Auskunft über alles, was Frock von ihm wissen wollte. Und das war nicht wenig: Welche Jahreszeit ihm am liebsten sei; welche Partei er wählen würde, wenn am nächsten Sonntag Wahl wäre; ob er Äpfel oder Bananen bevorzuge; was er von Lebensversicherungen halte; ob er Tierfilme pädagogisch sinnvoll finde; und warum er an einem Sonntagvormittag zuhause sei und nicht in der Kirche – das alles und Ähnliches mehr interessierte den Außerirdischen.

Josef gab sich Mühe. Er antwortete meistens ehrlich, manchmal spitzfindig. Selbst als Frock ihn zu seinem Sexualleben befragte – wann er das erste Mal und wie …?, war da noch die harmloseste Frage –, verheimlichte Josef nichts und gab Details preis, die er keinem Menschen jemals erzählt hätte.

Nach etwa jedem zweiten Satz gab der Wecker Piepstöne von sich, die sich wie Funksignale anhörten.

Ob er an den Tod glaube, an Ufos oder an den globalen Klimawandel – mit solchen und ähnlich brennenden Problemen musste Josef sich abquälen. Das Interview zog sich mehr und mehr in die Länge. Josef philosophierte vor sich hin und begann, sich über Gott und die Welt zu beklagen.

Fast drei Stunden waren so vergangen. Frocks intergalaktisches Gepiepse, Glotzen und Schwanzwedeln ging Josef allmählich auf den Wecker. Außerdem knurrte sein Magen, und seine Kehle war vom vielen Reden schon ganz ausgetrocknet. Er wollte gerade um eine Pause bitten, als Frock, nach einem den letzten Nerv tötenden Pfeifton, seine letzte Frage ankündigte.

»Nachdem Sie bis hierher durchgehalten haben, dürfen Sie gleich meine wichtigste Frage beantworten, ehe meine Mission erfüllt sein wird. Wir sind uns ja inzwischen – nun, nennen wir es ruhig ›menschlich‹ – etwas nähergekommen. Nachdem Sie mich also ein bisschen kennengelernt haben, würde ich gerne wissen: Was halten Sie von mir als typischem Repräsentanten des Planeten Ring?«

Eine Weile war es völlig still, während Josef sich auf seine Antwort zu konzentrieren schien. Plötzlich packte er das Raumschiff samt Repräsentanten und schüttelte es durch, bis die bunten Lämpchen – wie das Flitterzeug in einer Schneekugel – wild durcheinander wirbelten. Dann drehte er den Wecker auf seinen Glasbauch.

Begleitet von ohrenbetäubenden Piepsern und heftigen Protesten Frocks, die jetzt aber eher wie ein Blubbern klangen, begann Josef damit, das Uhrwerk auf der Rückseite des Weckers aufzuziehen. Mit jeder energischen Umdrehung des Schlüssels klappten die Weckerflügel auf und zu. Als der Schlüssel nicht weiter zu drehen ging, ließ Josef ihn los.

Sofort brach das Marienkäfermonster in schrilles Klingeln aus und schlug wild mit den punktierten Flügeln.

Josef sprang auf, holte weit aus und schleuderte das lärmende Ungeheuer durchs offene Fenster hinaus. Er sah und hörte noch, wie der Wecker mit rasanter Geschwindigkeit dem wolkenlosen Himmel entgegenklirrte, dann ließ er sich zurückfallen auf seinen Stuhl.

Den lästigen Vogel war er los – und dessen letzte Frage wohl hinreichend beantwortet.

Nachdem Josef eine Weile verschnauft hatte und wieder einigermaßen zur Ruhe gekommen war, fiel ihm plötzlich – wie aus heiterem Himmel – ein, wie er den angefangenen Brief an seine Freundin beenden konnte.

»Ich brauche jemand, mit dem ich über alles reden kann«, schrieb er. »Und eine, die auch wirklich da ist – und nicht bloß ab und zu am Telefon. Wir wohnen einfach viel zu weit auseinander, auf Dauer hat das keinen Sinn. Tut mir leid. Machs gut! Dein, dich noch immer ...«

»Ach was!«, rief Josef, strich die letzte Zeile ganz dick durch und unterschrieb – ohne den Fehler zu bemerken – mit:

Dein Frock

DAS FENSTER ZUM JENSEITS

Es war ein grauer Tag und das neue Jahr gerade eine Handvoll abgerissener Kalenderblätter alt, als Sergej beschloss, mit seinem bisherigen Leben Schluss zu machen.

Ein paar Tage zuvor, auf der Silvesterfeier bei Freunden, war er der Einzige, der sich nicht von der allgemeinen Ausgelassenheit anstecken ließ. Während um ihn herum, beschwingt vom Alkohol, alles tanzte, lärmte, lachte, saß er abseits vom Trubel still in einer Ecke und dachte in der letzten Stunde des alten Jahres an die Erlebnisse zurück, die es ihm gebracht hatte.

»Wann hab ich eigentlich das letzte Mal richtig gelacht?«, überlegte er angesichts der übertriebenen Heiterkeit der Anderen. Aber so sehr er sein Gedächtnis auch anstrengte, es gelang ihm nicht, sich zu erinnern. Welche Gelegenheit der letzten Zeit ihm auch einfiel, sein Lachen war dabei stets durch Sarkasmus verdorben oder nur eine verkrampfte Schauspielergrimasse.

Mit einem kleinen, bitteren Lächeln quittierte Sergej die Erkenntnis, dass er im letzten Jahr anscheinend das Lachen verlernt hatte. Nun aber hatte er beschlossen, den Dingen und Umständen, die seit zu langer Zeit fast erdrückend auf ihm lasteten, seine Schultern zu entziehen.

Es war eigentlich ein ganz gewöhnlicher Tag, und auch zuvor hatte es keine unerwarteten Ereignisse oder schicksalhafte Begegnungen gegeben, die ihn dazu veranlasst hätten. Vielleicht war es gerade die außerordentliche Bedeutungslosigkeit, die an jenem Tag seine seit Monaten gewachsenen Vorsätze zu einem festen Entschluss reifen ließ.

Sergej war – wie auch die Tage zuvor – erst gegen Mittag aufgestanden, hatte sich in aller Ruhe gewaschen und angezogen und sich dann aus Resten und Vorräten etwas zu Essen gemacht. Nun saß er am Tisch, kaute in sich hinein und dachte dabei an … gar nichts.

Vom Tisch aus sah er auf das einzige Fenster des Raums, und wenn er ab und zu zur Ablenkung beim Kauen den Kopf hob, so fiel sein Blick gezwungenermaßen durch das hölzerne Rechteck des Fensterrahmens hinaus ins Freie. Hinter trüben Glasscheiben hing dort das für diese Jahreszeit beinahe alltägliche Bild. Hätte er, noch im Bett liegend, die Augen geschlossen und sich – ohne seine Phantasie besonders anzustrengen – vorgestellt, wie es draußen wohl aussehen würde, er hätte die Vorhänge gar nicht erst aufziehen müssen: Es wäre das gleiche Bild gewesen.

Die Gesichter der Häuser ragten ausdruckslos und grau in das Grau des Himmels, der sichtbar gar nicht vorhanden war, hätte man nicht aus Erfahrung seine Existenz vorausgesetzt. Die wenigen Bäume – transparent geworden nach dem schlechten Tausch von bescheidenem, aber dauerhaften Blattgrün gegen die unbeständige Farbenpracht ihres herbstlichen Totenhemdes –, diese Baumskelette zeigten zwischen ihren Rippen aus kahlen Ästen und Zweigen reumütig Himmelstrauergrau. Die anderen Dinge, die sonst dem Bild ihre Farben liehen, lagen begraben unter dem Deckweiß einer Schicht schmutzigen Schnees.

Als Sergej noch ein Kind war, hatten ihm seine Eltern zu Weihnachten einmal eine Modelleisenbahnanlage geschenkt – selbst gebaut von seinem Vater. Für ein paar Wochen war er damals Herr über Häuser, Bäume, Züge, Autos, Plastikmenschlein und -tiere. Dann hatten sich allmählich die Gestaltungsmöglichkeiten seiner kindlichen Phantasie erschöpft, und die Beschäftigung damit begann ihn zu langweilen. Bevor er des Eisenbahnspielens völlig überdrüssig wurde – und weil sie ihm damit auch im nächsten Jahr wieder eine Freude machen wollten –, hatten seine Eltern die Anlage dann eines Tages in den Keller geschafft.

Sergej hatte nicht dagegen protestiert. Es war eher stillschweigendes Einverständnis, was er dabei empfunden hatte. Erst Wochen später, als er zum ersten Mal nach ihrem Verschwinden seiner Modelleisenbahn wieder gegenüberstand, überkam ihn Wehmut über den Verlust. Im Halbdunkel des Kellers hatte er sie zuerst gar nicht erkannt, weil darüber – zum Schutz vor Staub und Dreck – ein altes Bettlaken ausgebreitet war, sodass er das, was sich darunter verbarg, nur durch die

Erhebungen und Einbuchtungen des Lakens hatte erahnen können.

Wie ein Echo aus seiner Kindheit drängte sich ihm jetzt, angesichts der verschneiten Landschaft, das gleiche Gefühl auf wie damals und die Ahnung, etwas unwiederbringlich verloren zu haben.

Inzwischen hatte er seine Mahlzeit beendet. Er legte das Besteck neben dem Teller ab und stand auf. Langsam und mit abwesendem Blick bewegte er sich auf das Fenster zu, als würde er von einem mächtigen Magneten dorthin gezogen. Als er es erreicht hatte, hob er wie in Trance seinen rechten Arm, drehte den Griff des Fensterriegels nach unten und zog dann die Fensterflügel so weit es ging auseinander.

Ein nasskalter Luftschwall überfiel ihn, und als er sich mit verschränkten Armen auf das Fensterbrett lehnte, war die Feuchtigkeit bereits unter seine Kleider gekrochen. Sergej spürte, wie die klamme Kälte auch seine Haut durchdrang und von seinem ganzen Körper Besitz ergriff. Auf einmal nahm er seine Umgebung wieder bewusst wahr. Mit wachem Blick schaute er in die weiße Welt, die sich ihm geöffnet hatte, hinein.

Wo der Schnee schon wieder geschmolzen war oder man ihn weggekehrt hatte, zog sich das schwarze Band der Straße in die Länge. Mit dem Winter war es schmaler geworden, an beiden Seiten gesäumt von Schneehaufen und den Gehwegen, die sich zu den Häusern hin verzweigten. Aus den Flächen dazwischen schaute hier und da – wo die Schneedecke Risse und Löcher hatte – wie Schmutzflecken braunes Gras hervor.

Die wenigen Menschen, die auf den Wegen gingen, schienen ihre Eigenständigkeit verloren zu haben. Auf Sergej wirkten sie wie degradiert zu dekorativen Bestandteilen eines Bildes. Nur ihre schwerfälligen Bewegungen ließen vermuten, dass in den eingemummten Gestalten noch etwas Lebendiges war.

Auch das Fortbewegen der Autos hatte sich verlangsamt. Vorsichtig, fast zögernd, schlichen sie mit rauschenden Reifen die nassglänzende Straße entlang, als wagten sie es nicht, die winterliche Friedhofsruhe durch pietätlose Eile zu stören.

Sergej kam sich vor wie der Zuschauer eines Films, der dort draußen vor seinen Augen wie in Zeitlupe immer zäher und zögernder ablief. Das Aufeinanderfolgen der einzelnen Filmbilder verlangsamte sich schließlich so sehr, dass es seinem Auge unmöglich wurde, noch Veränderungen wahrzunehmen. Sergej konnte nicht mehr unterscheiden, ob schon völliger Stillstand eingetreten war, oder ob in unendlicher Vervielfältigung nur immer wieder ein und dasselbe Bild an ihm vorbeiflimmerte.

Als bloßem Betrachter hätte es ihm gleichgültig sein können, wie es sich in Wahrheit verhielt, denn die eine wie die andere Möglichkeit stellte von außen gesehen dieselbe Wirklichkeit dar. Als innerlich Beteiligter aber fragte sich Sergej, ob er dieses Bild als etwas Unabänderliches hinnehmen musste, als eine Realität, die er nicht beeinflussen konnte. – Oder handelte es sich nur um eine Illusion? Lag es an seiner eigenen Unfähigkeit, dass er die Dinge gerade so und nicht anders sehen konnte?

Die Beantwortung dieser Frage entschied ... Was tun? – Sollte er zum lethargischen Beobachter seines eigenen Daseins erstarren? Sollte er sich kampflos den Forderungen ergeben, die die Außenwelt an sein Leben stellte? Sollte er sich widerstandslos einfügen in den Rahmen, der ihm vorgegeben schien? – Oder sollte er eingreifen in das Bild und an seiner Gestaltung teilnehmen? – Oder wäre es nicht das Einfachste und Beste für ihn, wenn er versuchte, sich vom erstarrten Anblick dieses Bildes loszureißen, so, wie man beim Erwachen einen bösen Traum von sich abschüttelt?

Die Dimension seiner unmittelbaren Umwelt hatte Sergej bereits verlassen. Außerhalb ihrer Grenzen stand er ihr nun subjektiv und wie ein Fremder gegenüber. Um aber eine Lösung der Probleme zu finden, die ihn am Rand seines bisherigen Seins festhielten, musste er die Fragen objektiv beantworten können. Das war der gordische Knoten, den er zu lösen hatte. Es musste ihm gelingen die eigenen Grenzen zu überschreiten, seine inneren Schranken zu überwinden, dem Zuchthaus seines Körpers zu entfliehen. Nach der Befreiung und Neutralisierung seines Ichs würde er dann sein gegenwärtiges Dasein quasi wie ein unabhängiger Sachverständiger beurteilen können.

Sergej hatte begriffen: Wenn er wieder zu sich selbst finden wollte, müsste er vorher noch den letzten Schritt tun und ganz aus sich heraustreten. Ehe der verlorene Sohn wieder Einlass begehren kann, muss er sich selbst fremd werden, muss er zuerst die vollständige Trennung vom Alten vollziehen.

An dieser Stelle wurde Sergejs Gedankenflug jäh unterbrochen. Noch immer stand er am offenen Fenster, als ihm aus der Stille draußen plötzlich laute Musik entgegen dröhnte.

Wie Paukenschläge trafen ihn die ersten Takte, hämmerten auf ihn ein, dass er spürte, wie sein Trommelfell schmerzhaft vibrierte. Er wartete auf die erlösende Melodie, die markante Melodie, aber sie kam nicht. Doch dafür die Schläge, diese Schläge ... Er kannte ihren Rhythmus – woher auch immer diese Musik kam –, es war der Anfang von Beethovens Fünfter Sinfonie.

Sergej erschauderte. Das Entsetzen krabbelte eiskalt seinen Rücken hinunter, wie damals, als er als Kind – er wusste nicht mehr wo – zum ersten Mal diesem plötzlich drohenden *Ta-ta-ta-taaa* wie erstarrt gegenübergestanden war.

Die Schläge wiederholten sich, jedoch in immer größer werdenden Abständen und gingen schließlich über in ein tönendes Tack-... tack ..., wie von einer riesigen Pendeluhr, mit der er unter einer überdimensionalen Glasglocke eingeschlossen zu sein schien. – Sergej kam es vor wie eine Ewigkeit. Dann veränderte sich der Rhythmus der Schläge, und das Klopfen gegen seinen Kopf wurde allmählich schwächer. Es war, als habe jemand vergessen das Uhrwerk aufzuziehen, sodass die Kraft der Pendelschläge nachließ und dahinschwand, bis endlich der ganze Mechanismus erstarb, und das Pendel zum Stillstand kam ... Der letzte Schlag verhallte ...

In Sergejs Ohren blieb noch eine Weile ein helles Klingen und Summen, das wahnsinnige Klopfen aber hatte aufgehört. Dafür spürte er jetzt, wie sein Herz heftig gegen den Brustkorb pochte. – Es war das gleichmäßige, ruhige Pulsieren des Blutes in seinen Schläfen, das er wahrnahm, als ihm bewusst wurde, dass er sich nun wieder innerhalb seiner Umwelt befand.

Er war wieder ein Bestandteil dessen, was er zuvor nur wie ein Bild vor sich zu sehen glaubte.

Sergej war überzeugt, dass seine Atmung eben erst wieder eingesetzt hatte. Ihm war, als sei er gerade von irgendwo weit außerhalb seines Körpers wieder ins Leben zurückgekehrt.

Er holte tief Luft, die er gleich wieder kräftig ausstieß, sodass es wie ein schwerer Seufzer klang. Er fühlte sich sehr erleichtert. Dann fiel ihm auf, dass es ihn überhaupt nicht fror, obwohl er doch eine ziemlich lange Zeit am offenen Fenster verbracht haben musste. Erst jetzt begann er die Kälte wieder zu spüren. Fröstelnd trat er zurück in die Stube und schloss sorgfältig das Fenster.

Bei einer Tasse heißem Tee saß er dann wieder am Tisch und dachte über das Erlebte nach.

An trüben Tagen wie diesem, wenn der Himmel von einem einzigen, grauen Wolkenschleier verhangen war und seine Umrisse verlor, hatte er schon oft das beklemmende Gefühl gehabt, dass die Welt darunter kleiner und der Raum zum Leben enger geworden sei. In den vergangenen Tagen jedoch hatte sich dieses Gefühl gesteigert in einen Zustand fast körperlicher Bedrängnis, der ihm manchmal das bloße Atmen schwer machte, und aus dem er keinen Ausweg sah. Ein paarmal hatte er ein tiefes, schmerzhaftes Stechen in der Brust verspürt, das in ihm – da es aus der Herzgegend kam – für Momente eine Art Todesangst ausgelöst hatte.

Den Rest des Tages verbrachte Sergej mit Schreibarbeiten. Als er sich schließlich schlafen legte, war er heilfroh, dass nichts Außergewöhnliches mehr geschehen war.

Am darauffolgenden Tag verlief zunächst – beinahe wider Erwarten – alles ganz normal. Nach den vorausgegangenen Erlebnissen hätte es ihn nicht gewundert, wenn ihm erneut etwas Ähnliches zugestoßen wäre, ja, er erwartete geradezu, dass noch irgendetwas geschehen würde, das dem vorher Erlebten einen Sinn gäbe.

Nach außen hin verhielt er sich ruhig und gelassen. Tatsächlich ging es ihm etwas besser als die Tage zuvor, obwohl er

Angst hatte, dass er vielleicht nahe daran war, vollends verrückt zu werden.

Sergej war an diesem Tag spät nachhause gekommen von einem jener Aushilfsjobs, die er gelegentlich annahm, um seine Miete bezahlen zu können. Er war rechtschaffen müde und hatte alleine zu Abend gegessen. Danach war er nicht – wie er es oft tat – ausgegangen, um sich mit Freunden in seiner Stammkneipe zu treffen und dort bis tief in die Nacht zu bleiben, sondern war daheimgeblieben und hatte sich einen Fernsehfilm angesehen.

Der Film handelte von einem jungen Bauingenieur, der am Tag der Einweihung seines eigenen, neuen Hauses in einer Art Torschlusspanik den Entschluss fasst, seine schöne Frau, seinen Beruf und seine verständnislosen Freunde zu verlassen. Noch während der Party, auf der sein beruflicher und privater Erfolg gefeiert wird, packt er – unbemerkt von den Gästen – in aller Eile seinen Koffer mit dem Nötigsten, setzt sich in sein teures Auto und fährt damit aufs Geratewohl in Richtung Süden davon.

Obwohl der Mann anscheinend alles erreicht hatte, wovon andere ihr Leben lang träumen, wollte er gerade diesem Leben entfliehen, das von nun an in allen alltäglichen Einzelheiten festgelegt zu ein schien und außer beruflichem Aufstieg, Nachwuchs und Urlaub nichts Neues mehr zu bieten hatte.

Der Film endete nach einigen Niederlagen und Abenteuern genauso wie er begonnen hatte. Die letzte Szene spielte irgendwo in Afrika an einem Staudamm, wo er schließlich gelandet war und zeigte den inzwischen wieder erfolgreichen Ingenieur – in der einen Hand eine leere Flasche, in der anderen seine neue Frau – betrunken und resigniert auf der Einweihungsparty seines neuen Hauses.

Als der Film aus war, blieb Sergej noch lange in seinem Sessel sitzen, starrte mit leerem Blick vor sich hin und nahm gar nicht mehr war, was danach über den Bildschirm flimmerte.

Dieses Ende des Films machte seine eigene Lage noch auswegloser, da es ihm auch die letzte Möglichkeit, die Flucht, von vornherein sinnlos erscheinen ließ.

»Es war doch nur ein Film«, sagte er zu sich selbst. – Ein Film, der kaum etwas mit seiner eigenen Realität zu tun hatte. Im Gegensatz zur Hauptfigur des Films, war er, Sergej, ja weder beruflich noch privat erfolgreich. Seine Zweifel und das Gefühl der Sinnlosigkeit konnte er mit diesen Argumenten aber nicht vertreiben.

Ob es sich wirklich lohnt davonzulaufen, irgendwohin, in ein fremdes Land vielleicht? – Dort dann zu glauben, man sei ein anderer Mensch geworden und habe endlich das wahre Leben entdeckt. Um ein paar Monate später, wenn es nichts Neues mehr zu bewältigen gibt, feststellen zu müssen, dass alles wieder genauso alltäglich ist, wie es vorher war. – Wenn einen die Probleme, vor denen man geflohen war, wieder einholen. Weil man selbst die Person und das Problem ist, vor dem man davonlaufen wollte? – Und dann am Ende wieder nur das verzweifelte Gefühl, unbedingt weg zu müssen, um wenigstens wieder einmal frei atmen zu können.

Sergej hatte den Fernseher endlich ausgeschaltet, war dann auf die Toilette gegangen, saß nun dort, brütete über seinen Problemen und versuchte selbst abzuschalten. Mit dem, was er machte, war er nicht beschäftigt, er war nur müde. Die Augen fielen ihm immer wieder zu, er sah und dachte auch bald gar nichts mehr. Vornüber gebeugt, die Ellenbogen auf die Knie gestützt, lag sein Kopf schwer in den Händen, und er sank allmählich zwischen den Armen hinab in den Schlaf.

»Bleib hier!«

Wie durchs Schlüsselloch an sein Ohr geflüstert, fuhr plötzlich eine fremde Stimme wie ein kalter Hauch in seinen Schlummer. Leise, aber scharf und bestimmt wie ein Befehl: »Bleib hier!«

Sergej hob ruckartig den Kopf und erstarrte im Sitzen – weniger vor Schreck als aus blankem Entsetzen. Mit einem Schlag war er hellwach und horchte, ob sich die Stimme wiederholte. – Nichts. – Dabei spürte er, wie seine Kehle sich zusammenschnürte, als würden zwei Hände sich wie eine Schlinge um seinen Hals schließen. – Die Angst schien ihm unendlich. In Wirklichkeit dauerte es wohl nur Sekunden, bis er wieder zur

Besinnung kam und sich aus seiner Erstarrung löste. Sergej schnellte hoch und riss mit einem Ruck die Klotür auf, als wolle er jemand überrumpeln, der dahinter lauerte. Das Licht aus der Toilette fiel wie ein Scheinwerferstrahl in den dunklen Gang. Es traf dort aber auf niemand, und nichts schien verändert. Mit angehaltenem Atem blieb Sergej eine Weile reglos stehen und lauschte in die Stille. Nichts rührte sich. Jetzt erst zog er seine Hosen wieder hoch. Dann begann er in der ganzen Wohnung umherzulaufen, knipste überall das Licht an und sah sich gründlich um. Auch die Haustür kontrollierte er und alle Fenster, ob sie verschlossen seien, konnte aber nichts Ungewöhnliches oder Verdächtiges entdecken. Das einzige menschliche Lebewesen im Haus war er selbst.

Sergej atmete erleichtert auf und verschnaufte erst einmal. Nachdem er seine innere Ruhe wiedergefunden hatte, kam ihm seine panische Reaktion auf diese Stimme jetzt ziemlich übertrieben, um nicht zu sagen lächerlich vor. Aber obwohl er sich sagte, dass das alles nur eine Folge seiner Übermüdung sei, verließ ihn doch nicht das Gefühl, dass um ihn herum eine bedrohliche Spannung herrsche, eine Spannung, der er nicht entgehen konnte, weil er nicht wusste, wovon sie ausging und die überall im Haus zu spüren war.

Sergej kannte diesen Zustand schon, von einigen seiner nächtlichen Ausflüge in die Natur, die er ab und zu unternahm. Manchmal, wenn er dann alleine in der Finsternis einer einsamen Gegend wanderte, kam es vor, dass er dabei doch einem Menschen oder einem Tier begegnete. Meistens hatte er dann instinktiv deren Nähe gespürt, noch ehe das Geringste davon zu hören oder zu sehen war. Die seltsame Spannung, die bei einer solchen Vorahnung irgendwie in der Luft lag, war ähnlich der, wie er sie jetzt erlebte. In einer solchen Situation hatte sich Sergej bisher noch nie gefürchtet. Er selbst war ja bereits gewarnt und vorbereitet auf das Zusammentreffen mit etwas Unbekanntem. So war er dem, was kommen mochte, stets aufmerksam und voller gespannter Erwartung entgegengegangen.

Wer oder was aber sollte ihm hier im Haus schon begegnen, nachdem er bereits überall gesucht und nichts gefunden hatte? Wo verbarg sich die Ursache seiner Unruhe? – Während er sich das fragte, fiel ihm ein, dass es im Haus ja noch die alte, hölzerne Stiege gab, die hinaufführte zu einer kleinen Dachkammer. Dort oben hatte, bis zu ihrem Tod vor etwa einem Jahr, eine alte Verwandte von Sergejs Vermietern gewohnt. Sie war schwach und gebrechlich und wäre ohne fremde Hilfe niemals die steile Treppe hinauf- oder heruntergekommen. Die Wohnung hatte er damals nur unter der Bedingung erhalten, dass er sich nebenbei ein wenig um die Alte kümmerte. Nach deren Ableben hatten seine Vermieter die Kammer ausgeräumt und verschlossen. Soweit er wusste, hatte seitdem keine Menschenseele diesen Raum betreten.

Obwohl Sergej sonst nicht abergläubisch war, musste er diesmal doch seinen ganzen Mut zusammennehmen, um dort hinaufzusteigen. Er wollte sich eigenhändig davon überzeugen, ob die Tür zur Dachkammer noch verriegelt war.

Oben angekommen drückte er vorsichtig die Klinke herunter. Es fiel ihm wie ein Stein vom Herzen, als die Tür auch auf kräftiges Rütteln hin nicht nachgab. Beim Hinuntergehen bemerkte er, dass die Treppe wie gequält hinter ihm knarzte, sobald er einen Fuß auf die nächste Stufe setzte. Er versuchte ganz leicht aufzutreten, aber das Geräusch verfolgte ihn weiter. Als würde ihm jemand heimlich im gleichen Tritt hinterher schleichen. Sergej blieb abrupt stehen – gleichzeitig verstummte auch das Holz. Ohne sich umzudrehen stieg er weiter mit den schweren Schritten eines Anderen nach unten. Am Fuße der Treppe tat es einen dumpfen Schlag. Sergej hatte nicht an den dicken Balken gedacht, der dort quer zur Stiege an der Decke hing. Hart stieß er mit seinem Schädel dagegen.

Als der Schmerz nachließ, und er wieder zu sich kam, konnte er sich nicht erinnern, wie das passiert war. »Bin ich jetzt schon oben gewesen?«, fragte er sich. »Oder hab ich mir den Kopf gleich hier unten angehauen und alles andere nur geträumt?« – Er wusste keine Antwort darauf. Jedenfalls hatte er überhaupt keine Lust, eventuell noch einmal dort hinaufzusteigen.

War es eine Nachwirkung des Schlages? – Auf jeden Fall vernahm er jetzt wieder wie ein leises Rascheln an seinem Ohr diese Stimme: »Bleib hier!«

Ein eisiges Grauen durchströmte von den Füßen her seinen Körper bis hinauf in den Nacken. Er hatte keine Ahnung, wie lange er schon regungslos dort stand und was in der Zwischenzeit geschehen war, aber alles in ihm widersetzte sich diesem Befehl hierzubleiben. Es trieb Sergej dazu, seine Jacke und die Stiefel anzuziehen und nach draußen zu stürmen, egal wohin, nur fort. Dann aber begann er wieder an seinem Verstand zu zweifeln und sagte sich, wie sinnlos es sei, vor etwas davonzulaufen, das in Wirklichkeit gar nicht existierte. Er versuchte sich einzureden, dass es sich bei dem, was er erlebt hatte, nur um Streiche seiner Phantasie und seiner Müdigkeit handeln konnte. Tatsächlich wusste er nicht, ob er nur geträumt hatte und gerade erst wieder erwacht war, oder ob er nun schon Stimmen hörte wie ein Geisteskranker.

Jedenfalls hatte er sich bald wieder einigermaßen beruhigt, und er beschloss, sich erst einmal gründlich auszuschlafen. Mit einem nassen Waschlappen kühlte er die Beule, die auf seiner Stirn zu wachsen begann, dann ging er zurück in sein Zimmer. Dort trat er ans Fenster um zu lüften und dabei genüsslich eine Zigarette zu rauchen, was er auch sonst jeden Abend vor dem Schlafengehen tat.

Als er das Fenster öffnete, schauderte er erst zurück vor der grimmigen Kälte, die ihm von draußen entgegenschlug. Dann beugte er sich über das Fensterbrett hinaus und zündete die Zigarette an. Er rauchte sie in aller Ruhe und blickte dabei ziellos umher. Oben am Winterhimmel zogen düstere Wolken. Ein eisiger Wind war aufgekommen, der sie rasch nach Westen trieb, dazwischen funkelten ab und zu ein paar Sterne …

Die Bilder und Poster an den Wänden starrten ihn an wie einen Eindringling. Die Bücher schienen ihm aus ihren Regalen entgegenfallen zu wollen und wichen dann doch wieder mitsamt der Wand vor seinem Blick zurück. Alle übrigen Gegenstände im Zimmer, sogar die Möbel, standen oder lagen ihm gegenüber in einer seltsamen Symmetrie – wie von einer fremden Hand durcheinandergebracht und dann doch wieder wohlgeordnet wie die bunten Glasplättchen in einem Kaleidoskop.

Ganz plötzlich befand sich Sergej wieder mitten in seinem Zimmer. Die Einrichtung kam ihm bekannt vor, er fühlte sich jedoch wie ein Fremder, der in ein fremdes Zimmer eingedrungen war. Wie zur Salzsäule erstarrt stand er da und war zu keiner Regung fähig, geschweige denn traute er sich irgendetwas zu berühren. Ohne sich dessen bewusst zu sein, weigerte er sich instinktiv darüber nachzudenken, auf welch unerklärliche Weise er auf einmal wieder dorthin gelangt war. Er beschloss, es einfach hinzunehmen, und im gleichen Augenblick löste sich seine Lähmung. Er drehte sich um: Das Fenster war zu.

Irgendwo zwischen Wind und Wolken und der Mitte seines Zimmers fehlte ein Stück Zeit, hatte sich die Erinnerung daran wie der Zigarettenrauch verflüchtigt. Er spürte jedoch die Gewissheit, dass er unbefugt in fremde Sphären eingedrungen war. Und dass er bestraft worden war für die Störung der Ordnung der Dinge.

Sergej hatte begriffen: Er durfte nicht versuchen, die Dimensionen dieses Lebens zu verlassen. Aber er wusste, er würde es schaffen. Der Gedanke nicht normal zu sein, quälte ihn nicht mehr. Er wusste jetzt, er war nicht verrückt, sondern hatte nur den meisten Menschen eine unendliche Erfahrung voraus. Sergej hatte seinen inneren Frieden wiedergefunden.

Alles um ihn herum war ihm nun wieder vertraut wie immer. Die Bilder hingen harmlos an den Wänden, die Bücher und Möbel standen da, wo sie immer gestanden hatten.

Sergej ging in die Küche, trank einen Schluck Wasser und putzte sich die Zähne. Dann legte er sich schlafen.
Als er am nächsten Morgen nach tiefem, ruhigen Schlaf erwachte, fiel ein Sonnenstrahl durch den Spalt zwischen den Vorhängen auf sein Bett. Der Kopf tat ihm noch etwas weh, aber auf seinem Gesicht zeigte sich zum ersten Mal in diesem Jahr ein kleines, glückliches Lächeln.

WENN DER BRIEFTRÄGER DREIMAL KLINGELT

Franz Gerfried musste nicht suchen. Den richtigen Knopf auf dem Klingelschild hätte er auch mit verbundenen Augen gefunden. Post hatte er keine für Gottwald, trotzdem drückte er auf den Klingelknopf. Die alte Frau Gottwald war eine der Kunden, die den neuen Betreuungsservice der Post gebucht hatten.

Eine Gegensprechanlage gab es nicht an diesem Haus. Ein, zwei Minuten dauerte es normalerweise, bis im dritten Stock ein Fenster aufging, Frau Gottwald sich herausbeugte und herunterrief: »Alles in Ordnung, Herr Gerfried, schönen Tag noch!«

Diesmal stand das Fenster bereits offen. Aber niemand ließ sich blicken. Gerfried drückte noch einmal auf den Knopf. Lieber etwas warten, bevor er hinaufginge, oben wieder klingelte, wartete, bis sie herangeschlurft kam, fragte, wer da sei, ihn durch den Türspion schließlich erkannte, endlich die Wohnungstür aufmachte, er sich dann erkundigte, wie es ihr gehe, und sie ihn wegen irgendeiner Kleinigkeit um Hilfe und hereinbat, um ihm drinnen statt einer kurzen Antwort auf seine Frage wieder einmal anfing, ihre halbe Lebensgeschichte zu erzählen.

Dann doch lieber unten ein drittes Mal klingeln. Schließlich war die alte Dame etwas schwerhörig.

Wieder nichts. Gerfried drückte einen anderen Knopf auf dem Klingelschild und noch einen und wieder einen. Endlich summte der Türöffner. Hoch also bis in den dritten Stock – ohne Aufzug, über die Treppe, mit den schweren Posttaschen in beiden Armen, die er nicht unbeaufsichtigt unten stehen lassen durfte.

»Ein Briefträger im wahrsten Sinne des Wortes«, dachte er.

Die Tür bei Gottwald stand einen Spalt offen. Er klopfte an.

»Ah, ah«, stöhnte es von drinnen.

»Frau Gottwald?«, fragte er zaghaft durch den Spalt. Keine Antwort. Hinein also.

In ihrer Küche fand er sie. Mit rotem Kopf stand Frau Gottwald vor der Spüle und machte sich am Wasserhahn zu schaffen.

»Ah, ah«, stöhnte sie dabei wieder. Und der Hahn tropfte. Klack, klack.

»Er hört nicht auf zu tropfen«, sagte sie.

»Das sehe ich ..., lassen Sie mal!«, sagte Gerfried. Nein, er rief es eher und stellte seine gelben Packtaschen auf den Boden, halb unter den Küchentisch.

»Lassen Sie's mich mal probieren!« Er schob die alte Frau sanft zur Seite. Er drehte an beiden Hähnen. Es tropfte weiter. Dann mit aller Kraft. Endlich hörte es auf.

»Wenn Sie den Wasserhahn immer so fest zudrehen, dann ist es kein Wunder, dass er tropft. Das hält auf Dauer keine Dichtung aus. Da werden Sie eine neue brauchen. Sie sollten mal den Klempner kommen lassen.«

Frau Gottwald ließ sich auf die Sitzbank am Küchentisch sinken.

»Ja, mein Gott, wer soll denn das bezahlen?«, jammerte sie. »Meine Rente reicht ja gerade mal so. Und dann gehen davon noch jeden Monat 40 Euro an Sie, dafür, dass Sie einmal am Tag bei mir klingeln. ... Können Sie's nicht mal versuchen?«

Gerfried schaute demonstrativ auf seine Armbanduhr.

»Haben Sie denn eine Ersatzdichtung im Haus?«, fragte er und hoffte auf ein Nein als Antwort.

»Ich weiß nicht«, sagte Frau Gottwald. »Ich glaube nicht.«

»Na, dann kann ich Ihnen im Moment leider auch nicht helfen«, sagte Gerfried und bückte sich nach seinen Taschen.

»Aber warten sie mal!«, sagte Frau Gottwald, ergriff seine rechte Hand und hielt sie fest. »Ich glaube, im Keller sind welche. – Ja, im Keller müssten welche sein. Da hat mein Mann so etwas immer aufbewahrt.«

Gerfried wandte sich etwas ab und verdrehte die Augen.

»Wissen Sie, mein Mann, er ist ja vor acht Jahren gestorben, nachdem er ...«

»Ja, weiß ich«, sagte Gerfried. »Das haben Sie mir schon ein paarmal erzählt.«

»Handwerklich war er ja sehr versiert, mein Gerhard.«

Den Namen kannte Gerfried auch bereits, und er stand auch noch auf dem Klingelschild.

»Für meinen Gerhard wäre das ein Kinderspiel gewesen«, sagte Frau Gottwald. »Ach, und Sie heißen ja auch so ähnlich.«

»Schon, aber mit Nachnamen«, sagte Gerfried und seufzte. »Schauen Sie, Frau Gottwald!« – Er deutete mit der freien Hand auf seine Taschen. – »Ich würde Ihnen ja gerne helfen, aber Sie sehen ja selbst, da sind noch jede Menge Briefe drin. Und Einschreiben, Nachnahmen, Infopost …«

»Was?«

»Na, Büchersendungen, Broschüren, Kataloge, Werbung.«

»Ach so«, sagte Frau Gottwald. »Früher hieß das anders.«

»Kann schon sein. Aber auf jeden Fall muss das alles heute noch zu den Empfängern. Und dann hab ich ja auch noch ein paar so Klingel-Kandidaten.«

»Was? – Ach so, Leute wie mich, meinen Sie.« Sie drückte seine rechte Hand noch etwas fester. »Könnten sie nicht trotzdem mal in den Keller …?«

»Frau Gottwald, tut mir leid, aber dafür hab ich jetzt wirklich keine Zeit.«

»Ja, ich versteh schon«, sagte sie mit Blick auf seine Brieftaschen. – »Aber morgen vielleicht? … Wissen Sie, ich kann gar nicht mehr richtig schlafen. Jetzt wach ich sowieso immer wieder auf, nachts. Und dann noch dieser Wasserhahn, das ständige Klopf-klopf, wenn er ins Spülbecken tropft. Das macht mich ganz verrückt.«

Gerfried sah, wie ihr das Wasser in die Augen trat.

»Frau Gottwald, da müssen Sie wirklich einen Installateur kommen lassen, für sowas bin ich nicht zuständig.«

»Einen Installateur!«, rief sie. »Was das wieder kostet. Und Sie bekommen ja auch 40 Euro im Monat von mir, nur fürs Klingeln.«

»Na ja, dreimal klingeln – und notfalls hochgehen, nach dem Rechten sehen und Meldung machen, wenn keiner antwortet oder aufmacht.«

Frau Gottwald ließ seine Hand los, und ihr Gesichtsausdruck wechselte von bekümmert zu grimmig.

»40 Mark im Monat! – Das sind im Jahr …, warten Sie! …

Auch Jahre nach der Währungsumstellung verwechselte sie Mark und Euro noch immer gern, das wusste Gerfried schon.

»Von den 40 Euro sehe ich keinen Cent«, sagte er. »Im Gegenteil! Ich hab bloß Schereien damit. Dabei schaff ich ja meine eigentliche Arbeit kaum. Erst letztes Jahr haben die den Zustellbezirk vergrößert. Und dann noch die viele Extrapost für die Kunden von Awasofot und Zaldudan.«

»480!«, rief Frau Gottwald. – Rechnen konnte sie, das musste man ihr lassen. – »Fast 500 im Jahr! Nur fürs Klingeln.«

Gerfried griff nach den Taschen. Frau Gottwald packte seinen anderen Arm, als wolle sie ihn festhalten, zog sich daran etwas hoch …, ließ dann plötzlich los, fasste sich an die Brust und sackte zurück auf die Küchenbank.

»Auch das noch«, dachte Gerfried. – »Mein Gott, Frau Wald…, äh, Frau Gottfried!«, rief er. »Was ist mit Ihnen?«

Er rüttelte die alte Frau an den Schultern, aber sie gab keinen Mucks mehr von sich. Vor Aufregung zitterten ihm die Hände. Einen Ernstfall wie diesen hatte er noch nicht gehabt. – Gott sei Dank hatte er die Notfallnummer auf seinem privaten Handy gespeichert. Und zum Glück war das nächste Krankenhaus nicht weit.

Nach dem Notruf überlegte er kurz. Dann fegte er mit einer Armbewegung das gehäkelte Tischdeckchen samt Trockenblumengesteck von der Tischplatte, zog Frau Gottwald von der Küchenbank hoch und bugsierte ihren erschlafften, reglosen Körper auf den Küchentisch. Eine Wiederbelebung auf dem Küchenboden kam für ihn nicht infrage, dafür hatte er es zu arg in den Knien.

Zehn Minuten dauerte es, bis er endlich mit seiner abwechselnden Herzdruckmassage und Mund-zu-Mund-Beatmung aufhören konnte, weil der Notarzt und die Sanitäter kamen.

Weitere zwanzig Minuten vergingen, bis sie Frau Gottwald soweit wieder auf den Beinen, genauer gesagt auf der Trage hatten, dass sie abtransportiert werden konnte.

Und dann saß er noch über eine halbe Stunde im Einsatzwagen und musste peinliche Fragen beantworten. Ein aufmerksamer Nachbar im Wohnblock gegenüber hatte durch Frau Gottwalds offenes Küchenfenster alles beobachtet, das Geschehen auf dem Küchentisch aber völlig falsch interpretiert und vorsichtshalber die Polizei gerufen.

»Dass man im sozialen Bereich nicht so toll verdient, hab ich ja schon gehört«, sagte einer der beiden Polizisten, als das Protokoll fertig war. »Aber dass ihr jetzt schon gezwungen seid, nebenbei auch noch Post auszutragen, war mir neu.«
»Ha, ha, toller Witz!«, sagte Gerfried.
Mit pünktlich Feierabend würde es heute mal wieder nichts werden, dachte er, als die Staatsgewalt abfuhr, und er wieder auf der Straße stand. Irgendwie fühlte er sich trotzdem erleichtert. – Bis ihm seine Packtaschen einfielen.
Die standen mitsamt der ganzen Post noch immer oben unterm Küchentisch, unerreichbar hinter der mittlerweile wieder verschlossenen Tür von Frau Gottwalds Wohnung.

FRÜHAUFSTEHER

Freitagmorgen. Siedend heiß fällt mir beim Aufwachen ein, dass ich gestern ganz vergessen habe … Ein Blick auf den Wecker: Es ist kurz nach acht, da könnte ich's gerade noch schaffen.

Kurz entschlossen springe ich aus dem Bett. Meine Frau schaut mich verschlafen und ziemlich befremdet an, ebenso unsere Katze, als ich im Wohnzimmer Pullover und Jeans über den Schlafanzug ziehe. Das alles geschieht rasch wie bei einem Feueralarm und doch mit der Routine eines erfahrenen Soldaten.

Draußen atme ich genussvoll die frische Morgenluft ein. Dann durchquere ich eilends den Garten. Die Wasserläufer im Gartenteich sind auch schon auf den Beinen und flüchten bei meinem Erscheinen ans andere Ufer.

Am Gartentürchen angekommen, packe ich das schwarze Ding mit beiden Händen und schleife es hinaus an den Wegrand. – Geschafft! Und keiner hat mich dabei gesehen.

Zwei Minuten später liege ich schon wieder neben meiner Frau im Bett und lausche …

Die Nachbarsköter fangen an zu kläffen – und richtig: Das Motorgeräusch eines großen Autos ist zu hören. Es scheint sich im Rückwärtsgang zu nähern, piepst dabei, wird immer lauter, bricht dann aber plötzlich mit einem Quietschen ab.

Der Schotter vorm Haus knirscht unter schweren Schritten. Starke Hände packen zu. Hydraulisches Summen, dann wird kräftig durchgerüttelt. Es prasselt und scheppert, schließlich klappt der Plastikdeckel wieder zu. Der Schotter knirscht wieder, der schwere Diesel dröhnt auf und entfernt sich.

Das war's. Selten hab ich die Müllabfuhr so genossen. Meine Frau umarmt mich dankbar im Halbschlaf, und ich denke: »Andere gehen früh zur Arbeit – ich vollbringe Heldentaten.«

VERKEHRTE WELT
Auf den Kopf gestellt – unsere (Um-)Welt im Jahr 2000

Im Kurpark von Bad Oldesloe in Ostholstein nervt eine große Saatkrähen-Kolonie die Kurgäste und Anwohner mit ihrem ständigen Gekrächze. Im niedersächsischen Diepholz mussten Freiluftkonzerte abgebrochen werden, weil die dortigen Krähen den Konzertbesuchern auf die Köpfe kackten.

In der Ukraine haben sie schon vor Jahren dafür gesorgt, dass eine ganze Region um den Ort Tschernobyl auf Jahrhunderte hinaus unbewohnbar wurde, und in der Folge Tausende von Menschen an Krebs erkrankten – einer weiteren geschützten, aber für den Menschen äußerst schädlichen Tierart.

Ein Hamburger Sozialwohnungs-Großprojekt musste auf Eis gelegt werden wegen einem Wachtelkönig. Das ist ein seltener Vogel, der angeblich auf den zu bebauenden Wiesen sein Unwesen treibt.

Erst kürzlich machte er durch seine soziale Verantwortungslosigkeit im holländischen Enschede ein ganzes Stadtviertel dem Erdboden gleich.

Beim Neubau der ICE-Strecke Hannover-Berlin führten Maßnahmen zum Schutz von 26 Großtrappen zu Kosten von rund einer Million Mark pro Vogel.

Dabei haben sie erst zwei Jahre zuvor – ebenfalls in Niedersachsen – auf der Eisenbahn-Rennstrecke bei Eschede ein schweres Unglück mit 101 Toten verursacht, indem sie einen ICE-Zug zum Entgleisen brachten.

In Göttingen versuchten Feldhamster den Bau eines Forschungszentrums für Gentechnik zu vereiteln, und im Mühlenberger Loch bei Hamburg wollten Löffelenten den Ausbau ihres Naturschutzgebietes zu einem Großprojekt der Airbus-Industrie verhindern. (Was ihnen jedoch nicht gelang.)

Biber bedrohen Deiche, indem sie selber Dämme bauen; Maulwürfe zerstören deutsche Rasenflächen, indem sie ungenehmigten Bergbau betreiben und sich unter der Erde verkriechen. – Sie entziehen sich damit feige ihrer Verantwortung für das Ozonloch, den Treibhauseffekt und die weltweite Zunahme von Überschwemmungen und anderen Naturkatastrophen.

Rücksichtslose, aber geschützte Fledermäuse vereiteln durch gezieltes Koten – als Zeichen ihrer Anwesenheit in fremden Dachstühlen – den Ausbau von Häusern, und der bekannte Automörder Steinmarder genießt in aller Ruhe eine halbjährige Schonzeit. – Obwohl alljährlich auf deutschen Straßen und Autobahnen Massenkarambolagen mit Millionenschäden und Tausende von getöteten Menschen und Tieren auf sein Konto gehen.

Gewissenlose Kormorane schädigen Fischzüchter und Angler, stören Jäger und Erholungssuchende und dürfen trotzdem nicht abgeschossen werden. – Obwohl sie bekanntermaßen seit langem die Weltmeere leer fischen und allein im Jahr 2000 bereits den gesamten Fischbestand des ungarischen Flusses Theiß vernichtet haben.

In meinem Garten hält ein Blaumeisen-Pärchen seit Wochen hartnäckig einen Nistkasten besetzt; im Schlafzimmer feiern Stechmücken Blutorgien, und am Honigglas in der Küche kleben Dutzende von gierigen Ameisen.

Harte Fakten und kein Zweifel:
  Die Natur befindet sich erbarmungslos auf dem Vormarsch und bedroht unser aller Lebensraum und Existenzgrundlage.
  Wir sollten nicht nachlassen, uns gegen sie zu wehren.

DRAMA AM FELDKLO

Es geschah an einem Samstag gegen Ende des letzten Weltkrieges. Fünfzig Soldaten standen in ihren Tarnanzügen und mit geschwärzten Gesichtern Schlange vor dem Klohäuschen der 10. Kompanie, um einen Blick auf den beim Pinkeln schlaff herabhängenden Pimmel ihres Herrn Hauptmanns zu erhaschen.

Währenddessen saßen zwei gemeine Schmeißfliegen auf dem Haufen in der Latrine und amüsierten sich über des Hauptmanns feistes Hinterteil. Eine lange, braune Wurst löste sich zögernd aus dessen Mitte und fiel von oben herab direkt auf das Fliegenpaar. Die eine Fliege war sofort tot, während die andere nur leichte Schäden am linken Flügel davontrug.

Draußen hatten die Soldaten nichts von den tragischen Vorkommnissen bemerkt.

Mit der üblichen Gleichgültigkeit, die höhere Militärs für angebracht halten, wenn es um eine unbedeutende Sache wie das Scheißen geht, erhob sich der Hauptmann von seinem Platz und zog gemächlich seine weiten Reithosen hoch.

Der toten Fliege war das auch egal.

Die Soldaten beeilten sich, in Reih und Glied Aufstellung zu nehmen, um ihren Vorgesetzten beim Heraustreten gebührend zu empfangen. Einer von ihnen hatte sein Hosentürchen offen stehen. Er hatte vergessen, es vorschriftsmäßig zu verschließen, nachdem ihn der Hauptmann dabei erwischt hatte, wie er versuchte, die Zähne seines Reißverschlusses zu zählen.

Die nur leicht lädierte Fliege schüttelte die Scheiße ab.

Wie gesagt: Es war Krieg, und ein feindlicher Tieffliegerangriff stand kurz bevor.

Der Hauptmann schnäuzte sich noch schnell in ein Blatt der letzten Rolle Klopapier, die er vor dem herannahenden Feind hatte retten können. Er war zufrieden mit sich.

Wie ein nicht ganz weißer Fallschirm schwebte das Blatt in die Dunkelheit des Latrinenlochs hinab. Es landete genau auf den sterblichen Überresten der Toilettenfliege und wurde so zu einem würdigen Leichentuch für das arme Geschöpf.

Auf beiden Seiten des Pfades, der zu dem etwas abseits gelegenen Feldklo führte, gab es einen Wassergraben. Darin lauerte ein fetter, brauner Frosch auf vorbeifliegende Nahrungsmittel.

Die eine Fliege, die dem Tod gerade noch um Klopapiersbreite entkommen war, wurde eine leichte Beute. In dem Moment, als die Zunge des Froschs mit der Fliege an Bord in sein Maul zurückschnalzte, kam mit bedrohlichem Brummen der erste Tiefflieger über dem nahen Waldrand hervorgeschossen.

Im Nu lagen fünfzig Soldaten mit ihren rußgeschwärzten Gesichtern im knöcheltiefen Sumpfwasser des Grabens und kauerten sich zwischen die Schilfhalme.

Der Gefreite mit dem offenen Hosentürchen lag auf dem Frosch, der sich nicht mehr rechtzeitig hatte in Sicherheit springen können und nun geplättet war.

Die Maschinengewehrsalven des Tiefliegers ratterten über die Köpfe der Soldaten hinweg den Trampelpfad entlang. Sie trafen zuerst den Hauptmann, der wertvolle Zeit damit vertan hatte, vorschriftsmäßig seinen Hosenlatz zuzuknöpfen, ehe er sich aus dem Klohäuschen ins Freie und damit in den Tod stürzte. Dann durchlöcherten die Kugeln die hölzerne, mit einem herausgesägten Herzen verzierte Klotür.

So schlug das Schicksal an einem der letzten Samstage des letzten Krieges gleich viermal zu.

LORELEY LEBT

Erst wenige Minuten waren vergangen, seit Captain Mantell mit seiner F-16 vom Militärflugplatz Ramstein gestartet war. In einem weiten Bogen nach Nordwesten hatte er die bewaldeten Bergrücken des Hunsrücks hinter sich gelassen und östlich von Trier zum ersten Mal die Mosel überflogen. Hinter Bitburg drehte er die Maschine Richtung Osten.

Seit fast einem Jahr war er in Deutschland stationiert. Die Landschaft war ihm nicht mehr fremd, wenn er sie auch meistens nur vom Flugzeug aus erlebt hatte, in dem er darüber hinwegraste. Gern hätte er mehr kennengelernt von der Heimat seiner Vorfahren – in seiner Freizeit kam er aber selten heraus aus den Barracks von Ramstein und den abgeschotteten Wohngebieten der Angehörigen der US-Airforce.

Mit beinahe Schallgeschwindigkeit jagte er jetzt im Tiefflug über die Kuppen der Vulkaneifel. Trotzdem leistete er sich einen Blick auf ihre runden Kraterseen, die Maare, die wie dunkelblaue Augen aus der Landschaft leuchteten.

Er hatte Heidelberg besucht, Schloss Neuschwanstein und das obligatorische Oktoberfest in München – damit zuhause keiner behaupten konnte, er hätte nichts gesehen von Deutschland.

Sogar eine Schwarzwald-Rundreise hatte er gemacht. Von der Landschaft war er begeistert und gleichzeitig hatte er eine große Nachfrage der Daheimgebliebenen befriedigen können. Er selbst wusste, dass beileibe nicht in jedem deutschen Haushalt eine Kuckucksuhr hing – dank ihm zierte inzwischen aber mindestens ein halbes Dutzend davon die Wohnzimmerwände seiner Freunde und Verwandten in den Staaten.

Zwischen Cochem und Burg Eltz fauchte die F-16 zum zweiten Mal über die Weinberge der Mosel hinweg; dann war schon der Rhein zu sehen, der vor Koblenz seine große, doppelte Schleife zog. Sekunden später lag sie direkt unter ihm.

Thomas F. Mantell musste an Andernach denken, woher die Großeltern seiner Mutter stammten. Vor zwei Wochen erst hatte er an einer der beliebten Magical-Rhine-Wine-Bustours teilgenommen, welche die Airforce von Zeit zu Zeit organisierte. Auch durch Andernach waren sie dabei gekommen. Er wusste gar nicht, wo er zuerst hinschauen sollte, als er mit der Kamera um den Hals durch die Gassen geschlendert war, die ihm in Wirklichkeit noch enger vorkamen, als auf den Bildern, die er gesehen hatte. Mit einem uralten, vergilbten Foto in der Hand hatte er vergeblich versucht, das Geburtshaus seiner deutschen Urgroßeltern zu finden, die nach dem Ende des Ersten Weltkriegs nach Amerika ausgewandert waren.

Während er sich daran erinnerte, schoss die F-16 in einer Höhe von 1600 Fuß knapp am Dachskopf vorbei, dessen höchster Punkt nur etwa 30 Meter tiefer lag.

»Ich muss mich besser konzentrieren«, dachte Mantell. – Wie klein doch dieses Land war, verglichen mit seiner Heimat Kentucky. Immerhin gab es auch hier eine Stadt, die fast genauso hieß, wie die Hauptstadt seines Bundesstaates: Frankfort.

Wie viele Male er auf seinen Übungsflügen schon den Rhein gekreuzt hatte – er wusste es nicht. Und nachts in der Kaserne träumte er noch immer vom Ohio und davon, wie er, vorbei an Fort Knox, dem breiten Strom flussabwärts folgte.

Er sah dabei die weite Landschaft Kentuckys, und seine Flügel streiften den goldenen Gürtel der Weizenfelder. Dann zog sich das grüne Muster aus Maisfeldern und Tabakplantagen endlos unter ihm dahin. Und wenn er nach links schaute, ragten aus dem Dunst am Rand seines Blickfelds die Gipfel der Great Smoky Mountains hervor. Im Traum jagte er durchs Tal des Green River und über den gewaltigen Kentucky-Damm, der den Tennessee aufstaut, bevor dieser in den Ohio mündet – bis schließlich vor der Nase seines Jets die Ebene des Mississippi auftauchte, deren Baumwollfelder sich bis zum Horizont erstreckten.

Wie eng dagegen dieses Deutschland ist. Er hatte es sich größer vorgestellt, früher. Und bestimmt waren es Deutsche, die den Gartenzaun erfunden hatten. Selbst der kleinste Vorgarten wurde hier noch eingegrenzt, und manchmal standen darin wie zur Bewachung diese komischen Schneewittchen-Zwerge. Er wusste inzwischen, dass *My Old Kentucky Home* ihm doch vertrauter klang und näher lag als der wunderschönste deutsche Rhein.

Die Fliehkraft presste ihn tief in seinen Pilotensitz, als er über der Ortschaft Katzenelnbogen eine saubere 180-Grad-Kehre machte.

Kurz darauf schwappte den Ausflüglern, die in den Gartenlokalen am Rheinufer saßen, vor Schreck der Kaffee aus den Tassen, als die F-16 über Kaub und Bacharach hinwegdonnerte. Mantell konnte es nicht lassen, zum Gruß mit dem Tragwerk zu wackeln, obwohl er ahnte, dass die dort unten nicht unbedingt begeistert waren über den Anblick seines Fighters.

Ihm fiel der Witz ein, den die deutsche Reiseleiterin bei der Busfahrt erzählt hatte: »Ruft ein Tourist im Fremdenverkehrsbüro eines Urlaubsorts an und erkundigt sich nach der Umgebung. Ob es denn dort auch Tiefflüge gebe, will er wissen. Die freundliche Dame am Telefon beruhigt ihn und verneint. – Dann könne die Gegend wohl so schön nicht sein, meint der Tourist daraufhin und legt auf.«

Thomas Mantell schmunzelte – ja, die Deutschen!

Was Laura-Lee daheim in Louisville wohl gerade macht? – Bei den sieben Stunden Zeitunterschied müsste sein Sohn um diese Zeit gerade auf dem Weg zur Schule sein.

Vielleicht rekelt sie sich noch faul im Bett und weiß der Himmel, ob sie dabei allein ist. – Er hätte sie doch mitnehmen sollen, als die Airforce ihn für zwei Jahre nach Germany abkommandiert hatte. Aber das Haus! Sie hätten dann vielleicht ihr schönes Haus, das noch längst nicht abbezahlt war, aufgeben müssen – oder es an fremde Leute vermieten. Und dann war da noch die Tatsache, dass Laura-Lee nicht fliegen konnte. – Er selbst hatte ein paar Tausend Flugstunden hinter sich, und nicht einmal im irakischen *Wüstensturm* oder im Jugoslawien-Krieg war ihm dabei etwas zugestoßen. Warum musste ausgerechnet seine Frau unter Flugangst leiden? – Zweimal im Jahr stand ihm ein kostenloser Heimflug zu – und zwei Jahre gehen schnell vorbei, hatten sie gedacht, damals. Wenigstens hatten sie sich inzwischen an die Zeitverschiebung gewöhnt, sodass es keine nächtlichen Anrufe mehr gab von seiner Frau.

Über dem Hunsrück schnitten die Abgase der F-16 einen sichelförmigen Bogen in den blauen Himmel. Dann raste Mantell mit seiner Maschine im Tiefflug zurück zum Rheintal. Zwischen Ruine Rheinfels und dem Spitzenstein nahm er den Loreley-Felsen ins Visier. – Die Loreley, dieses deutsche Fräulein mit seinen langen, blonden Haaren, das sich den lieben langen Tag kämmte und die Männer dabei ganz verrückt machte. Er kannte das von seiner Laura-Lee – die konnte einen manchmal auch ganz schön *crazy* machen.

Irgendetwas blendete ihn von unten. – Für einen Moment glaubte er, das Sternenbanner zu sehen, das amerikanische Soldaten im April 1945, nach dem Sieg über die Deutschen, auf der Loreley gehisst hatten. Auch das hatte er von der netten Fremdenführerin bei der Rhein-Wein-Rundfahrt erfahren.

Was war los? Die Maschine hatte keinen Schub mehr. Viel zu tief kam sie, schoss direkt auf den Berghang zu. Er musste etwas tun, sofort…

Um 15 Uhr 17 wurde der Controller in der Jägerleitstelle in Ramstein unruhig, als der Leuchtfleck von Mantells F-16 plötzlich vom Radarbildschirm verschwand und auch der Funkkontakt abbrach.

Thomas Mantell dachte gerade noch einmal an seine Familie zuhause in Kentucky, als die F-16 unterhalb des Aussichtspunkts auf der Loreley aufschlug und explodierte.

In den Abendnachrichten verlas der Sprecher folgende Meldung: »Ein amerikanisches Jagdflugzeug vom Typ F-16 ist heute Nachmittag auf dem Loreley-Felsen, bei St. Goarshausen am Rhein, zerschellt. Wie ein Vertreter der amerikanischen Streitkräfte sagte, habe sich die Maschine auf einem Übungsflug befunden. Angaben zur Unglücksursache machte er nicht, es wird jedoch vermutet, dass technisches oder menschliches

Versagen zu dem Absturz führte. Menschen kamen dabei offenbar nicht zu Schaden. Der Pilot konnte sich kurz vor dem Aufprall mit dem Schleudersitz retten und wurde nahezu unverletzt mit seiner Schwimmweste aus dem Rhein geborgen. Aufgrund eines Schocks konnte er jedoch bislang keine Angaben zum Hergang des Unglücks machen. – Wegen der Bergungs- und Aufräumarbeiten muss die Rheinschifffahrt zwischen Bingen und Koblenz in beiden Richtungen voraussichtlich für drei Tage eingestellt werden.«

Während Captain Mantell noch zur Beobachtung im Militärhospital in Landstuhl lag, wartete in seinem Postfach in der Kaserne ein Brief auf ihn. Dem Schreiben lag die Kopie eines Zertifikats bei, in dem bestätigt wurde, dass eine gewisse Mrs. Thomas F. Mantell an einer Therapie gegen Flugangst teilgenommen und diese erfolgreich abgeschlossen hatte. Laura-Lee teilte ihrem Mann in dem Brief außerdem mit, dass sie bereits einen Flug gebucht habe und mit ihrem Sohn zum Ferienbeginn in zwei Wochen bei ihm sein würde.

Der Zugang zur Loreley wurde nach dem Unglück auf unbestimmte Zeit für das Publikum gesperrt – wegen Lebensgefahr.

WER HAT ANGST VOR BLAU, BLAU, BLAU?

Paul Blau hatte mal wieder den Blues. Es war ein herrlich blauer Montagmorgen, und er hatte überhaupt keinen Bock auf den Bau – schon gar nicht, seit er am Wochenende den blauen Brief seiner Firma im Briefkasten gefunden hatte.

»Da versprechen sie einem das Blaue vom Himmel und dann das«, hatte er gedacht, als er das Kündigungsschreiben las. »Dabei war ich immer für die da. Nicht ein einziges Mal hab ich blau gemacht.«

Paul beschloss, genau dies heute zu tun. Er zog seine Arbeitsklamotten wieder aus, tauschte den Blaumann gegen die Blue Jeans, packte seine abgewetzte Bundeswehr-Badehose und eine Dose Blaukraut ein und startete zu einer Fahrt ins Blaue. Als er unterwegs an einer Aral-Tankstelle vorbeikam, tankte er und kaufte als Proviant eine Flasche Blue Curaçao.

Bei Ulm überquerte Paul die schöne blaue Donau und fuhr dann über Blaustein immer an der Blau entlang bis Blaubeuren, wo er seinen metallicblauen Golf am Blautopf parkte.

Wie gesagt, es war ein Montag, und so kam es, dass er – abgesehen von einigen Bläulingen, die paarweise herumflatterten – dort ganz alleine war.

Vom Turm der nahen Klosterkirche schlug es Zwölf, und Paul stellte fest, dass er Hunger hatte. Er blickte in den Blautopf. »Ein Blaufelchen oder eine Forelle blau wäre jetzt nicht schlecht«, dachte er.

Man konnte bis auf den Grund des Quellsees sehen, aber kein einziger Fisch ließ sich blicken. Nur das Laub vom letzten Jahr blaute da unten vor sich hin und bedeckte wie Blaupapier den Boden des Blautopfs.

Paul öffnete die Dose – musste er sich eben mit dem mitgebrachten Blaukraut begnügen. Nach dem Mahl – und ein paar kräftigen Schlucken aus der blauen Curaçao-Flasche – breitete Paul die blaukarierte Decke aus, die er stets im Kofferraum hatte, und legte sich in die Sonne.

Eine Weile betrachtete er den blauen Himmel. Kein Wölkchen, nur ein paar Blaumeisen kreuzten seine Blicke. Dann fing er an zu blinzeln und war bald eingeschlafen.

Paul träumte, er wäre im Urblau auf der fernen Insel Jamaika und machte eine Wanderung in den dortigen Blauen Bergen.

Hoch oben, in der Einsamkeit der Blaufichtenregion, kam ihm ein Mann entgegen, der auf einem Blauschimmel ritt.

»Das ist doch Käse!«, dachte Paul im Schlaf, träumte aber weiter.

Der Fremde trug eine Heilsarmee-Uniform, deren Dunkelblau schon ziemlich ausgeblichen war. Er stellte sich Paul als »der Blaue Reiter« vor. Nachdem Paul den Reiter begrüßt hatte, erklärte dieser, dass er gerade von einer Expedition zum Blauen Nil komme, wo er die blaue Mauritius gefunden habe, und dass er jetzt hier auf der Blaufuchsjagd sei.

Paul glaubte ihm kein Wort. »Der lügt doch das Blaue vom Himmel herunter«, dachte er. – »Blaufüchse in den Blauen Bergen? – Der hält mich wohl für ziemlich blauäugig. – Dabei sieht er selbst aus wie ein Blaukreuzler auf Blaubeersuche.«

Die beiden Männer kamen trotzdem ins Gespräch. Während sie eine Weile ins Blaue hinein redeten, meldete sich Pauls Magen mit nicht zu überhörendem Knurren.

»Schiebst wohl Kohldampf?«, fragte der Fremde.

»Schon!«, sagte Paul.

»Warte, da hab ich was für dich!«

Als der Reiter sich daraufhin an seiner Satteltasche zu schaffen machte, lief Paul schon das Wasser im Mund zusammen. Plötzlich hatte der Kerl aber statt dem erhofften Milky-Way oder Bounty-Riegel einen Revolver in der Hand und zielte damit auf Paul.

»Ich kann dir leider nur ein paar blaue Bohnen anbieten«, sagte der Blaue. Dann steckte er das Schießeisen aber gleich wieder weg und lachte dabei so dreckig, dass es klang, als würde sein Blauschimmel in eine leere Büchse Blaukraut wiehern.

Paul verzog das Gesicht, als habe er eben herzhaft in eine Tafel Milka-Schokolade gebissen, aber vergessen, zuvor das

Stanniolpapier zu entfernen. »Das ist doch alles nur Blabla«, dachte er, und eine blaue Zornesader schwoll an seinem Hals.

»Wer bist du denn, dass du glaubst, du könntest mir hier blauen Dunst vormachen?«, rief Paul. »Wenn du so weitermachst, wirst du noch dein blaues Wunder erleben!«

Der Blaue Reiter stieg aus dem Sattel seines Gauls.

»Tut mir leid, wenn ich dich erschreckt habe«, sagte er und streckte Paul die Hand zur Versöhnung entgegen.

Wie sich herausstellte, handelte es sich bei dem Blauen Reiter um niemand Geringeren, als den bekannten Schriftsteller und Bühnenautor Peter Blau-Zahn.

Blau-Zahn erzählte, dass er einige Jahre in einer Bluebox verbracht habe und deshalb von der öffentlichen Bildfläche verschwunden war. Hier oben in Jamaikas Blauen Bergen sei er nun auf der Suche nach der berühmten blauen Blume.

»Und wer seid Ihr? Was führt Euch hierher?«, fragte Blau-Zahn, als er mit seiner Lebensgeschichte am Ende war.

»Ich bin Paul Klee«, log Paul. »Und ich mache gerade eine Blaupause.«

Als er das hörte, zückte Blau-Zahn aus seiner Heilsarmee-Jacke blitzschnell einen 38er Flachmann mit Curaçao Blue. Paul seinerseits zog sofort seine Blues-Harp aus ihrem blauen Etui und begann auf der Mundharmonika einen flotten Blues zu spielen. Auf einem nahen Ast improvisierte ein Blaupieper schräge Melodien dazu, und ein Blauspecht bekleibte ihn, indem er kopfüber mit seinem Schnabel dem Stamm einer Blautanne den Takt einbläute.

Peter und Paul waren in ausgelassener Stimmung und tranken den blauen Curaçao, bis sie selbst ziemlich blau waren. Paul sang »Blau, blau, blau blüht der Enzian«. Blau-Zahn grölte den alten Heilsarmee-Hit »Soup, Soap and Salvation«. Es hörte sich an und sah auch so aus, als ob er, außer dem Seelenheil, vor allem die ersten beiden der drei Dinge: Suppe und Seife, dringend nötig hätte.

Die Zeit verging, die blaue Stunde nahte, und Peter Blau-Zahn blickte besorgt nach Osten.

»Llass uns aufblechen!«, lallte er. »Ich glaube, da blaut sich was zusammen.«

Sie verabschiedeten sich. »Mach's gut!«, sagte Paul.

Der Blaue Reiter fädelte den falschen Fuß in den Steigbügel ein, schaffte es aber irgendwie doch, sich richtig herum in den Sattel zu schwingen.

»Man sieht sich!«, rief er und ritt von dannen.

Auch Paul suchte das Blaue, denn noch vor Einbruch der Dunkelheit wollte er am Meer sein, wo er bei der Blauen Grotte mit Bob Marley und ein paar blauen Jungs verabredet war. Während er überlegte, was er dort eigentlich wollte, wachte Paul auf.

Die Sonne brannte auf ihn herab, ihm war ganz heiß. Paul stand auf und sprang Hals über Kopf in den Blautopf, um sich abzukühlen. Er tauchte und kraulte darin herum, als gelte es, das Blaue Band für die schnellste Blautopfüberquerung zu gewinnen. Eiskalt war das Wasser und roch ein wenig nach Mandellikör.

»Das kommt wahrscheinlich vom Blue Curaçao«, dachte Paul. Kurz darauf wurde ihm schwindlig, und er begann, sich wie ein Blauwal im Planschbecken zu fühlen – irgendwie wurde es ihm zu eng im Blautopf. Außerdem blähte ihn das Blaukraut, und er bemerkte, dass seine Finger schon ganz bläulich waren vom langen Herumschwimmen in dem kalten Wasser. Als er plötzlich auch noch Atemnot bekam, beeilte er sich herauszukommen.

Als er das rettende Ufer schon fast erreicht hatte, entdeckte Paul das Pärchen, das oben auf der Böschung stand und sich anschickte, ebenfalls baden zu gehen.

Der Mann stieg gerade in seine Badehose. Eine blau gestreifte Krawatte baumelte noch an seinem Hals, der dazu passende Anzug hing samt Bügel bereits am nahen Ast einer Erle.

Die Begleiterin des Badehosenträgers trug ein Kleid aus blauem Chiffon – durchsichtig wie das Wasser im Blautopf. Darunter war sie nackt, bis auf einen knappen blauen Bikini. Blaue Augen hatte sie auch und sah aus wie eine Prinzessin im Blaukleid oder irgendeine andere Blaublütige.

Keuchend und prustend schleppte Paul sich an Land und starrte die Frau in Blau dabei mit großen Augen an – wie eine Erscheinung.

»Mein Gott«, dachte er. »Die Lau! – Jetzt holt sie mich.« Auf Knien krabbelte er weiter, die Uferböschung hinauf. Oben angekommen, richtete er sich auf. Nach dem dritten Anlauf gelang es ihm, auf den Beinen zu bleiben, und er wankte auf das Pärchen zu.

Paul zitterte und mit ihm alles, was er am Körper trug: In seinem Haar und aus der Badehose hingen büschelweise Fäden von Blaualgen, die sich dort verfangen hatten. Er sah aus wie der leibhaftige Neptun, dem nur der Dreizack fehlte.

»Sssind Sssie die sssagenhafte schöne Blau?«, fragte Paul mit klappernden Zähnen. – »Die blaue Lau? Die laue Blau?«

Die Frau stand da wie die Skulptur einer Sexgummipuppe. Als sie aber sah, wie blau Paul war, fing sie an, hysterisch zu kreischen und fuhr ihren Begleiter in breitem Schwäbisch an: »Ach deschwegen hascht du unbedingt mit mir daher zum Bade fahre wolle! – Du hascht es Blautöpfle mit Blausäure vergiftet. – Du willscht mi bloß loschwerde, du Blaubart, du!«

»Ja, freilisch!«, schrie der Typ mit der blauen Badehose in gehässigem Ton zurück. »Und wenn i glei gewuscht hätt, wasch du für a Blaustrumpf bischt, da waret i scho längscht mit dir im Blautopf bade gange!«

Woraufhin die blaue Prinzessin mit beiden Fäusten auf ihren Begleiter losging. Sie schlug so lange auf ihn ein, bis auch er blaue Augen hatte und beruhigte sich erst wieder, als er ohnmächtig und mit blauen Flecken übersät am Boden lag.

Paul war ebenfalls wieder zu Boden gegangen. Er röchelte und spuckte ins Gras. Statt Gänseblümchen sah er nur noch Blausternchen auf der Wiese. Dann wurde ihm dunkelblau vor den Augen, und er verlor das Bewusstsein.

Bald darauf erschien die Polizei und ein Krankenwagen, und die Männer mit den weißen Turnschuhen luden Paul und das Pärchen ein und fuhren mit Blaulicht davon.

Paul Blau wachte erst im Krankenhaus wieder auf. »Verdacht auf Blausucht« hatte der Notarzt auf dem Einlieferungsschein vermerkt.

Dem blauen Himmel sei Dank stellte sich bei näherer Untersuchung jedoch heraus, dass Paul nur einen schweren Blaustich hatte.

»Da sind Sie ja noch mal mit einem blauen Auge davongekommen«, sagte die hübsche Krankenschwester, die in ihrem blassblauen Kittel neben Pauls Krankenbett stand.

Hinter ihr, im Fensterrahmen, durchkreuzten zwei rosa Kondensstreifen das Bild der Sonne, die eben im Abendrot über den Dächern der Stadt versank.

Paul schloss die Augen. Das passte nun wirklich nicht hierher.

WARUM DER ROLLMOPS ROLLMOPS HEISST
und wie man ihn fängt

Zu einem richtigen Katerfrühstück gehört – neben einer Aspirintablette – auf jeden Fall der Rollmops. Dass es sich dabei um eine Fischspezialität handelt, dürfte allgemein bekannt sein. Vielleicht haben Sie sich beim Verspeisen dieser säuerlichen Fische aber auch schon einmal gefragt, wie sie zu ihrem eigenartigen Aussehen und ihrem komischen Namen gekommen sind. (Um Missverständnissen vorzubeugen: Selbstverständlich ist noch immer von den Rollmöpsen die Rede!) Auf diese Frage haben Sie wahrscheinlich bis heute keine wirklich aufschlussreiche Antwort erhalten. Im Folgenden werde ich versuchen, diese Wissenslücke zu füllen.

An den Ufern größerer Gewässer findet man hier und da Holzkonstruktionen, die – ohne ersichtlichen Grund – oft bis ins tiefere Wasser hinein gebaut sind. Im Aussehen ähneln sie Brücken, reichen jedoch nie bis ans andere Ufer, sodass man etwa hinübergehen könnte. Derartige Pfahlbauten werden auch als Steg (Plural: die Stege) bezeichnet. Der Begriff ist wahrscheinlich von dem Verb *stehen* abgeleitet: erstens, weil die Stege im Wasser genau dies tun – und zweitens, weil einem, an ihrem Ende angelangt, meist gar nichts anderes übrigbleibt, als stehen zu bleiben.

Was bislang jedoch nur wenigen Eingeweihten bekannt war, ist die Tatsache, dass diese Stege eine wichtige Rolle im gewerblichen Rollmopsfang spielen, ja geradezu buchstäblich dessen Existenzgrundlage bilden.

Die für eine ausreichende Versorgung der Bevölkerung wichtigen Fanggründe an besonders rollmopsreichen Gewässern sind durch Zäune am Ufer und Schilder mit der Aufschrift »Betreten verboten, Privatbesitz!« gesichert. Einer unkontrollierten Dezimierung der wertvollen heimischen Rollmopsbestände durch Hobbyangler wird so ein Riegel vorgeschoben. Auf diese Weise soll auch verhindert werden, dass durch lärmende Kinder und Badende, die von den Stegen ins Wasser springen, die zu fangenden Möpse vertrieben oder in ihrem Fortpflanzungsgeschäft gestört werden. Rollmöpse vermehren sich übrigens ungeschlechtlich, weshalb sie auch keinen Schwanz benötigen.

Doch zurück zum eigentlichen Thema, dem Rollmopsfang:
An der Unterseite der Stege werden in kurzen Abständen dicke Angelschnüre befestigt. Je nach Abstand des Gewässergrundes von der Wasseroberfläche beziehungsweise der Stegunterkante, kann deren Länge variieren. An den Schnüren werden – wie die Perlen auf einer Perlenkette – Gewürzgurkenstücke als Köder aufgezogen. Im Gegensatz zur Fangmethode bei gewöhnlichen Fischmöpsen, wie dem Fetten (lat.: *haringus bismarcki*) oder dem Gesalzenen Fischmops (lat.: *haringus matjesi*) erübrigt sich beim Rollmopsfang die Verwendung von Angelhaken oder Netzen.

Sobald ein in der Nähe des Steges herumschwimmender Mops die grünen Gurkenstücke entdeckt, ist er nicht mehr zu halten. Seinem natürlichen Instinkt folgend, stürzt er sich auf den ausgehängten Köder, um welchen er sich sogleich mit seinem gesamten Fischleib auf die für ihn so charakteristische Weise herumwickelt oder, anders gesagt, -rollt. Daher auch sein Name: Rollmops (lat.: *haringus volutus*).

Die Spezies Rollmops gilt als gesellig und tritt gewöhnlich in kleinen Schwärmen auf, welche meist aus mehreren Fischen bestehen. Es kann deshalb durchaus vorkommen, dass sich um eine einzige Fangschnur – je nach Anzahl der daran befindlichen Köder – bis zu fünfzehn Exemplare rollen.

Regelmäßig werden die ausgehängten Fangleinen eingeholt und vom sogenannten Rollmopser überprüft. Zu kleine oder zu alte Möpse wirft er in ihr Element zurück und ersetzt eventuell verlorengegangene Gurkenstückchen durch neue.

Hat eine genügende Anzahl geeigneter Möpse die Köder umrollt, so wird der Fang bearbeitet. Dabei wird zunächst jeder einzelne Rollmops mit zwei flachen Holzstäbchen durchbohrt, um ein Abwickeln des aufgerollten Tieres zu verhindern.

Für den Verkauf bestimmte Möpse werden anschließend vorsichtig von den Schnüren in bereitgestellte Gläser hinein abgestreift. Sind genügend Möpse in den Gläsern, werden diese mit Essigmarinade aufgefüllt, welcher – nach Belieben oder regionaler Tradition – Zwiebelstücke und als Gewürze Pfeffer-, Wacholder- oder Senfkörner hinzugefügt werden. Exportware wird zusätzlich mit Konservierungsstoffen versetzt, und die Gläser anschließend sorgfältig verschlossen.

Nach einer fünfwöchigen Reifelagerung, während der sie ihren typischen und von Feinschmeckern so geschätzten Geschmack und Geruch annehmen, stehen die Rollmöpse dem genussvollen Verzehr zur Verfügung.

Leider ist in den letzten Jahren ein allgemeiner Rückgang der Rollmopsbestände zu beklagen. Der Gesetzgeber hat deshalb die oben erwähnten, umfassenden Schutzbestimmungen erlassen. Die verarbeiteten Rollmöpse werden kontrolliert und müssen in Größe, Geruch und Geschmack der EU-Norm entsprechen. Die Einhaltung der Fangquoten wird streng überwacht. Unsere Gewässer können also nicht mehr – wie mancher verantwortungslose Rollmopser bisher glaubte – »auf Mops komm raus« ausgebeutet werden.

Abschließend möchte ich noch den einen oder anderen Leser zufriedenstellen, bei dem vielleicht die Frage aufgetaucht ist, warum die Rollmöpse in den Gläsern nie Köpfe oder Gräten haben. – Die Antwort ist ebenso einfach wie verblüffend: Rollmöpse besitzen von Natur aus weder Kopf noch Rückgrat! – Oder glauben Sie etwa, dass ein denkender Fisch sich auf so plumpe Weise fangen ließe?

WAS WAR DA LOS IN BETHLEHEMS STALL?

»Stille Nacht, heilige Nacht! Gottes Sohn, Owi lacht ...«
Vermutlich hat fast jeder von uns diese Zeile schon einmal gesungen. Und viele haben sich – zumindest als Kind – gewiss gefragt, wer denn dieser Owi ist, der da am Anfang der zweiten Strophe des Weihnachtsliedes lacht.

Ein weiterer unehelicher Sohn Gottes? Ein Brüderchen von Jesus, das die Evangelisten in ihren Weihnachtsgeschichten unterschlagen haben?

Wer genau liest und hinhört, weiß immerhin, dass es sich keineswegs um einen fröhlichen Baumarkt-Biber handelt, der sich zu Werbezwecken in die Krippenszene eingeschlichen hat. Es gibt viele Erklärungen – allesamt falsch und erfunden. Wenn Sie wissen wollen, wie Owi zwischen Ochs und Esel, Gottes Sohn und das traute, hochheilige Paar geriet, und was er da zu lachen hat: Hier erfahren Sie die wahre Geschichte.

Die Staubwolke kam näher. Als er sie am Morgen entdeckt hatte, war es nur ein trüber Fleck am Horizont, dort, wo die Sonne aufging hinter den Bergen. Allmählich wehte die Staubfahne auf ihn zu, und er erkannte die Umrisse von Reitern. Owi hatte Zeit genug, sich hinter einem mannshohen Felsbrocken zu verstecken, ehe die, die den Staub aufwirbelten, ihn sehen konnten. Man kann ja nie wissen ...

»He, komm raus, zeig dich!«, rief jemand mit dunkler Stimme. »Du musst keine Angst haben. Wir kommen in Frieden.«

Eine der Ziegen hatte Owi verraten. Wie ein Unschuldslamm stand sie über ihm auf dem Felsen, ließ ein aufgeregtes Meckern hören und blickte neugierig dorthin, wo der Sand sich wieder senkte. Eine andere Ziege – nicht weniger verräterisch – zog mit ihren Zähnen am Saum seines Umhangs, als wolle sie ihn aus dem Versteck hervorzerren.

Wie David vor Goliath fühlte sich Owi, als er vor den Reittieren der Fremden stand: zwei stattliche Kamele und ein Pferd.

Der mit dem Pferd war abgestiegen und hielt ihm einen offenen Leinenbeutel entgegen. »Hier, bedien dich!«

Owi zögerte erst, dann langte er hinein. Die Haut des Mannes war so braun, glänzend und faltig wie die getrocknete Dattel, die Owi aus dem Beutel zog.

»Gibt es dort eine Familie mit einem neugeborenen Knaben?«, fragte der Fremde und deutete auf die Häuser, die aus der Entfernung kaum von den Steinen auf dem Hügel zu unterscheiden waren.

Owi vergaß die Dattel in seinen bereits geöffneten Mund zu stecken und starrte den Fremden mit verwundertem Blick an.

»Wir haben seinen Stern gesehen und sind ihm von weither, der untergehenden Sonne nach, gefolgt«, fügte der Mann hinzu, als wäre dies eine einleuchtende Erklärung für seine zuvor gestellte Frage.

Owi schaute zum Himmel, als ob er dort oben am helllichten Tag den Stern entdecken könne. – »Ja«, sagte er, »aber ...«

»Dann führe uns dorthin!«, sagte der Dattelhäutige im Ton von einem, der gewohnt ist Befehle zu erteilen und keinen Widerspruch erwartet. »Du wirst belohnt werden.«

Befehle bekam Owi genug: von den Eigentümern der Tiere, von seinem Vater, seiner Mutter, seinen älteren Brüdern. Aber doch nicht von einem Fremden! Andererseits war die Aussicht auf ein Trinkgeld doch zu verlockend.

Wieder hielt ihm der Fremde den Beutel mit den Datteln hin. »Hier nimm! Greif nur zu!«

Mit Daumen und Zeigefinger nahm Owi eine der Früchte. Gleichzeitig stibitzte er mit den anderen Fingern – vom Handrücken verdeckt – ein paar weitere. Diesen Handgriff beherrschte er wie kein zweiter aus seinem Dorf. Was blieb einem armen Hirtenjungen in Palästina auch übrig, als sich zu nehmen, was man kriegen kann.

Die beiden Reiter auf den Dromedaren hatten bisher geschwiegen. Jetzt sahen sie sich an, sagten dann zu ihrem Reisekameraden mit dem Pferd etwas in einer Sprache, die Owi nicht verstand und lachten.

»Hier, für dich!«, sagte daraufhin der Dunkelbraune und reichte Owi den ganzen Beutel mit den köstlichen Datteln.

Mit schrillen Pfiffen, Schreien, Zischen und sanften Stockschlägen trieb Owi dann die Schafe und Ziegen zusammen. Er beeilte sich. Sowieso war es Zeit, in den Ort zurückzukehren zum abendlichen Melken. So lief er, Datteln kauend, mit seiner Herde voran, und die drei Herrschaften folgten ihm, hoch zu Ross beziehungsweise zu Kamel.

Owi brachte zuerst die Schafe, die seiner Familie gehörten, zu ihrem Stall, denn es war auch der Ort, den die Männer aus dem Morgenland suchten.

Drei Tage zuvor hatte er dieses seltsame Pärchen dorthin geführt: den bärtigen Mann – älter als sein Vater – und die junge Frau mit dem kugelrunden Bauch auf dem Esel, den der Bärtige neben sich herführte.

Was die beiden hier wollten, wusste er nicht. Zu den Ärmsten gehörten sie jedenfalls nicht, sonst hätten sie keinen Esel besessen. Eine Unterkunft hatten sie gesucht und überall gefragt, aber niemand hatte Platz – oder Lust eine Hochschwangere aufzunehmen. Ein paar Leute hatten sogar geschimpft: »Mit einer Frau unterwegs! In dem Zustand! Eine Schande! Wie die Nomaden!« Owis Mutter hatte sich schließlich erbarmt und angeboten, dass sie in ihrem Stall unterkommen könnten. Die junge Frau hatte Schmerzen in ihrem Bauch und gestöhnt, als der Alte sie vom Esel hob.

Owi lieferte die übrigen Tiere bei ihren Besitzern ab, dann kehrte er zurück. Die Reittiere der Fremden lagen gebunden am Feigenbaum neben dem Stall. Leute aus dem Dorf standen herum, befühlten die verzierten Sättel und redeten aufgeregt durcheinander.

Es dämmerte bereits, aber ein heller Schein drang durch die Ritzen der Stalltür. Als Owi eintrat, war er wie geblendet. In dem sonst düsteren Gemäuer flirrte der Staub wie Gold in der Luft, und der Schein eines kleinen Feuers aus Buschholz flackerte auf den rauen Wänden. Mit Feldsteinen hatten sie in der Mitte des Raums eine Feuerstelle gebaut. Darüber hingen auf einer Leine Windeltücher und Kleider zum Trocknen.

Die Schafe, schon gemolken, lagen ausgestreckt auf Stroh und ihrem warmen Kot und käuten wieder. Der Esel hob seinen

Schwanz und ließ ein paar schwarze, dampfende Klumpen fallen. Aus seinen Nüstern dampfte es auch und vor seiner Schnauze lagen im Futtertrog in einer Hälfte Körner und Heu und in der anderen, in ein Lammfell gebettet, das neugeborene Kind. Eine Kuh, gar einen Ochsen gab es nicht. So etwas konnte sich keiner hier leisten.

Die drei Neuankömmlinge saßen mit dem älteren Mann und der jungen Frau auf den Schlafplätzen, die sie sich aus Heu und Stroh hergerichtet hatten. Zu ihren Füßen, auf dem Boden aus gestampftem Lehm, stand eine Schale, in der etwas glimmte und qualmte. Es sah aus wie Harz und sein Rauch duftete süßlich und schwer und mischte sich mit dem Stallgeruch.

»So muss es im Tempel riechen«, dachte Owi.

In einer Korbschale türmten sich getrocknete Feigen, Datteln und andere Früchte, deren Namen er nicht kannte. Auch Brotfladen gab es, ein großes Stück Käse und einen Henkelkrug voll Milch – die weißen Schätze der Hirten.

Der mit der Dattelhaut legte den Kopf zurück und ließ aus einer Lederflasche roten Wein in seinen Mund rinnen. Er wollte sie gerade an Owi weiterreichen, als etwas Dreck vom Dach in den Trog rieselte. Eine Spinne, die mit heruntergefallen war, krabbelte dem Säugling über die Stirn. Der war erschrocken und verzog das Gesicht zum Greinen. Owi pustete die Spinne weg, lächelte den Knaben an und gab ihm einen Kuss auf die Stirn. Da war er gleich wieder still und sah ihn an aus seinen großen, dunklen Augen, die so tief und unergründlich waren wie das Wasser in ihrem Dorfbrunnen.

»Er stinkt ein bisschen«, sagte Owi und trat wieder zur Seite.

Die junge Frau stand auf, nahm das Kind aus dem Trog und hob es vor ihre Nase. Dann zog sie ein Tuch von der Leine, wickelte den Jungen aus seiner Windel, wischte ihm mit weichem Heu und Wasser aus ihrem großen Tonkrug den winzigen Hintern ab und wickelte ihn wieder ein.

Dem Knäblein schien das nicht zu gefallen. Es fing an zu schreien. Sein ganzer Kopf wurde rot dabei. Die Schafe drückten sich aneinander und blökten, und der Esel wich zurück und spitzte seine Ohren. Für seine Größe hatte der kleine Mensch eine kräftige Stimme. Die hatte Owi schon gehört, als das Kind gerade zur Welt gekommen war. Als er mit den anderen Jungs vor dem Stall herumgelungerte, um einen Blick zu erhaschen auf das, was drinnen vor sich ging – bis eine Nachbarin, die bei der Geburt half, sie weggescheucht hatte. – Erst hatte die junge Frau geschrien und dann das Kind.

»Vielleicht wird aus ihm auch mal ein guter Hirte wie ich, wenn er groß ist«, dachte Owi.

Das Kind war jetzt wieder still und nuckelte an der weißen Brust seiner Mutter. Owi lächelte. Er steckte seine Hände in die Taschen seines Umhangs, spielte ein bisschen herum und klimperte mit der halben Handvoll Kupfermünzen, die er von den drei Besuchern bekommen hatte dafür, dass er sie hergeführt hatte. Und sein Lächeln breitete sich aus über sein ganzes Gesicht.

Owi lachte. – Eben! Unser Owi. So war das.

DIE GESCHICHTE DER TAUSENDUNDZWEITEN UND ALLER FOLGENDEN NÄCHTE

Schwellkörper, Schwalbe, Schuldner – ich blättre im Lexikon – *Schnupfen, Schnecke, Schimmel, Scharade* – auf der Suche nach – *Scharlach, Scheide, Scheich* – Scheherazade.
Dort lese ich: »Scheherazade, orientalische Märchenerzählerin (Tausendundeine Nacht); Schwester von Siegfried Schüller; geb. um 1083 n.Chr. am Ohridsee im damaligen Oströmischen (Byzantinischen) Reich, heute an der albanisch-mazedonischen Grenze; im Alter von 13 Jahren von versprengten französischen Kreuzrittern nach Jerusalem entführt; geriet dort in türkische Gefangenschaft; rettete ihr Leben durch Geschichtenerzählen; kam später als Adoptivtochter des Kalifen nach Bagdad, wo sie 1122 starb.«
Aus der bislang als verschollen geltenden Kalkuttaer Erstausgabe der Märchen aus tausendundeiner Nacht stammt die hier erstmals wiedererzählte Geschichte der tausendundzweiten und aller folgenden Nächte. Wohl wegen der darin enthaltenen – aus heutiger Sicht harmlos erscheinenden – Andeutung sexueller Ausschweifungen war diese Geschichte in allen der Erstausgabe folgenden (zensierten) Veröffentlichungen nicht mehr erschienen.

Und Scheherazade erzählte:
Es war einmal ein indischer Sultan. Sein Name war im ganzen Reich berühmt, und wo immer er sich aufhielt, da schienen die Menschen fröhlich zu sein. Er besaß alles, was sich einer seiner Untertanen nur wünschen konnte. Seine Macht und sein Reichtum waren schier unermesslich, aber er benützte sie nur zum Wohle aller, und dafür liebte ihn sein Volk.
Der Sultan selbst jedoch war unter ihnen allen einer der Unglücklichsten, denn in seinem Herzen wohnte keine Liebe mehr. Da er aber ein guter Mensch war, litt er sehr darunter, und es quälte ihn der Gedanke, dass kein anderer Mensch ihm die verlorene Liebe jemals wiederbringen könnte.

Darüber begann er nun jeden Tag nachzugrübeln und vernachlässigte bald seine Arbeit, bald seine Freunde, deren Zahl ihm immer geringer zu werden schien. Nach einiger Zeit hatte er es jedoch gründlich satt, nur in sein Selbstmitleid versunken auf dem Sofa zu liegen, an der Wasserpfeife zu ziehen und Trübsal zu blasen.

Eines schönen Tages also, ließ er durch Botschafter im ganzen Land verkünden, dass er, der erhabene Sultan von Daijaschin, eine Frau suche. Um unter allen Bewerberinnen die richtige zu wählen, sollte in seiner Stadt ein großes, mehrwöchiges Fest stattfinden.

In Windeseile wurde diese Kunde auf Pferdehufen und Elefantenbeinen weitergetragen. So kam es, dass am Vortag des großen Festes die Straßen der Hauptstadt nur so wimmelten von Bewerberinnen, von denen einige der schönsten selbst aus fernen Ländern angereist waren.

Die ganze Pracht seines Reichtums hatte der Sultan aufgeboten, um die Straßen und Paläste zu schmücken, und selbst die widerspenstige Natur zeigte einen frühlingshaften Schleier und begann zu erblühen, als wäre es ein Fest auch für sie.

Die Herbergen der Stadt waren überfüllt mit Menschen aus aller Herren Länder, von verschiedenster Herkunft und Hautfarbe. Viele von ihnen waren nur gekommen, um als Schaulustige den Festlichkeiten beizuwohnen, und weil sie wussten, dass der mächtige Sultan ein großzügiger Mann war, wenn es ums Feiern ging.

Hunderte von Mädchen und Frauen waren angereist: allein, als Fremde, als Freunde, mit Eltern oder anderen Verwandten, viele mit ihren Kindern, einige sogar mit ihren Ehemännern. Schon Stunden vor dem eigentlichen Beginn des Festes herrschte unter ihnen allen eine Stimmung, als fielen alle Feiertage auf diesen einen Tag. Viele hatten schon gefunden, was sie hergelockt hatte, und in der allgemeinen Euphorie verlobten sich etliche oder heirateten gleich, auch wenn es jemand war, den sie noch bis gestern nie zuvor gesehen hatten.

So nahm das große Fest seinen Anfang, ohne dass es irgendjemand feierlich eröffnen musste.

Am Abend hatte der Sultan bis zur Erschöpfung getanzt, getrunken und gelacht; er hatte jedoch noch keine gefunden, die sein Herz in Liebe entflammte, und die er für wert hielt, seine Frau zu werden. Da er aber seine eigenen hohen Erwartungen nicht enttäuschen wollte, wählte er, noch ehe er zu Bett ging, das schöne Mädchen, mit dem er zuletzt getanzt hatte, für diese Nacht zu seiner Sultanine.

Ebenso machte er es am darauffolgenden Abend, nahm für die eine Nacht diese und für die nächste Nacht eine andere. So geschah es Tag für Tag, Woche um Woche, Monat für Monat, und die Jahre vergingen. Sein Reichtum und der seiner Untertanen wuchs noch weiter, denn immer neue Gäste brachten Geld und Geschenke in die Stadt. Hinfort hatte der Sultan gar keine Zeit mehr, um zu grübeln oder Trübsal zu blasen. Stattdessen rauchte er genüsslich seine Pfeife und erfreute sich seines Daseins.

Und wenn er nicht gestorben ist oder wegen Altersschwäche damit aufgehört hat, so feiert und vögelt er noch heute, als wäre das Leben ein einziges, immerwährendes Fest.

DIE MACHT DES YOGA

Wir saßen an der Bar, redeten nicht viel, tranken in aller Ruhe unser Bier und spielten Sechsundsechzig.

An einem Betonpfeiler neben der Theke lehnte – wie Sisyphos an seinem Stein bei einer Verschnaufpause – ein ziemlich bulliger Typ. Mit seinem fast leeren Bierglas in der Hand glotzte er die ganze Zeit zu uns rüber und – wie schon mehrfach zuvor das Glas – war er anscheinend selbst ziemlich voll.

»Ey!«, rief er irgendwann. »Wisst ihr gar nicht, dass man Sechsundsechzig auch zu dritt spielen kann?« – »Also …«, fuhr er fort, ohne eine Antwort abzuwarten. »Ihr lasst mich mitspielen, und ich zeig euch, wie man Sechsundsechzig zu dritt spielt. – Um was spielt ihr?«

Wir spielten aber nur so zum Spaß und um gar nichts, schon gar nicht um Geld. Das machten wir ihm freundlich klar.

»Habt ihr wohl Angst, dass ihr verliert? – Na gut, dann spielmer halt bloß um an Schnaps!«

Wir wollten aber keinen Schnaps und hatten auch keine Lust mit ihm zu spielen. Der Typ nervte aber weiter, und als er die Bedienung anmachte, die ihm ein neues Bier brachte, erhielt er gleich noch eine Abfuhr.

»Ich bin halt bloß a Arbeiter, a einfacher Arbeiter«, beklagte er sich laut. »Bloß lauter Scheißintellektuelle in der Kneipn! – Mit am einfachen Arbeiter wolln die nix zu tun ham. – Jaja, ich bin halt bloß a dummer Arbeiter!«

»Da hast du wohl recht«, meinte mein Freund nicht ohne Mitgefühl. »Aber jetzt lass uns bitte in Ruh!«

Auch ich hatte keine Lust, dem Arbeiter zu erklären, dass andere Leute vielleicht auch arbeiten, dass man deswegen aber nicht unbedingt dumm sein muss – außerdem musste ich dringend aufs Klo.

Als ich zurückkam, stänkerte der Kerl immer noch herum und versuchte, meinen Freund zu provozieren, der zwar auch kein Schwächling ist, aber bestimmt keinen Streit suchte.

Ich tippte dem Arbeiter von hinten auf die Schulter.

»Pass lieber auf!«, sagte ich. »Mein Freund kann Yoga.«
»Na und, das is mir doch wurscht!«, rief er kampfbereit. »Ich war bei die Ringer!«

Als sich daraufhin die halbe Theke vor Lachen bog, zog er sich sichtlich irritiert und sprachlos zurück zu seinem Stützpfeiler, brummelte von da an nur ab und zu etwas Unverständliches in sein Bierglas, blieb ansonsten aber friedlich.

Irgendwann trollte er sich dann durchs Flaschenlager Richtung Hinterausgang. – »Ich wohn im gleichen Haus wie die Kneipe«, hatte er vorab mit einem gewissen Stolz erklärt.

Als er gerade die zwei Stufen vor der Tür nehmen wollte, stolperte er, kippte um und nahm dabei unter lautem Scheppern und Klirren etliche leere Flaschen mit. Der Wirt half ihm schließlich wieder auf die Beine, und sein Gast verschwand fluchend im Hausflur.

Der Wirt schien erleichtert, als er nach diesem Zwischenfall wieder hinter seinen Tresen zurückgekehrt war.

»Ich hab vorhin schon gemeint, der rastet aus«, sagte er zu uns. »Der Kerl ist unberechenbar, wenn er besoffen ist. Richtig gefährlich! – Da habt ihr Glück gehabt.«

Macht nix, mein Freund kann Yoga, und wir sind auch ganz gut drauf!

RENDEZVOUS IM UNTERGRUND

Die Uhr auf dem Bahnhofsvorplatz zeigte kurz nach Mitternacht. Ich war auf dem Heimweg von meiner Stammkneipe und musste dringend pinkeln. Mir fiel ein, dass es ganz in der Nähe – in der Passage unter der Straßenbahninsel vorm Hauptbahnhof – eine öffentliche Bedürfnisanstalt gab.

Wie erwartet war um diese Zeit außer mir kein Mensch dort unten unterwegs. Nur eine kreidebleiche Mona Lisa lächelte mir vom Pflaster aus zu.

Als ich im Pissoir eilig um die Ecke bog, hätte sich meine Blase beinahe vorzeitig entleert – vor Überraschung: Der Innenraum war proppenvoll. Etwa ein Dutzend Männer standen im Halbdunkel vor den schwarzen Pisswänden. Ein paar von ihnen drehten die Köpfe nach mir um und musterten mich mit misstrauischen Blicken. Ich fand gerade noch eine Lücke zwischen ihnen, wo ich mein Geschäft erledigen konnte.

Dabei sah ich mich unauffällig um. Die Männer neben mir starrten auf die weißen Fliesen über der Pisswand, als ob es dort etwas zu lesen gäbe. Andere schauten an der pimmelhaltenden Hand vorbei auf ihre Schuhe. Außer mir musste – oder konnte – anscheinend keiner pinkeln, und es war mir fast peinlich, die unheimliche Stille durch das Geräusch meines Wasserlassens zu stören.

Als ich fertig war, sah ich zu, dass ich schleunigst dort hinauskam. In der Kurve vorm Ausgang drehte ich mich trotzdem noch einmal kurz um. Aus dem Salmiakdunst des abgestandenen Urins trafen mich ein paar verstohlene Blicke.

Draußen atmete ich befreit auf. Dann hallte ein Lachen schaurig durch die neonbleiche und scheinbar menschenleere Nacht in der Fußgängerpassage.

DIE ARIE DES BÄREN

Ein Schwall eiskalter Luft schwappte von draußen herein und brachte Bewegung in die Rauchschwaden, die drinnen über den Tischen und den Köpfen der Gäste schwebten. Das Aufstampfen von schweren Stiefeln hatte den neuen Gast bereits angekündigt.

Dann stand der Bär in der Tür zu Harrys Bar.

Alle Gäste, die in der Nähe der Tür saßen, starrten ihn an – mit großen Augen, wie Kinder, die gerade zum ersten Mal in ihrem Leben dem Weihnachtsmann in Fleisch und Blut gegenüberstehen.

Natürlich war es kein richtiger Bär, sondern nur ein ziemlich großer Mann mit langen, dunklen Haaren und zottigem Bart. Anstatt eines Wintermantels trug er ein dickes, braunes Fell und auf dem Kopf eine Mütze mit seitlich abstehenden Ohrenwärmern, die aus dem gleichen Fell gemacht war, sodass der Mann im Halbdunkel des Eingangs tatsächlich wirkte wie ein Bär, der sich auf seinen Hinterbeinen aufgerichtet hatte.

Der Fremde klopfte den restlichen Schnee von den Sohlen und schüttelte sich die Schneeflocken aus dem Pelz. Für einen Moment sah es aus, als würde es in dem kleinen Vorraum schneien. Dann hängte er das Fell zusammen mit der Mütze wie einen gewöhnlichen Mantel an einen der Kleiderhaken neben der Tür. Der altmodische graue Anzug, der unter dem Fell zum Vorschein kam, machte – wie sein Träger selbst – einen etwas abgerissenen Eindruck.

Der Bär schnaubte eine weiße Atemwolke in die Kälte, die ihn noch umgab, dann steuerte er schnurstracks auf die Theke zu. Und wäre der Durchgang zwischen den Tischen nicht ohnehin frei gewesen, man hätte dem heruntergekommenen Hünen zweifellos Platz gemacht. Die Leute, die an der Theke saßen, rückten mitsamt ihren Barhockern jedenfalls ein Stück zur Seite, sodass eine Lücke für den Neuankömmling entstand – noch ehe der Bär auch nur ein leises Brummen von sich gegeben hatte.

»'n Abend, zwei dunkle Bier bitte!«, bestellte ohne Umschweife der Mann, den keiner der Anwesenden je zuvor in dieser Bar gesehen hatte. »Aber nicht zu kalt!«, fügte er hinzu.
Der Barkeeper – es war Harry höchstpersönlich, der Besitzer des Lokals – nickte nur kurz und stellte das erste Glas unter den Zapfhahn. Die Gespräche der Gäste, die für eine Weile verstummt waren, kamen wieder in Gang, und die Aufmerksamkeit, die das Erscheinen des Bären auf sich gezogen hatte, schwand so schnell wieder, wie sich der kalte Lufthauch verzogen hatte, der mit ihm hereingekommen war.
Harry schob die beiden vollen Bierkrüge über den blank polierten Tresen zu dem Fremden hin. »Kommt noch jemand?«, fragte er seinen neuen Gast und warf einen spöttischen Blick auf die zwei Biergläser.
»Warum?«, brummte der Bär. »Ich und mein Durst – genügt dir das nicht?«
»Nein, nein, schon in Ordnung«, sagte Harry und wandte sich gleich ein paar anderen Gästen zu, die bezahlen wollten.
Ihr Gelächter, das Gemurmel und Getuschel, das Kommen und Gehen der Gäste; das Klirren der Gläser und dazu das dauernde Gedudel des Radiorekorders, der über der Theke zwischen einer langen Batterie kopfüber aufgehängter Schnapsflaschen platziert war – dagegen stand das Schweigen des Mannes, den keiner kannte und niemand anzusprechen wagte, und dessen Blick einen sofort die Augen niederschlagen und das Thema wechseln ließ, wenn er einen zufällig traf.

Zwei, drei Stunden waren so vergangen und ebenso viele Runden, die der Bär allein mit seinem Durst getrunken hatte. Ein paar Gäste waren inzwischen nachhause oder sonst wohin gegangen. Die Barhocker links und rechts neben dem Fremden waren jetzt frei, der aber blieb stehen, sein breites Kreuz zur Theke gekehrt. Als er das letzte Glas geleert hatte, drehte er sich um und winkte den Wirt zu sich heran.
»Noch zwei Dunkle?«, fragte der nur pro forma und hatte das leere Glas schon in der Hand.
»Nein, warte! – Diesmal nehme ich Kognak, zwei doppelte Konnjäckchen!«

»Wie der Herr wünschen«, sagte Harry – ironisch, aber in freundlichem Ton angesichts der zu erwartenden Zeche. Dass der Fremde ihn duzte, störte ihn nicht, war nichts Außergewöhnliches. Da hatte er sich in all den Jahren als Barkeeper schon an ganz andere Sachen gewöhnt.

Routiniert zapfte er vier Portionen aus der hängenden Flaschengalerie. Mit einem beiläufigen »Sehr zum Wohl!« stellte er die beiden Kognakschwenker vor dem wortkargen Gast ab. Harry wollte sich gerade umdrehen und gehen, als ihm der Bär eine seiner Pranken auf den Arm legte und ihn zurückhielt.

Erstaunt, aber nicht ängstlich, schaute Harry seinem Gegenüber in die Augen: »Noch einen Wunsch?«, fragte er, immer noch freundlich.

Der Unbekannte gab Harrys Arm wieder frei und schob ihm eins der Kognakgläser zu.

»Hier, der ist für dich, ich lad dich ein.«

»Eigentlich trink ich ja keine harten Sachen im Dienst«, sagte Harry mit einem Augenzwinkern. »Aber weil du's bist … Danke, auf dein Wohl!«

»Ein kleines Problem gibt's aber …«, sagte der Bär, als der Wirt gerade zum Trinken ansetzte. »Ich kann dir kein Geld dafür geben.« – Sofort setzte Harry das volle Glas wieder ab.

»Das heißt also, du kannst nicht bezahlen. Aber einladen willst du mich! Sowas Ähnliches hab ich fast schon erwartet, als du hier reingekommen bist«, sagte er in sarkastischem Ton.

»Eh' du dich jetzt aufregst und vielleicht eine Dummheit machst – ich hab nicht gesagt, dass ich nicht *bezahlen* will – ich kann dir nur kein Geld dafür geben …«

»Was dann?« – Harry lachte böse. – »Willst du dafür auf der Theke tanzen? Oder vielleicht lieber noch einen doppelten Kognak auf meine Rechnung? – Und falls du *daran* denkst: Eine Spülmaschine hab ich schon.«

»Warte, bin gleich wieder da!«, sagte der Bär nur, drehte sich um … und ging.

Harry griff zum Telefon, als er sah, wie der Zechpreller sich Richtung Ausgang davonmachte. Er hatte schon gewählt, legte den Hörer aber wieder auf, als der Fremde wider Erwarten zurückkam – mit seinem Fell unterm Arm.

An der Theke angekommen, schob der Bär mit seinem anderen Arm alle Gläser und Aschenbecher zur Seite und breitete dann auf der frei gewordenen Fläche seinen Umhang aus.

»Nimm sofort dein dreckiges Fell von meinem Tresen!«, rief Harry. – »Was willst du damit? Ich brauch kein Fell, mir ist warm genug. Das ist kein Basar hier, sondern eine Bar. Und wir nehmen auch nur Bares. Deinen Pelz kannst du behalten!«

Wortlos nahm der Bär sein Fell wieder herunter und hielt es mit ausgestreckten Armen hoch.

»Aber schau's dir doch erst mal richtig an! – Es ist ein schönes Fell, ein warmes Fell, ein wertvolles Fell, und …« – Er drehte das Fell um. – »Es hat kein einziges Einschussloch.«

»Dein Einschussloch kannst du gleich haben!«, rief der Wirt wütend. »Du willst mich wohl verarschen?«

Harry war zwar jünger als der Fremde, diesem jedoch an Körpergröße – und wahrscheinlich auch an Kraft – weit unterlegen. Aber wenn er mal so richtig in Fahrt war …

Der Bär ließ die Arme sinken. Er schien ebenso überrascht wie enttäuscht und schickte sich an, das Fell sorgfältig zu einem dicken Bündel zusammenzulegen.

»Nun schau's dir doch *bitte* wenigstens *einmal* richtig an!«, bat er den Wirt abermals und so übertrieben flehentlich, dass man nicht sicher sein konnte, worauf er hinauswollte.

»Den Teufel werd ich tun«, sagte Harry. »Ich ruf jetzt die Polizei, und du bleibst schön brav hier stehn!«

Der Bär ließ sich auf einen der Barhocker sinken.

»Na, wenn du meinst, dann hol sie halt, die Polizei«, sagte er kleinlaut. Dann lächelte er sanft und mit gespieltem Hoffnungsschimmer fügte er hinzu: »Vielleicht können die ja ein schönes, warmes Fell gebrauchen.« – Im nächsten Moment brach er in ein ebenso irres wie herzhaftes Gelächter aus.

Harry machte erst ein wütendes, dann ein verdutztes Gesicht. Dann entspannten sich seine Züge, schließlich prustete auch er los. – »Oh Mann!«, rief er. »Ich hab ja schon viel erlebt hier, aber eine Type wie du ist mir noch nicht untergekommen in all den Jahren.« – Er lachte weiter, schüttelte dabei den Kopf, und es dauerte eine ganze Weile, bis er sich wieder halbwegs beruhigt hatte.

Die Stammgäste am Ende des Tresens schauten mit großen Augen zu ihnen herüber, und Harrys einzige Barfrau stand da mit offenem Mund, während ihr das Bier über die Hand lief, weil sie vergessen hatte, den Zapfhahn zu schließen. – Ihr Chef lachte oft, aber so hatte sie ihn noch nicht lachen sehen.

Harry packte seinen Kognakschwenker, prostete dem Fremden zu: »Auf dich, Mann!« und kippte den Inhalt auf einen Zug hinunter.

»Herta!«, rief er dann und reichte der Bedienung die leeren Gläser. »Sei so gut und schenk uns noch zwei Doppelte ein! ... Und dreh den Zapfhahn wieder zu!« – Dann wandte er sich wieder an den Bären: »Das soll's mir wert sein. So hab ich schon lang nicht mehr gelacht. ... Na, dann zeig mal her dein Fell! ... Was ist denn so Besonderes dran?« – Der Bär grinste.

»Freut mich, dass du doch noch vernünftig geworden bist«, sagte er und breitete das Fell zum zweiten Mal aus.

»Ein schönes Fell ist es ja schon ...«, meinte der Wirt mit anerkennendem Blick und fuhr sich dabei mit der Hand durch seine wenigen verbliebenen Haare. »Aber was soll ich damit?«

»Fühl doch erst mal!«, sagte der Bär. »Du kannst es ruhig anfassen, es beißt nicht mehr. – Die Bestie ist schon lange tot.«

Als Harry zögerte, packte der Fremde dessen Hand und legte sie auf das Fell.

»Na, wie gefällt dir das Fell jetzt? – Schön dicht und weich und warm, hm? – Da kannst du dir einen Bettvorleger draus machen lassen oder ... (der Bär deutete auf Harrys spärliche Kopfbehaarung) eine wunderbar warme Mütze. Und der Winter wird kalt dieses Jahr.«

»So, sagt man das in den Wäldern«, spottete Harry. – »Aber weißt du, wenn ich eine neue Mütze haben will, dann kauf ich mir halt eine. Und wenn ich was Warmes brauch, mach ich mir 'n Kaffee oder leg mich ins Bett zu meiner Frau. – Was soll ich also mit so einem Fell? – Aber ein schönes Fell ist es schon.« Dabei strich er fast zärtlich darüber und kraulte mit den Fingerspitzen die Fellhaare.

Der Bär lächelte: »Jaa, nicht wahr – fast so schön weich und warm wie das Fell von deiner Frau. – Wann hast du das wohl zum letzten Mal so schön gekrault?«

»Was geht's dich an!«, erwiderte der Wirt grimmig. »Sauf deinen Kognak und sei mir willkommen, solang du mir nicht übern Tresen kotzt, aber kümmer dich gefälligst um deinen eignen Mist!«

»Hast ja recht, ist ja wirklich nicht mein Problem, was du mit dem Pelz von deiner Alten machst«, sagte der Bär ebenso beschwichtigend wie ironisch.

Die Bedienung, die alles mit angehört hatte, verdrehte bloß die Augen und schüttelte den Kopf, Harry aber schien wieder besänftigt.

»Was ist das denn eigentlich für ein Fell?«, fragte er.

»Was weiß ich? – Ein schönes Fell, ein warmes Fell ... und ohne ein einziges Einschussloch.«

»Was hast du bloß dauernd mit deinem Einschussloch?«

»Ja, glaubst du vielleicht, so ein Fell wechselt freiwillig seinen Besitzer?«

»Na, du bist mir jedenfalls ein schöner Trapper«, lachte der Wirt. »Wo hast du das Fell überhaupt her? – Oder hast du's dir etwa selbst über die Ohren gezogen – so ganz ohne Einschussloch?«

Der Bär wurde plötzlich ernst. »Nein ..., hab ich von einem Freund in Kanada geerbt – der ist vor ein paar Jahren gestorben.«

»Hm, tut mir leid, konnt ich ja nicht wissen ... Aber, sag mal, wie heißt du eigentlich? Wie ich heiß, hast du ja wohl schon mitgekriegt.«

»Man nennt mich Luciano. – Den Namen hat mir übrigens auch mein Freund gegeben.«

»Luciano? Hm, nicht schlecht, passt schon irgendwie zu dir. Aber Yogi-Bär oder Balu würde auch passen.« Harry gluckste. »Und du bist doch kein Italiener, oder?«

»Warts ab!«, brummte der Bär nur. Er kippte seinen Kognak auf Ex hinunter, nahm das Fell vom Tresen, vollführte eine halbe Drehung hin zu den Tischen und warf es sich dabei mit einer gewissen Grandezza über die Schultern.

Im Nu waren alle Gäste mucksmäuschenstill, als der Bär sich laut räusperte, tief Luft holte und dann auf einmal anfing zu singen.

Barfrau Herta – eine heimliche Liebhaberin klassischer Musik – erkannte bereits nach den ersten Takten, dass es die Arie des Bajazzo war, aus der gleichnamigen Oper von Leoncavallo, jene Arie, die schon der große Caruso gesungen hatte.

Auch der unbekannte Sänger hatte ein gewaltiges Organ, und als sein wehmütig langgezogenes »Riiidiii, Pagliaaaccio!« die Stille im Raum zum Schwingen brachte, da hatte Harry längst die Musikanlage ausgeschaltet, und Herta stand wieder mit offenem Mund da und wischte sich mit dem Spüllappen in der Hand über die Augen.

Als der Tenor des Bajazzo verklungen war, herrschte eine Weile absolute Ruhe. Dann fing eine ältere Dame von weiter hinten an, begeistert »Bravo, bravo!« und »Da capo!« zu rufen, und ein junges Pärchen an einem der vorderen Tische spendete zuerst verhaltenen Applaus, bis schließlich die ganze Bar von Beifall und Bravorufen widerhallte.

Mit einer Verbeugung und einer ausladenden Geste bedankte sich der Bär für den Beifall, ehe er sein Fell wieder ablegte und sich erneut dem Tresen zuwandte.

»Herta!«, rief Harry begeistert. »Bring meinem Bruder Luciano-Bär noch ein Gläschen Kognak!« Und an den Sänger gewandt: »Mensch, mit der Stimme kannst du doch in jedem Opernhaus der Welt auftreten. – Und da hängst du stattdessen hier in meiner Bar herum und trägst dein Fell zu Markte. – Ich versteh das nicht!«

»Hast ja recht ...«, sagte der Bär, nachdem er etwas verschnauft hatte. »Aber was willst du mit einem Tenor, der nur eine einzige Arie in seinem Repertoire hat? Mir genügts aber! – Und jetzt gib mir lieber den Kognak und behalt die guten Ratschläge. Das Fell ist schließlich groß, und meine Schulden hab ich immer bezahlt – irgendwie.«

Seit jenem denkwürdigen Abend hatte der Bär sich nicht mehr blicken lassen in Harrys Bar. – Die Stammgäste aber sprachen noch oft von dem seltsamen Fremden und seinem Auftritt und lobten die schönen neuen Fellbezüge der Barhocker.

ALPTRAUM EINES VERHINDERTEN BUNDESBAHNBEAMTEN

Der Mann mit der roten Mütze reckte seinen weißen Stab nach oben. Dann schwenkte er ihn auf und ab. Der Stab hatte an der Spitze einen roten Leuchtpunkt. Er hinterließ eine Lichtspur, die wie eine blutige Sichel über dem Bahnsteig schwebte.

An dem roten Leuchtpunkt erkannte er sich. Kein Zweifel: Der eifrige Zugabfertigungsbeamte auf dem Bahnsteig war er selbst.

Seine Mutter hatte gehofft, dass aus ihm einmal ein Beamter wird, bei Post oder Bahn – und wenn schon nicht im höheren, so doch wenigstens im gehobenen Dienst. Ein festes Gehalt, ein gesichertes Auskommen, vielleicht auch eine günstige Genossenschaftswohnung und das geruhsame Aussitzen der Dienstzeit mit Ausblick auf eine anständige und sichere Pension – das war's, was seine Mutter ihm wünschte. Es waren aber *ihre* Wünsche. Als sie – angesichts seiner ein paar Hürden gleich mehrfach reißenden Schullaufbahn – diese Hoffnung schließlich aufgegeben hatte und sich selbst mit einer Karriere im mittleren Dienst zufrieden gegeben hätte, da hatte er sich längst für die einfachen, niederen Dienste entschieden. Nur manchmal noch kreiste er im Traum – wie jetzt – auf einer erfolgreichen Beamtenlaufbahn um sich selbst.

Ein großer, schwarzer Konzertflügel mit mattweißen Elfenbeinfüßen stand in der riesigen Bahnhofshalle, die aussah wie die von Hamburg-Altona. Wie von Geisterhand hob sich der schwere, schwarze Deckflügel des Flügels.

Laura, die meist verhinderte Geliebte des verhinderten Bundesbahnbeamten, kroch aus dem Inneren des Instruments hervor, hangelte sich schlangenhaft am Deckelhalter nach oben, zog sich über die obere Kante des Flügeldeckels und ließ sich dann auf dessen Schräge hinab auf den Bahnsteig gleiten.

Sie war kaum wiederzuerkennen. Ihre Haare waren wieder lang und hatten einen rötlichen Schimmer. Ihre Augen lachten.

In den Händen hielt sie die Eingeweide des Instruments – ein paar losgerissene Saiten.

Ein schriller Pfiff. Die Fahrgäste ließen ihre Zigaretten fallen. Der Zugabfertigungsbeamte stand stramm. Seine Pflicht wäre es gewesen, den Stab waagrecht über dem Kopf zu schwenken. Heute hatte er keine Lust dazu. Er ließ ihn stattdessen wie eine Bananenschale zwischen die Gleise fallen.

»Geh leise!«, flüsterte ihm eine Bahnsteigschwalbe im Vorüberfliegen in sein Dienstohr – ausgerechnet ins rechte. Es tat weh.

Im Dreivierteltakt tänzelte er daraufhin auf den Konzertflügel zu, öffnete mit einem lange nachhallenden Klackchchchch seinen Hosenschlitz und zauberte mit einem teuflischen Lächeln auf den Lippen eine Plastikmöse hervor, rosarot, mit schwarzem, samtgefiedertem Miesmuscheldeckel.

Eine große, nackte Ratte huschte über die Tastatur des Flügels und verschwand zwischen viergestrichenem fis und g.

Auf den übriggebliebenen Saitensträngen im Innern des Flügels rangierten lange Güterzüge gefährliche Seuchen. Ihre Ladung kippten sie in drei gigantische, senkrechte Abwasserkanäle am Rande des großen Bahnhofs.

Ein jüdischer Erzengel mit Lauras Gesichtszügen erschien. Zornentflammt riss er den Gussrahmen des Flügels samt allen Gleisanlagen in einem Stück aus seiner Verankerung, hielt ihn dann wie eine Harfe in seinen Armen und begann darauf zu spielen. Sanft und sehr beruhigend.

Aus dem offenen Maul des Flügels kamen durchsichtige Fledermäuse geflogen, flatterten hoch hinauf und versteckten sich im finsteren Gewölbe der Bahnhofshalle. Aus der Tiefe der drei riesigen Abwasserkanäle blubberte das Echo ihrer Ultraschallschreie – erst schauderhaft klagend, dann friedlich und erlöst.

Die Erzengelin ließ die Gleisharfe fallen. Ein Kreischen, als die Güterzüge entgleisten, dann herrschte völlige Stille. – Ein leichter Wind kam auf. Ihre Haare flogen feuerrot nach hinten, wie auf einem französischen Revolutionsgemälde. Mit beiden Händen öffnete sie ihr weißes, wallendes Gewand. Sie war nackt darunter. Er erkannte ihren Schneewittchenleib, ihre großen, blau geäderten Brüste, die runden, einladenden Hüften, ihre schlanken, weichen, weißen Schenkel und dazwischen das schwarzlockige Dreieck der Glückseligkeit.

Lächelnd bestieg sie den Intercity nach Köln, winkte durchs Fenster den Flederwolken zu und machte insgesamt einen sehr zufriedenen Eindruck.

Der Zugabfertigungsbeamte blieb allein auf dem leeren Bahnsteig zurück.

In dieser Nacht verlor er im Traum die Hälfte eines Backenzahns – glatter Schnitt, fast unblutig. Als er am Morgen aufwachte, war der Zahn wieder ganz. Dafür tat ihm das rechte Ohr weh, seine Mandeln waren eitrig, und er war auf keinen Fall in der Lage, zur Arbeit zu gehen.

DIE NACHT DER KRÖTEN

Tage zuvor schon lagen sie vereinzelt auf der Straße, die zu unserem Haus führt: die zerquetschten Leiber von Kröten – schmutzigbraune Flecken aus runzeliger Haut und Blut. Sie erweckten den Eindruck, als habe ein kindischer Riese die Kröten wie Knallerbsen auf dem Asphalt verstreut, um dann hüpfend eine nach der anderen mit seinen großen Füßen zu zertreten. Nur hatte der Riese in diesem Fall vier Reifen statt zwei Beine, und er hatte auch keinen Spaß daran, wenn's knallte. Es war den Autos egal, ob unter ihnen Knallerbsen oder kleine Kreaturen zerplatzten. Ich war jedenfalls gewarnt.

Die Woche über war es ziemlich kühl, und es hatte geregnet. An diesem Tag – es war Karfreitag – schien aber die ganze Zeit die Sonne. Am späten Morgen war es schon so warm, dass wir im Freien frühstücken konnten. Am Nachmittag hatten wir Besuch von Freunden, und es wurde spät, bis sie wieder heimfuhren.

Ich war noch nicht müde und beschloss, einen Spaziergang zu machen. Draußen leuchtete der abnehmende Vollmond. Über den nahen Wald hinweg tauchte er den ganzen Hang in sein fahles Licht.

Elf Uhr nachts am Waldrand:
Der Boden um mich herum bewegte sich, schien lebendig zu werden, und wo immer ich einen Fuß hinsetzte, waberte es. Dabei gab das Erdreich undefinierbare Geräusche von sich.

Hellhörig geworden ging ich weiter. Der Waldboden war feucht, und meine Turnschuhe sanken bei jedem Schritt ein. Wenn ich einen Fuß hob, dann schmatzte es unter der Sohle – glaubte ich.

Eine Zeitlang blieb ich stehen. – Ruhe. – Dann quatschte es wieder, aber ohne dass ich mich bewegt hatte. Ich knipste die Taschenlampe an, die ich vorsichtshalber mitgenommen hatte und leuchtete über den Boden. Vor mir, neben mir, hinter mir:

Lauter kleine, braune Geschöpfe laufhüpften auf dem Waldweg bergab. Es waren die Kröten.

Dutzende, Hunderte vielleicht – weiß der Mond wie viele – waren unterwegs. Sie hatten ihre Winterverstecke oben im Wald verlassen und wanderten nun über die Wiesen und einen schmalen Bachlauf entlang, hinunter zu ihrem Laichplatz – wie jedes Jahr, wie schon Generationen vor ihnen.

Weit unten sah ich den großen Weiher im Mondlicht glitzern. Wie aber die kleinen Kröten im Halbdunkel den richtigen Weg dorthin finden konnten, blieb mir ein Rätsel – wo sie doch kaum von einem Maulwurfshügel zum nächsten sehen können.

Viele der dicken, scheinbar plumpen Weibchen trugen ein jeweils etwa halb so großes Männchen huckepack. Wenn sie der Lichtkegel meiner Taschenlampe traf, blieben sie eine Weile reglos sitzen, und das Männchen klammerte sich fester an den Rücken seiner Trägerin, ehe sie mühsam weiterhüpften.

Ich ging zwischen den Krötenpärchen und -singles hindurch. Sie schienen keine Angst zu haben. Allerdings waren meine Füße auch keine Autoreifen, und ich hielt die Augen am Boden, um nicht aus Versehen auf eine von ihnen zu treten.

Trotz der ständigen, glucksenden Rufe der Krötenmännchen war es ein stiller Zug. Nur wenige Schritte entfernt war schon nichts mehr davon zu hören, und ich war – außer ein paar Eulen, Mardern und Igeln vielleicht – der einzige Zeuge dieses Schauspiels.

Die Nachtluft war – obwohl erst Ende März – so lau, dass ich meinen dicken Pullover ausziehen konnte. Ich legte ihn auf eine erhöhte Stelle am Hang oberhalb der Wiese, die bis hinunter zum Weiher führt, setzte mich darauf und zündete mir eine Zigarette an. Nach jedem Zug lauschte ich auf das leise Rascheln im Gras und die verhaltenen Balzrufe der Krötenmännchen.

Durch die meist noch kahlen Äste und Zweige der nahen Hecke säuselte ein leichter Wind, und von oben leuchtete der Mond. Trotz nasser Füße und einem feuchten Hintern war ich froh, dass es mich so spät noch hinausgetrieben hatte, und ich die Wanderung der Kröten miterleben durfte.

DIE SPINNE

Aus irgendeinem Grund war ich ziemlich deprimiert. Warum, weiß ich nicht mehr, vielleicht lag es auch nur an der drückenden Hitze des Nachmittags.

Jedenfalls saß ich auf dem Balkon und sinnierte. Dabei beobachtete ich eine junge Kreuzspinne, die im großen Betonblumenkasten zwischen Rhododendron und Zwergkiefer ein schönes, kreisrundes Netz gesponnen hatte.

Trotz meiner miesen Laune bewunderte und freute ich mich über das gelungene Werk der kleinen Spinne.

Gewitterwolken zogen auf. Als die ersten dicken Tropfen über mir auf die Markise klatschten, kurbelte ich sie rasch ein, zog mich dann ins Zimmer zurück und sah von dort aus zu, wie draußen der Regen herunterprasselte.

Als es aufgehört hatte zu regnen, ging ich wieder hinaus – kurz nur, denn die Luft war merklich abgekühlt.

Am letzten heilen Faden ihres ansonsten völlig zerstörten Netzes hing die kleine Spinne und bot ein trauriges Bild.

»Ja, ja, kleine Spinne, so kann's geh'n im Leben«, dachte ich. »Kaum hat man sich was Schönes aufgebaut, da wird's auch schon kaputt gemacht.«

Eine Stunde später schien wieder die Sonne. Erneut trat ich hinaus auf den Balkon.

Zwischen Zwergkiefer und Rhododendron saß die kleine Spinne und ihr schönes, frisch gewebtes Netz glitzerte in den Sonnenstrahlen.

PANIK IM WALDPARK

»Papa, schau mal, die kleinen Füchse, die sind aber süß!«
Silvias Vater lachte. »Aber Silvia, das sind doch keine Füchse, das sind Eichhörnchen! Die sind viel kleiner als Füchse.«
»Die sehen aber genauso aus wie die kleinen Füchse in meinem Bilderbuch, und die gleiche Farbe haben sie auch und auch so buschige Schwänze.«
»Ja, schon, aber Füchse sind viel größer und fressen Mäuse oder Hühner. Und sie können auch nicht auf zwei Beinen stehen und Männchen machen. ... Da, schau, die Eichhörnchen können sogar auf Bäume klettern! Gib ihnen doch mal ein paar von den Nüssen, die wir am Eingang gekauft haben – die mögen sie gern, da fressen sie einem sogar aus der Hand.«

Endlich hatte Silvias Vater sein Versprechen eingelöst. Schon seit Wochen hatte sie darauf gewartet, dass er einmal Zeit haben würde, um mit ihr in den Waldpark fahren. Das hatte er ihr schließlich versprochen – als Belohnung für das gute Zeugnis, das sie vor den Ferien nachhause gebracht hatte.

»Schau, Papa, was das Eichhörnchen da macht!«, rief Silvia begeistert.
Eins der Tiere war an den Wegrand gehüpft und hatte Silvia eine der Haselnüsse aus der flachen Hand stibitzt. Jetzt saß es vor ihr auf den Hinterbeinen, und mit den Vorderpfoten drehte und wendete das Eichhörnchen die Nuss vor seinem Maul, bis es sie mit den scharfen Zähnchen aufgeknabbert hatte.
»Au!«, schrie Silvia plötzlich und zog erschrocken ihre Hand zurück. »Das blöde Vieh hat mich in den Finger gebissen.« Mit Tränen in den Augen lief sie zu ihrem Vater, während das Eichhörnchen mit der Nuss im Maul schnell im Gebüsch verschwand.
»Zeig mal her! – Ach, das ist halb so schlimm, und es blutet ja nicht einmal. Das Eichhörnchen hat dich nur ein bisschen gezwickt. Es ist halt erschrocken, weil du es angefasst hast.«

»Aber ich wollte es doch bloß streicheln«, sagte Silvia und zog eine Schnute.

Ein paar andere Besucher, die auch stehen geblieben waren und die Szene beobachtet hatten, lachten. Silvia fand das gar nicht lustig. Wütend warf sie die Tüte mit dem Tierfutter auf den Boden, wo die Haselnüsse dann wie Murmeln über den Weg kullerten. Gleich kamen mehrere Eichhörnchen angehoppelt und balgten sich um die Leckerbissen. Das sah so putzig aus, dass Silvia doch wieder lachen musste. Dann gingen sie weiter, denn es gab noch viel zu sehen im Waldpark.

Vor einzelnen Bäumen am Weg waren Tafeln angebracht. Silvia war stolz, dass sie die Buchstaben und Wörter darauf schon selbst lesen konnte. Auf den Schildern stand geschrieben, wie der Baum hieß, wie alt und wie hoch er werden konnte – zum Beispiel bis 40 Meter.

»Mensch, Papa, das ist ja höher als unser Haus!«, rief Silvia.

Wann die Blütezeit war, stand auch da, und sogar die Früchte und Samen waren abgebildet. Es wurde auch erklärt, wo die Bäume wuchsen, und wofür man ihr Holz früher verwendet hatte.

Die Eichen gefielen Silvia besonders gut, weil die so eigenartige Blätter hatten und lustige Früchte mit richtigen kleinen Hütchen. Der Vater zeigte ihr, wie man mit den Eichelkappen sogar ganz laut pfeifen konnte, wenn man sie nur richtig zwischen die Finger klemmte.

Nachdem sie ein ganzes Stück gegangen waren, wurde es auf einmal ziemlich kalt, und um nicht zu frieren, zogen sie die Jacken an, die sie vorsichtshalber zuhause in ihre Rucksäcke gepackt hatten.

Bald darauf fing es sogar an zu schneien. Zuerst schwebten bloß ein paar einzelne, große Flocken herunter, die auf der Jacke gleich wieder schmolzen, aber dann wurden es immer mehr, bis die weiße Pracht nur so um sie herumwirbelte.

Als sie an einen überdachten Rastplatz kamen, stellten sie sich dort zu den vielen anderen Leuten und waren froh, ein Dach über dem Kopf zu haben. Sie warteten ab und aßen dabei die belegten Brote, die Silvias Mutter ihnen mitgegeben hatte.

»Fahrt ihr mal alleine dahin«, hatte sie gesagt. »Ich hab genug zu tun daheim. – Und hungern müsst ihr ja nicht«, hatte sie mit Blick auf die Brote lächelnd hinzugefügt.

Es schneite und schneite, und bald lag überall dick der Schnee, wie man ihn sonst nur auf den allerhöchsten Bergen oder im Fernseher sehen konnte. Silvia war begeistert, und ihr Vater war es auch. Gott sei Dank hatten sie ihre festen Wanderstiefel angezogen und liefen nicht wie manche der anderen Besucher – trotz der Hinweise am Eingang zum Waldpark – nur in dünnen Sommerschuhen oder gar Sandalen herum.

Als es endlich aufgehört hatte zu schneien, verließen sie den Unterstand. Auf dem breiten Hauptweg herrschte jetzt ein ziemliches Gedränge in beide Richtungen, sodass sie zwischen den Müttern mit ihren Kinderwägen und den vielen älteren Leuten kaum vorwärts kamen.

Schließlich entdeckten sie einen schmalen Weg, der abseits vom Hauptweg in den Wald führte, und wo der Schnee nicht schon wieder zusammengetrampelt war von den vielen Waldpark-Besuchern.

Ein paar von denen schüttelten die Köpfe, als sie sahen, wie Silvia und ihr Vater auf den Pfad abbogen und ihm folgten.

Die menschlichen Fußabdrücke wurden immer weniger. Bald sahen sie nur noch die Fährten von Rehen vor sich oder Spuren anderer Tiere, die ab und zu den Pfad kreuzten. Der Vater zeigte seiner Tochter die Hoppelspuren der Hasen und die Schnürspur eines Fuchses. – »Da! Siehst du?«, sagte er. »Die Füchse haben viel größere Füße als die Eichhörnchen.«

Aber das Kind amüsierte sich lieber über die winzigen Trippelmarken einer Waldmaus, zwischen denen man sogar die Schleifspur des kleinen Schwanzes erkennen konnte.

Silvia entdeckte auch eine Spur mit Abdrücken ziemlich großer Pfoten. – »Von was für einem Tier sind die denn?«, fragte sie ihren Vater. »Von einem Hund?«

»Hm, ich weiß nicht …«, sagte er. »Hunde sind hier eigentlich nicht erlaubt. – Vielleicht von einem Dachs? – Dachspfoten sind auch ziemlich groß.«

Es dämmerte bereits, und aus den Bäumen ringsumher ertönte abendliches Vogelgezwitscher, als sie an eine große Lichtung kamen.

Inzwischen war es wieder merklich wärmer geworden. Sie hatten den Winterwald verlassen, und auf der Lichtung lag schon gar kein Schnee mehr. Stattdessen entdeckte Silvia dort mehrere große Tiere mit braunem Fell.

»Pssst!«, machte der Vater und zog das Mädchen am Ärmel zurück zwischen die Baumstämme am Rand der Lichtung. Hinter ein paar Büschen gingen sie in Deckung und beobachteten von dort aus die Waldwiese.

Die Tiere fraßen weiter von dem Gras, und ihr Fell bekam in den letzten Strahlen des Abendlichts einen rötlichen Glanz. Immer wieder hob eins der Tiere den Kopf, schaute in die Richtung, wo sich die beiden versteckt hatten und lauschte eine Weile mit aufgestellten Ohren, ehe es weiterfraß.

»Das sind die Rehe«, sagte der Vater leise. »Sie sind sehr scheu.«

»Die haben aber schöne, große Augen«, flüsterte Silvia.

Sie waren jetzt im Nachtwald, und Silvia drückte beim Weitergehen fest die Hand ihres Vaters. Ihr war etwas unheimlich zumute. Es war ganz still. Zu hören waren nur ihre Schritte und ihr eigener Atem. Dann aber knackte irgendwo hinter ihnen ein Zweig, oder es raschelte neben ihnen im Gebüsch, und plötzlich flatterte irgendetwas vor ihnen durch das Halbdunkel.

»Vielleicht eine Fledermaus«, sagte der Vater.

Die Nachtluft war angenehm kühl, beinahe lau, und sie roch nach feuchter Erde, Tannennadeln und Herbstlaub.

»Huuh, hu-hu-huuuh!«, heulte es auf einmal durch die Nacht. Sie blieben stehen.

»Papa, was war das?«, fragte das Kind ängstlich.

»Wahrscheinlich eine Eule«, antwortete ihr Vater.

... »Genauer gesagt, ein Waldkauz!« ...

Die beiden zuckten vor Schreck zusammen, als sie plötzlich die fremde Stimme hinter sich hörten. Sie drehten sich um und sahen einen Mann, der zwischen den Bäumen auf sie zukam.

»Na, danke für die Belehrung!«, sagte der Vater ärgerlich.

»Was fällt Ihnen ein, uns so zu erschrecken? Sind sie uns etwa nachgeschlichen?«

»Nein! – Tut mir leid, wenn ich Sie erschreckt habe«, sagte der Mann. »Ich bin schon eine ganze Weile hier und warte auf …« – Er unterbrach sich selbst. – »Pscht!«, zischte er dann, hielt einen Zeigefinger an die Lippen und deutete mit dem anderen in die Luft. – »Da! Sehen Sie!«

Alle drei schauten jetzt nach oben, wo auf einmal der Mond seine fahle Scheibe zwischen die Baumwipfel schob. Und kurz darauf – »Wooouhuu – wouuuuh –woouuulf!« – jagte ein vielstimmiges, grausiges Geheul ihnen kalte Schauer über den Rücken.

»Die Wölfe!«, flüsterte der fremde Mann fast ehrfürchtig. – »Der Höhepunkt im Nachtwald.«

Der Chor der Wölfe schwoll an, kam näher und näher heran. Dann klang es, als ob die Tiere sich wieder entfernen würden.

Silvias Gänsehaut fing eben an, etwas angenehmer zu prickeln, als das Heulen auf einmal ganz nah war, – um sie herum und über ihnen zwischen den Baumstämmen – ohrenbetäubend und schrecklich an- und abschwellend wie eine Sirene bei Luftalarm.

Plötzlich krachte es in den Baumwipfeln, danach ein krächzendes Geräusch. Ein schrilles Pfeifen ertönte und … das Wolfsgeheul brach ab.

Unheimlich still war es jetzt … und sehr dunkel … und ziemlich warm. Der Mond war verschwunden, die Luft stickig geworden. – Die Drei schwitzten, und eine ganze Weile sagte keiner von ihnen ein Wort.

»Ist das eigentlich immer so warm hier?«, fragte Silvias Vater schließlich den anderen Mann, der sich ja anscheinend gut auskannte im Waldpark.

Anstelle einer Antwort kam eine Lautsprecherdurchsage: »Liebe Besucher des Waldparks, wir bitten um Ihre Aufmerksamkeit! – Die Computersteuerung unserer Klima- und Beleuchtungsanlage wurde leider durch einen Kurzschluss außer Betrieb gesetzt. Es besteht aber keine Gefahr! Bitte bewahren Sie Ruhe, und begeben Sie sich zu den Notausgängen! Bleiben

Sie auf den Wegen und folgen Sie den Leuchtpfeilen an den Bäumen! Sie weisen Ihnen den kürzesten Weg ins Freie. – Ich wiederhole: Es besteht keine Gefahr! ...

»Hier ist aber doch gar kein Weg mit Pfeilen«, sagte Silvia, und die Erwachsenen hörten, dass sie den Tränen nahe war.

»Da musst du keine Angst haben«, sagte der fremde Mann. »Ich kenn mich ganz gut aus hier – auch im Dunkeln. Gehen Sie mir einfach nach! – Ich weiß schon, wie wir am schnellsten wieder zum nächsten Weg kommen.

Kurz darauf wurde eine Notbeleuchtung eingeschaltet. Silvia und ihr Vater beeilten sich, dem Mann zu folgen. Der hatte nicht zu viel versprochen: Tatsächlich erreichten sie nach etwa einer Viertelstunde einen der Wege, die zu den Notausgängen führten.

In der weitläufigen Anlage waren die Drei zuletzt keinem Menschen begegnet. Jetzt strömten von allen Seiten die Besucher herbei und stießen – wie die Ameisen in dem großen Schaukasten beim Haupteingang des Waldparks – an den Wegkreuzungen aufeinander. Ihren unbekannten Helfer verloren Silvia und ihr Vater dabei bald aus den Augen.

»Jetzt kann's aber bis zum Ausgang nicht mehr weit sein«, sagte der Vater, als das Gedränge so dicht wurde, dass sie kaum noch vorankamen.

Noch immer war es Nacht unter den riesigen Kuppeln des Waldparks. Es wurde jedoch zunehmend wärmer und schwüler, und die Menschen redeten aufgeregt durcheinander, während sie von den Nachkommenden vorwärts geschoben wurden. Ab und zu schrie ein Kind oder Erwachsene schimpften. Silvia und ihr Vater hielten sich fest an den Händen, um sich nicht im Gedrängel und in der Dunkelheit zu verlieren.

Sie mussten die Augen fest zusammenkneifen, als sie endlich aus der Klimaschleuse des Notausgangs ins Freie hinausgeschubst wurden. Das plötzliche, grelle Sonnenlicht blendete sie so, dass es eine ganze Weile dauerte, ehe sie wieder richtig sehen konnten.

Draußen standen Sanitätsfahrzeuge bereit, um Verletzte oder Besucher mit Kreislaufproblemen zu versorgen. Die Waldpark-

Hostessen in ihren grünen Kostümen verteilten kostenlose Erfrischungsgetränke an die erschöpften Menschen und versuchten, einige aufgebrachte zu beruhigen.

Nach der tropischen Hitze unter den Kuppeln kamen einem die sommerlichen Temperaturen im Freien jetzt angenehm kühl vor. Silvia und ihr Vater atmeten erst einmal tief durch. Dann machten sie sich auf den Rückweg zum Parkplatz.

Am Ausgang bekam jeder Besucher – als kleinen Ausgleich für Schweiß und Schrecken – eine CD mit »Stimmen des Waldes« geschenkt.

Silvia und ihrem Vater taten die Füße weh, und beide waren froh, als sie endlich wieder in ihrem Heliomobil saßen und sich auf die Heimfahrt machen konnten.

Unterwegs lauschten sie dem Vogelgezwitscher von der Waldpark-CD.

»Papa, was is'n das für ein Vogel?«, fragte Silvia ihren Vater, als gerade ein Specht aus den Lautsprechern trommelte.

»Ich muss jetzt fahren, Silvia. Schau doch selbst nach! Du kannst doch schon lesen.«

»Alle Vogelstimmen vom … Syn-the-sie-zer«, las Silvia laut und langsam vor. – »Was ist das denn für ein komischer Vogel?«

»Papaa! – Warum gibt's eigentlich keinen richtigen Wald mehr?«, wollte sie wenig später auch noch wissen.

»Na ja …, du weißt doch noch, wie wir letztes Jahr mit Mama in dem Saurierpark waren …«

»Ja, die echten sind alle schon längst ausgestorben!«

»Genau! – Und, siehst du, der Wald ist eben auch irgendwie ausgestorben.«

»Du-u, Papaa? – Sterben die Menschen dann auch irgendwann aus?«

»Ich weiß nicht, Silvia. Vielleicht?«

PROSTLOSE ZEITEN

Von dem Körper, der seltsam verrenkt auf dem Pflaster liegt, läuft ein Rinnsal zum Bordstein, mündet auf der Straße in eine Pfütze, bildet Schlieren dort, die rot das Regenwasser färben. Schwarz glänzt der Asphalt daneben, glitscht und spiegelt vor Nässe.

Ein weißer Lieferwagen – Bäckerei Prohaska – rauscht vorbei, spritzt einen Schwall der rötlichen Brühe zurück auf den Gehsteig, ehe er an der nächsten Kreuzung abbiegt.

Ein Arm der Gestalt auf dem Gehsteig liegt auf dem Rücken des Schaukelpferds: einem altmodischen Schaukelpferdchen aus Holz, weiß lackiert, mit fetten schwarzen Tupfen – ziemlich ramponiert zwar, dafür mit einem richtigen Schweif und einer Mähne aus Rosshaar. Die Hand an dem Arm hängt locker über dem aufgemalten Sattel, als warte sie darauf, gleich einen Handkuss zu empfangen.

Ein Paar harte, hohe Absätze stöckeln heran. Der schwarze Regenschirm bleibt stehen, vollführt eine halbe Drehung, kippt nach unten, kommt aber gleich wieder hoch – verschwindet dann mit hektischem Stakkato hinter der nächsten Straßenecke.

. Hört mich denn keiner! – Kann denn niemand mich hören?

Ein Rollo rattert – gleich gegenüber auf der anderen Seite der Straße. Die Kalincke aus dem zweiten Stock kann mal wieder nicht schlafen. – Brrrr, was für ein Sauwetter da draußen! Kein Wunder, dass man da auf dumme Gedanken kommt.

Behutsam und nur ganz leise rasselnd wird der Rollo gleich wieder heruntergelassen. Nur nicht zu genau hinsehen! Man muss nicht alles wissen müssen – und Probleme hat man schließlich selbst genug.

Casanova war bei seinem Ende in ihrer alten Heimat, dem böhmischen Dux, auch bloß ein einsamer, lebensmüder alter Mann. Man weiß ja noch nicht mal, wo genau er begraben liegt.

»Wieso fällt dir gerade jetzt sowas Seltsames ein?«, fragt sich die Kalincke noch und schüttelt den Kopf, wendet sich dann ab von den Schlitzen des Rollos und kehrt zurück in die wärmere Hälfte ihres Bettes.

Ein Tatütata ist zu hören, kommt näher ... ganz nah.

Aha, da sind sie also schon! Das Tatü bricht ab. Ein blauer Lichtblitz huscht über die Schlafzimmerdecke, streift kurz mit dem Lochmuster des Rollos die Tapete. – Die Reifen rauschen aber rasch ... vorbei.

Unten, zwei Häuser neben *Bodo's Pilsbar*, rubbelt einer wie blöd über den Schlitz des Zigarettenautomaten, schon ganz blank gescheuert an der Stelle. Ein Mal noch versucht er sein Glück, steckt das Geldstück wieder rein, zieht und rüttelt an den Schüben. Manchmal hilft's ja, warum weiß er auch nicht. Vielleicht braucht so ein Automat ab und zu ein erwärmendes Vorspiel, eine handfeste Ermunterung, ehe er sich öffnet und die gewünschte Schachtel ausspuckt. Aber heute geht gar nichts, und die Münze rückt er auch nicht mehr raus, geschweige denn wenigstens irgendeine der anderen Zigarettenmarken.

Der Typ mit der Frisur eines noch nicht ganz flüggen Graureihers, schlägt noch ein paarmal mit der Faust auf den Kasten. Dann gibt er auf und schlendert zurück zu der Kneipe.

Gerade geht ihre Tür auf: Stimmengewirr und Gelächter von drinnen. Arm in Arm kommt ein Pärchen heraus, und die Musikbox nützt ihre Chance und wirft ein paar raue Brocken Joe Cocker auf die Straße, ehe die Tür wieder zuschlägt.

»Ey, Leute, habt ihr vielleicht mal 'n Euro?« – (Und wie man hört, hat selbst das bescheidenste Begehren seinen Preis heutzutage verdoppelt.) Danach ist der junge Graureiher glücklich und das Pärchen erleichtert. – Aaah, die Nachtluft tut gut!

Wie auf Kommando schauen die beiden nach oben. Dort, aus einer Wolkenlücke über den Dächern, scheint für Momente der Mond – auch ziemlich voll. Wie durch ein Schlüsselloch kitscht er herunter auf die reizende Szene. Jetzt bloß schnell ein Taxi und heim auf ein nicht mehr ganz nüchternes Nümmerchen – zu dir oder zu mir? ... Grins nicht so blöd, Mond da oben!

Eiring sieht keinen Mond mehr. Seitwärts, mit offenen Augen, liegt sein Kopf auf dem Gehsteig, und die Hand, die linke, hängt mit dem halben Arm in der Gosse, direkt vorm Reifen eines geparkten Autos. Die Finger krampfen sich noch immer um den abgebrochenen Hals. Daneben, trüb im roten Glanz der Pfütze, ertrinkt das Licht der nächsten Straßenlaterne.

Im Stockwerk darüber geht ein Fenster auf. Ein dunkler Jemand lehnt sich heraus.

»Eiring, du Arschloch, wo bleibt die Bombe?«

Er sieht den Mann, er kennt seinen Kumpel. Daneben, einen Arm auf dessen Schulter gestützt, steht die Frau, steht seine Frau, seine Alte. – Will gar nicht wissen, was da sonst noch steht vielleicht, heimlich hinterm Fensterbrett.

»Kssssscht, Walter, nun sei doch nicht so laut!«, zischt die Frau und zieht den Mann vom Fenster weg zurück ins Zimmer.

»Aach, dieses dauernde Geblubber geht mir gewaltig auf den Sack!«, ruft der Mann, und mit einem Ruck am Kabel reißt er den Stecker der Aquarienpumpe aus seiner Dose.

»Jetzt setz dich wieder hin und gib Ruh!«, keift die Frau.

»Ich geh ja schon.«

Licht geht an im Treppenhaus. Unten sucht ein Schlüssel sein Loch. Zweimal schnappt das Schloss. Die Haustür öffnet sich – erst einen Spalt weit, dann erscheint die Frau, im leichten, roten Morgenrock darüber. Zwischen die nackten Beine in den billigen Hauslatschen schiebt sich ein Lichtkeil und beleuchtet den Körper, der da auf dem feuchten Pflaster vor der Tür liegt, gleich neben diesem Schaukelpferd.

»Jetzt steh endlich auf! – Oder willst du hier übernachten? – Na looos, Mann, nu mach schon!« Unsanft stupst sie ihn an.

Eiring blinzelt, bewegt sich, versucht umständlich sich aufzurichten – es klappt nicht. Er krallt sich fest an der Mähne des Schaukelpferds, will daran sich hochziehen – es wackelt.

Irgendwie kommt er doch auf die Beine, sackt wieder hin, fängt an dann, auf allen Vieren zu krabbeln im Kreis um das Pferdchen herum.

»Jetzt lass doch die Scherben da liegen! – Die räumen sie schon weg morgen. – Schade bloß um den schönen Wein.«

Die Frau zerrt den Mann hoch. »Und schmeiß endlich den Flaschenhals weg! – Da kann man's ja mit der Angst kriegen. Mensch, sei froh, dass du dich noch nicht geschnitten hast!«

»Scheiß Gerümpel!«, schimpft Eiring, gibt dem Schaukelpferd einen Fußtritt, der ihn nur selbst wieder aus dem Gleichgewicht bringt. Gerade noch kriegt seine Frau ihn zu fassen am nassen Hemdsärmel und zieht ihn daran bis zur Haustür.

»Mann, du stinkst wie ein altes Weinfass. Jetzt schau bloß, dass du nach oben kommst!«

Die Haustür kaum zugefallen hinter den beiden, schaltet sich die Treppenhausbeleuchtung ab, automatisch.

»Scheiß Sperrmühlien!«, lallt Eiring, während er im Dunkeln, seiner Frau hinterher, die hölzernen Stufen hoch poltert. »Scheiß Schaukeldings!«

»Jetzt halt endlich die Schnauze! Oder willst du das ganze Haus wecken? Was soll'n denn da die Leute denken? – Und wann reparierst du endlich die verdammte Klingel?«

Draußen wippt noch eine Weile das Schaukelpferd mit seinem Kopf zum Rinnstein hin, dass es aussieht, als wolle es saufen aus der Pfütze.

Ein Taxi rollt heran, hält vor *Bodo's Pilsbar*, dieselt geduldig vor sich hin, bis das angetrunkene Pärchen auf der Rückbank sitzt.

Der Mond wirft noch einen Goldschein in die Rotweinpfütze auf dem Asphalt. Ein Hund bellt. Irgendwo rattert ein Rollo.

DIE SPATZENWETTE

Vor einiger Zeit habe ich einen Vogel getötet.

Es war einer von diesen frechen Landstraßenspatzen, die einem, wenn man mit dem Auto daherkommt, am Randstreifen auflauern. Sie hatten sich am linken Straßenrand versteckt und spielten ihr leichtsinniges Spatzenspiel: Wetten, dass wir noch vor dem Auto über die Straße kommen? Wer als letzter fliegt, hat gewonnen.

Im letzten Moment flatterten die Spatzen auf. Ich erschrak und bremste. Sie schafften es gerade noch rechtzeitig vor meinem Auto über die Straße und landeten im Feldrain auf der anderen Straßenseite – alle, bis auf einen. Er war wohl als letzter gestartet, prallte direkt vor meinen Augen gegen die Windschutzscheibe und blieb am Scheibenwischer hängen.

Hinter mir kam kein anderes Auto. Ich hielt also am Straßenrand an und befreite ihn vorsichtig. Er lag in meinen Händen, zuckte mit den Flügeln, und sein kleiner, brauner Schnabel ging immer auf und zu, auf und zu. Dabei sah er mich an, als wollte er noch etwas sagen.

Dann bewegte er sich nicht mehr, lag nur noch ganz leicht, weich und warm in meiner Hand. Tot, dachte ich. – Plötzlich aber fing er an, wild mit den Flügeln zu schlagen. Er riss den Schnabel auf, piepste und drehte sich auf die andere Seite. Gleich würde er sich aufrappeln und davonflattern. Sein ganzer kleiner Körper zitterte, dann schloss er den Schnabel und war tot.

Ganz locker hing sein Kopf zwischen meinen Fingern und ein Tropfen Blut an seinem Schnabel.

Ich legte den toten Spatzen am rechten Straßenrand vorsichtig ins Gras. So hatte er die Spatzenwette doch noch gewonnen und war als letzter auf der anderen Seite gelandet.

Vielleicht sollte ich in Zukunft langsamer fahren. Aber ich glaube fast, die anderen Spatzen hätten dann nicht mehr so viel Spaß an ihrem Spiel.

SKILLINGS LETZTER EINSATZ

»Hey, David, wach auf!« First Lieutenant Rawlin zog den Mann auf der Pritsche neben ihm am Arm und rüttelte ihn. Weil das nichts half, knuffte er ihn ein paarmal in die Seite. Als Skillings endlich seine Augen aufmachte, schreckte er sofort hoch.
»Was ist los? Alarm?«
»Nein, kannst dich wieder hinlegen. Schlaf ruhig weiter, aber hör auf dabei zu schreien! Wie soll man selbst schlafen, wenn du so laut träumst?«

Solange sie anrollten, erkannte man nur ihre Silhouetten. Dann dröhnten jeweils zwei F-16 nebeneinander über die Piste des US-Luftwaffenstützpunktes. Auch wer weit weg davon stand, hielt es kaum aus, ohne sich die Ohren zuzuhalten. Den Feuerstrahl ihrer Nachbrenner hinter sich herziehend, stiegen die amerikanischen Jagdbomber in den Nachthimmel über der saudi-arabischen Wüste. Sie nahmen Kurs nach Norden, und selbst als die Lichtpunkte der letzten Maschinen verschwunden waren, klang es noch immer wie ein starkes Gewitter, das sich am Horizont entlud.

Bereits acht Minuten nach ihrem Start überflogen sie die irakische Grenze. Noch ehe sie den Euphrat erreichten, teilte sich ihre Formation über der feindlichen Wüste. In zwei Schwärmen zu je vier Flugzeugen jagten sie jetzt getrennt ihren Zielgebieten entgegen.

Captain David Skillings raste mit fast zweifacher Schallgeschwindigkeit neben den drei anderen F-16. Ihr Einsatzziel: eine Chemiefabrik im Norden der irakischen Hauptstadt. Ihr Befehl: sie zu zerstören.

Während des Fluges hatte Captain Skillings genug damit zu tun, seine Instrumente zu kontrollieren und den Bildschirm des Bordradars zu beobachten. Um die Richtung auf sein Ziel brauchte er sich nicht zu kümmern, dafür sorgte der Bordcomputer. Selbständig hielt er den richtigen Kurs – und das war gut so.

Zwischen seinen zahllosen Einsätzen, die zudem meist nachts stattfanden, hatte Skillings immer unruhiger und kürzer geschlafen, sodass es ihm jetzt nicht leicht fiel, die nötige Konzentration aufzubringen. Immer wieder war er aufgewacht, und fast jedes Mal hatte er sich dabei dunkel an einen seltsamen, immer wiederkehrenden Traum erinnert.

In diesem Traum befand er sich in einem engen, stockfinsteren Tunnel, durch den er in seinem Pilotenoverall wie ein Geschoss hindurchsauste. Nach einer Weile, als er die Hoffnung, aus diesem Tunnel jemals wieder herauszukommen, schon fast aufgegeben hatte, erblickte er in der Ferne einen winzigen Lichtschein.

»Gott sei Dank, das muss der Ausgang sein«, dachte er im Traum, als der Lichtfleck allmählich näher kam und größer wurde. Seltsamerweise verlangsamte sich sein Flug durch den Tunnel, je mehr seine Zuversicht wuchs, bald wieder draußen zu sein.

Das Ende des Tunnels kam immer näher. Seine eigene Geschwindigkeit hatte sich inzwischen so weit verringert, dass er im schwachen Dämmerlicht die felsige Wand des Tunnels erkennen konnte. Wie eine Luftblase in einer nicht ganz fest geschlossenen Flasche schwebte er auf den Ausgang der Tunnelröhre zu. Von oben her spürte er einen kühlen Lufthauch auf seiner Haut und stellte fest, dass er auf einmal nackt war. Auch die Wand des Tunnels hatte sich verändert, war jetzt nicht mehr felsig, sondern bestand rundherum aus grob verfugten, rotbraunen Ziegeln – wie in einem Brunnenschacht.

Tatsächlich: Es war kein waagrechter Tunnel mehr, sondern ein trockener, senkrechter Schacht, dessen Rand ihm nun schon greifbar nahe schien. Sein Körper stand jetzt fast still – so wie ein Ball, wenn man ihn senkrecht nach oben wirft, am höchsten Punkt seiner Flugbahn einen Moment zu zögern scheint, ehe er wieder herabsaust.

Im grellen Licht, das ihn von oben blendete, gelang es David gerade noch, die Finger seiner rechten Hand in den oberen Brunnenrand zu krallen, als die schlagartig wieder wirkende Schwerkraft ihn mit seinem ganzen Körpergewicht nach unten zog. Sein Arm schürfte auf, seine Finger verkrampften beim verzweifelten Versuch sich festzuhalten. Er spürte, dass seine Kraft nicht ausreichte. Er schloss die Augen und schrie vor Schmerz und Angst, als er losließ.

Doch er fiel nicht. Stattdessen spürte er einen festen Druck um sein Handgelenk. Er machte die Augen wieder auf und sah eine kräftige Hand, die es umklammert hielt und einen stark behaarten, braungebrannten Arm. Sonst konnte er nichts erkennen.

David versuchte seinen unsichtbaren Retter zu unterstützen, indem er mit den Füßen im Brunnenschacht nach Halt suchte. Doch der Schacht war gleichmäßig gemauert und ohne größere Vorsprünge, sodass seine Füße immer wieder abrutschten. Hilflos blickte er nach oben und traute zuerst seinen Augen nicht. Seine Überraschung war in diesem Moment sogar größer als seine Angst.

Der Arm seines Retters – mehr konnte er von dem Mann nicht sehen – schien sich zu verändern. Gebannt beobachtete David, wie die dunklen Härchen versengten, und der Unterarm sich immer stärker rötete. Dann traten schwarze Schwären heraus, und die Haut platzte auf wie eine Schweineschwarte im Ofen. Das rote Fleisch war darunter zu sehen. Es schwärzte sich aber rasch und schrumpelte zusammen. Der ganze Arm schien zu verbrennen – ohne Flammen, ohne Rauch und vor allem ohne einen einzigen Schmerzensschrei des Mannes, zu dem er gehörte.

Aber die Umklammerung seines Handgelenks ließ nicht nach. Im Gegenteil: David spürte, wie der Fremde sich immer mehr anstrengte, ihn nach oben zu ziehen. Gespannt starrte er auf den Arm über seinem Kopf. Er hatte seine Angst vergessen und wartete nur darauf, was als Nächstes passieren würde – gerade so, als wäre es nicht er selbst, der mit seinem ganzen Leben an diesem Arm hing.

Der Unterarm seines Retters war jetzt schwarz verkohlt, mit tiefen Rissen kreuz und quer. Auf einmal knirschte es über David, und wie ein großes, längliches Stück Holzkohle zerbröckelte der Arm und brach schließlich in der Mitte auseinander.

Stumm wie ein Stein fiel sein Körper den Brunnenschacht hinunter. Ein paarmal schlug er mit der Seite gegen dessen

Rand, dann sauste er mit immer größerem Tempo zurück in den finsteren Tunnel, während die fremde Hand noch immer sein eigenes rechtes Handgelenk umklammert hielt.

Spätestens an dieser Stelle seines Traums wurde David gewöhnlich von seinem Staffelkameraden und Zeltnachbarn, First Lieutenant Rawlin, wach gerüttelt, der von Davids vorhergehendem Angstschrei geweckt worden war.

Keiner von Skillings Kameraden nahm solche Vorfälle besonders ernst. Jeder hatte seine eigenen Probleme, seine eigenen Alpträume. Sie nahmen sie hin und redeten nicht darüber. Eine Rolle spielte dabei vielleicht auch, dass fast alle seit Wochen keine Frau mehr gehabt hatten – seit ihrer Stationierung in dieser gottverdammten Wüste.

David war mit seiner Staffel aus Ramstein in Deutschland hierher abkommandiert worden. Er hatte die letzten zehn Jahre dort verbracht, und es war so etwas wie seine zweite Heimat geworden. Verheiratet war er nicht, hatte aber eine Freundin in Ramstein. Ihre Verbindung war nicht allzu fest, worüber er jetzt manchmal froh war. Es bedeutete weniger Gedanken und Erinnerungen, die ihn nur zusätzlich belasteten. Als er seinen Stellungsbefehl erhielt, hatten sie sich goodbye gesagt, ohne große Hoffnung, sich bald wiederzusehen. Als der Krieg endlich losbrach, war es ihm fast wie eine Erlösung vorgekommen. Er hatte aber auch gespürt, dass ihn mit seinen Kameraden und denen daheim eine ohnmächtige Wut verband, dass alles so gekommen war.

Ihre vier ›Fighting Falcons‹ hatten inzwischen den Fluss Tigris überquert. Sie flogen eine Linkskurve und dann, parallel zu seinem Lauf, nach Nordwesten – in großer Höhe, um dem Feuer der irakischen Luftabwehr zu entgehen.

Links vor sich sahen die Piloten nun am Horizont das Wetterleuchten des allnächtlichen Feuerwerks über Bagdad.

Captain Skillings verdrängte den Gedanken an das, was dort wirklich vor sich ging. Es war die Faszination des Fliegens und der Technik, die ihn damals bewogen hatte, sich nach dem Studium als Pilot bei der Air Force zu bewerben und ausbilden zu lassen. Inzwischen war er sich nicht mehr sicher, ob dieser Entschluss richtig gewesen war. Dieser Krieg erschien ihm als ein grausames Spiel um Macht, bei dem ein Menschenleben nur der geringste Einsatz war.

Der Bildschirm seines Bordcomputers leuchtete auf und zeigte damit an, dass sie ihr Einsatzgebiet erreicht hatten. Die Infrarot-Zielkamera wurde eingeschaltet. Er verglich die grünstichigen Bilder, die sie lieferte, mit den Fotos, welche die Luftaufklärer von ihrem Zielobjekt gemacht hatten. Als sicher war, dass sie die zu bombardierende Chemiefabrik vor sich hatten, drehte die Viererformation erst steil nach rechts ab und ging dann im Sturzflug herunter.

Skillings Auftrag war es, die Vorratstanks der Fabrik zu zerstören – weiß der Teufel, was die darin lagerten, er musste es nicht wissen. Er nahm den größten der Tanks ins Visier, und als er ihn genau im Fadenkreuz seiner Zielvorrichtung hatte, löste er die Bombe aus.

Er brauchte jetzt keine Nachtsichtkamera mehr. Nach wenigen Sekunden leuchtete unten ein riesiger Feuerball auf, und er wusste, dass der Tank explodiert war. Fast gleichzeitig konnten er sehen, wie die Fünf-Zentner-Bomben der drei anderen Maschinen einschlugen. Ihre ›Viper‹ – wie die Piloten ihre F-16 nannten – hatten zugebissen.

Sie flogen noch zwei weitere Angriffe, bis von der Chemiefabrik nur noch Trümmer übrig waren. Dann drehten sie ab und machten sich auf den Rückflug zu ihrem Stützpunkt. In etwa 25 Minuten würden sie dort sein, wenn alles glattging. Ihr ganzer Angriff hatte acht Minuten gedauert und etwa 1,2 Millionen Dollar gekostet.

Skillings hatte sich schon gewundert, warum die Irakis nicht versucht hatten, die Bomber abzufangen. »Die Jungs da unten haben wohl noch geschlafen«, sagte er übers Mikrofon zu den anderen Piloten. »Naja, vielleicht sind sie jetzt aufgewacht!«

Er hatte seinen Satz kaum beendet, als es hinter ihm donnerte. Das schlimmste Gewitter, das er je erlebt hatte.

Sie waren unter starken Beschuss geraten. Wie umgekehrte Blitze zischten die Leuchtspurgeschosse am Cockpit vorbei. Skillings versuchte, schnell zu steigen, um aus der Reichweite der irakischen Geschütze herauszukommen. Plötzlich krachte es am Heck der Maschine, und unter ihrem Rumpf gab es eine Explosion.

»Scheiße, mich hat's erwischt!«, schrie er. »Die haben das Leitwerk getroffen.« Die F-16 geriet sofort ins Trudeln, verlor rasch an Höhe und ihre Steuerung gehorchte ihm nicht mehr.

»Ich muss aussteigen!«, brüllte David in das Mikro vor seinem Mund. Gleichzeitig entriegelte er seinen Schleudersitz und zog den Auslöser. Hundertfach hatte er diese Handgriffe geübt, sodass er sie selbst in Panik noch wie automatisch ausführen konnte. Die durchsichtige Cockpithaube wurde abgesprengt und flog in die Luft. Gleichzeitig wurde er mit ungeheurer Wucht aus der Maschine katapultiert. Kurz darauf gab es einen Ruck, als der eingebaute Fallschirm sich löste und öffnete. Skillings sah noch, wie es in einiger Entfernung eine Explosion am Boden gab, wo seine F-16 aufschlug.

Er schwebte eine Weile allein durch die gespenstische Nacht. Dann verlor er das Bewusstsein.

Sein Schädel dröhnte, als er allmählich wieder zu sich kam. Der Geruch von Verbranntem war das erste, was er wahrnahm. Dann hörte er Stimmen – aufgeregte Stimmen, die er nicht verstand. Sie wurden lauter und kamen näher. Er hörte Frauen kreischen und Schreie von Männern. Als er die Augen aufschlug, starrte er in Dunkelheit. Dann spürte er die ersten Fußtritte und Schläge gegen seinen Helm. Er hörte den Motor eines Fahrzeugs und Stimmen, die Befehle brüllten. Etwas wurde ausgeschüttet über ihn. Der plötzliche Geruch nach Benzin war das letzte, was er wahrnahm.

Kalter Zigarettenrauch lag in dem grauen, fensterlosen Raum, in dem das Verhör stattfand. Wie eine Telefonansage leierte er bereits zum x-ten Mal seine immer gleiche Antwort herunter: »Skillings, David W., Captain der US-Air Force, geboren am 3. März 1956, Kennnummer 477 80 5633.« – Mehr durfte er laut Militärvorschrift nicht sagen, und er wusste, dass ihn die Irakis auch nicht dazu zwingen durften – eigentlich.

Der Offizier, der die Vernehmung führte, war etwas älter als er und hatte sich als Major der irakischen Luftwaffe vorgestellt.

Den Namen hatte er sich nicht merken können. Daneben gab es zwei Beisitzer, von denen einer das Protokoll führte, und ein Soldat stand als Wache an der Tür. In einwandfreiem Englisch stellte der Iraker seine Fragen und diktierte auf Arabisch das Protokoll. Zwischendurch trommelte er mit den Fingern auf der Schreitischplatte. Er war wohl etwas genervt, weil er einsehen musste, dass aus diesem Gefangenen nicht mehr herauszuholen war. Dennoch hatte er bis dahin nie die Beherrschung verloren.

Als der Offizier und seine Beisitzer sich eine weitere Zigarette genehmigten, entstand eine Pause. Kaltes Schweigen herrschte in dem Raum, während sie sich mit ernsten Gesichtern in die Augen schauten wie zwei Ringkämpfer vor der nächsten Attacke.

»Wie geht es Ihnen jetzt, Mr. Skillings?« – Mit einem fast freundlichen Lächeln stellte der Iraker plötzlich diese Frage. Und er sprach Captain Skillings ohne seinen Dienstgrad an, wie einen Zivilisten.

David war überrascht. »Ich habe Kopfschmerzen«, antwortete er spontan.

»Sie hatten Glück, dass eine Armeepatrouille vorbeikam. Die Leute hätten Sie sonst wahrscheinlich erschlagen und angezündet. Ihre F-16 ist auf eine Siedlung gestürzt und hat mehrere Häuser zerstört. Zwei Familien sind dabei ums Leben gekommen.«

Skillings senkte den Kopf. »Das tut mir leid«, sagte er leise«.

»Dass Ihre Maschine auf die Häuser abstürzt, war nicht ihre Absicht, klar«, sagte der Iraker. »Aber freuen Sie sich«, fügte er in zynischem Ton hinzu. »Ihr Angriff war trotzdem ein voller Erfolg. Das Wasserwerk der Stadt wurde dem Erdboden gleichgemacht.«

»Wasserwerk …?«, flüsterte Captain Skillings.

»Und ein Kamerad von ihnen hat den Absturz seiner Maschine nicht überlebt.«

Skillings schwieg und starrte auf den Fußboden. Sein Schädel dröhnte wie ein Fighter mit zwei Triebwerken beim Start.

»Ihr wollt diesen Krieg gewinnen …«, sagte der irakische Offizier nach einer Weile, die David wie eine Ewigkeit vorkam.

»Wir *werden* diesen Krieg gewinnen«, unterbrach ihn der Amerikaner – selbstbewusst, aber ohne Überheblichkeit im Ton. »Wir haben die besseren Waffen, die besseren Leute und wir kämpfen ...«

»Für die Freiheit, ich weiß«, vollendete der Major den Satz. »Aber was glauben Sie, wird von unserem Land übrigbleiben, wenn ihr fertig seid mit eurem Freiheitskampf?«

»*Wir* haben Kuwait nicht besetzt, das war euer Saddam!«

»Und was geht das euch Amerikaner an? Das ist eine Sache der Araber. Euch geht es doch nur um das Öl – unser Öl!«

Der Iraker war aufgesprungen und hatte ihm seine letzten Worte zornig ins Gesicht geschrien. Skillings hatte keine Angst, doch zog er es vor, den Mund zu halten – schließlich war *er* der Gefangene.

Als David schwieg, beruhigte sich der Major wieder und setzte sich zurück auf seinen Stuhl, ehe er fortfuhr.

»Euren Regierungen geht es doch nicht um unsere Freiheit. Ihr sagt *unsere Freiheit* und meint *euren* Wohlstand, euren *Way of Life*«, erklärte er und dehnte dabei wie angewidert die letzten Worte. »Ihr behauptet, dass ihr euch um die Sicherheit Saudi-Arabiens, Kuwaits und Israels sorgt – aber in Wahrheit sorgt ihr euch um *unsere* Rohstoffe und um die Profite *eurer* Industrie. Während hier die Menschen sterben, steigen bei euch die Börsenkurse. Eure Rüstungsindustrie hat aus unseren Ländern ein gigantisches Testgebiet für ihre Militärtechnologie gemacht. Und jetzt macht sie gute Geschäfte gegen uns. Ihr seid schlimmer als unsere alten Kolonialherren!«

»Und euer Saddam ist schlimmer als Hitler!«, rief Skillings so laut, wie es sein Zustand zuließ.

Die Beisitzer horchten auf. David hatte sich die Tiraden des Irakers scheinbar ruhig angehört, jetzt war ihm aber doch der Kragen geplatzt.

»Oder glauben Sie, Saddam hat Kuwait aus Menschenfreundlichkeit überfallen? Ihr habt eure Kurden und die Iraner vergast, ihr besetzt Kuwait und schickt Raketen nach Israel ... und dann wundert ihr euch, wenn ihr die halbe Welt zum Feind habt? – Wer Wind sät, wird Sturm ernten, heißt es in unserer Bibel.«

»Ich kenne diesen Spruch. – Und den kenne ich auch: Wer zum Schwert greift, wird durch das Schwert gerichtet werden. Unser Prophet Isa – der, den ihr Jesus nennt – hat das gesagt. Wissen Sie, dass euer Jesus auch einer der Propheten des Islam ist? – Nein, das haben Sie nicht gewusst, wie ihr so vieles nicht wisst. Ihr im Westen habt ja auch nur einen bedeutenden Propheten – den Profit. Und was Hussein betrifft – ich bin durchaus nicht immer einverstanden mit unserer Führung. Aber Nasser – Nasser, den kennen Sie doch noch, oder? – den haben die Engländer damals als den Hitler vom Nil bezeichnet. Er war aber der Einzige, der es gewagt hat, sich euch zu widersetzen.«

»Ja, und er hat zweimal den Krieg gegen Israel verloren«, ergänzte Captain Skillings höhnisch.

»Vielleicht werden *wir* diesen Krieg auch verlieren, aber es wird länger dauern als sechs Tage. Und selbst, wenn ihr gewinnt – es wird immer wieder einen Nasser oder Hussein geben, solange ihr uns demütigt, solange ihr nur eure Interessen und euren Profit seht und uns nicht als Menschen behandelt, die das gleiche Recht haben wie ihr, über ihr Land und ihr Schicksal selbst zu bestimmen.«

Der Amerikaner wollte nichts mehr sagen und schwieg. Die beiden Beisitzer hatten die Auseinandersetzung gespannt, aber mit verständnislosem Gesichtsausdruck verfolgt.

»Ich hätte nicht gedacht, dass Sie hier so reden dürfen«, meinte David.

»Das hätte ich auch nicht, aber haben Sie keine Angst, meine Kameraden hier verstehen Ihre Sprache nicht.« Der Iraker sagte etwas auf Arabisch zu ihnen, dann wandte er sich wieder David zu. »Das Verhör ist beendet, Captain Skillings«, sagte er und gab dem Wachsoldaten den Befehl, ihn abzuführen.

»Eine Frage noch, Major«, sagte Skillings, als hätte er das letzte Wort der Vernehmung: »Wie kommt es, dass Sie so ausgezeichnet Englisch sprechen?«

»Ich habe in England gelebt und studiert.«

»Salam!«, sagte David, als er abgeführt wurde – es war das einzige arabische Wort, das er kannte.

Der Iraker lächelte ironisch: »Wo haben Sie Arabisch gelernt, Captain?«, fragte er. – »Good luck, Mr. Skillings!«

David lächelte nicht, aber als er draußen war, wusste er, dass er unter anderen Umständen hier vielleicht einen Freund gefunden hätte.

Es war eine sternklare Nacht über dem irakischen Fliegerhorst irgendwo nordwestlich von Bagdad. Plötzlich wurde die nächtliche Stille durch das Aufheulen von Sirenen zerrissen. Alle Lichter an den Gebäuden und auf dem Flugfeld gingen aus, die Generatoren der Flugabwehr wurden angeworfen. Überall lärmten jetzt Motoren, und Kommandorufe hallten durch die Dunkelheit.

David sprang von seiner Pritsche auf. Eben noch war er im Traum wieder in seinem finsteren Tunnel unterwegs gewesen, doch jetzt war er hellwach und stellte erstaunt fest, dass er allein war. – Sechs Tage war es jetzt her, seit man ihn mit verbundenen Augen zu dem Fliegerhorst gebracht hatte, wo er als eine Art Geisel unter strenger Bewachung gehalten wurde.

Skillings war vollständig angekleidet – seine Uniform hatte man ihm gelassen – und er trat an das vergitterte Fenster, um zu sehen, was draußen vor sich ging. Er sah aber nur seinen Wachposten, der offenbar aus dem gleichen Grund vor der Tür stand. – Dann brach der Sturm los.

David hörte das Röhren der Kampfflugzeuge, die über den Stützpunkt hinwegfegten – britische Tornados, vermutete er. Kurz darauf schlugen ihre Bomben auf der Startbahn ein. Er konnte sich gerade noch rechtzeitig auf den Boden seiner Zelle werfen und seinen Kopf unter das Feldbett schieben. Das Fenster über ihm zerplatzte, Scherben und Putz fielen auf ihn herab. Der Fußboden wurde durch die Detonationen wie bei einem Erdbeben erschüttert, die Wände zitterten.

Als der überraschende Angriff vorbei war, erhob er sich und schüttelte den herabgefallenen Dreck ab. Die Tür stand offen, und er trat hinaus ins Freie. Der Wachsoldat lag reglos auf der Erde. Offenbar hatte die Druckwelle ihn außer Gefecht gesetzt. Erst jetzt nahm David das dumpfe Stampfen der Flugabwehrgeschütze wahr. Es herrschte ein höllisches Durcheinander, und niemand kümmerte sich um ihn. Das war seine Chance.

Geduckt und im Laufschritt legte er die zweihundert Meter zurück bis hinüber zu den großen, sandfarbenen Tarnzelten am Rande der Rollbahn. Die Flugzeugbunker waren bereits bei einem früheren Angriff größtenteils zerstört worden. Ihre übriggebliebenen Flugzeuge hielten die Iraker seitdem unter den Zelten versteckt.

Unbemerkt erreichte er das erste Zelt. Es war leer – bis auf eine irakische MiG-29. Ihr Cockpit stand offen, und eine Leiter war angelegt. Ohne zu zögern kletterte Skillings hinauf. Die MiG stand – wie er erwartet hatte – mit voller Bewaffnung für einen Alarmstart bereit, und ein Pilotenhelm mit Maske lag auf dem Sitz. Rasch nahm er Platz, setzte den Helm und die Atemmaske auf und checkte die Instrumente. Die Treibstofftanks waren voll. Er konnte die Maschine startklar machen.

Dass er das konnte, verdankte er dem Zufall und der deutschen Wiedervereinigung. Nach der Übernahme des ostdeutschen Waffenarsenals war er, als einer der erfahrensten NATO-Piloten, unter den Auserwählten gewesen, die Testflüge mit den sowjetischen Jets absolviert hatten.

Nachdem anscheinend kein erneuter Angriff der Alliierten erfolgte, startete Skillings die Triebwerke und ließ die MiG hinaus auf die Piste rollen. Die eigentliche Startbahn war nach dem Bombardement übersät mit tiefen Kratern, die schmalere Rollbahn daneben schien aber intakt und lang genug zu sein. Er ließ die beiden Triebwerke aufheulen und gab Gas. Kurz vor dem Ende der Rollbahn zog er die Maschine steil nach oben, und noch ehe die Irakis begriffen hatten, was vor sich ging, stieg die MiG wie ein Feuerpfeil in den Nachthimmel.

David war stolz auf sich. In einer Höhe von 30000 Fuß hatte er den halben Irak überflogen und die gesamte irakische Luftwaffe zum Narren gehalten. Von deren Luftabwehr hatte er ohnehin nicht mehr viel zu befürchten. Was weit mehr zählte: Er hatte es geschafft in einem feindlichen Flugzeug, unbehelligt von amerikanischen Abfangjägern, heil durch den gesamten Luftraum zu kommen. – Es war ihm gelungen, mit der eigenen Luftüberwachung Funkkontakt aufzunehmen. Schließlich hatte er sie sogar überzeugen können, dass tatsächlich er es war, der in einer gestohlenen Fulcrum – ihr Codename für die MiG 29 – geradewegs auf die Front zuraste.

Seit sechs Minuten begleiteten ihn zwei F-14 Abfangjäger, die sie ihm entgegengeschickt hatten. Er war nicht sicher, ob zur Begrüßung oder vielmehr zu seiner Bewachung – vorsichtig und misstrauisch wie sie beim Kommando der Air Force waren. Man hatte ihm befohlen, den Abfangjägern zu folgen.

Mittlerweile befanden sie sich schon im Luftraum über Saudi-Arabien. In fünf Minuten würden sie landen. Er wusste, wenn er erst einmal unten war, würden sie ihn als Helden feiern, der noch dazu eine der besten Maschinen des Feindes zum Empfang mitbrachte.

Als David von weitem die Lichter seines Stützpunktes erblickte, wurde ihm schwindlig. Erst jetzt spürte er die Anstrengung, die ihn die Gefangenschaft und seine Flucht gekostet hatte, aber er ahnte, dass diese Erschöpfung in wenigen Augenblicken wieder verflogen sein würde.

Vor ihm setzte die erste der beiden F-14 zwischen den Lichtern der Landepiste auf. Er wollte ihr gerade folgen, als eine unheimliche Gewalt ihn ergriff. Wie eine Stahlzange umfing sie sein rechtes Handgelenk und zog dabei mit aller Kraft den Beschleunigungshebel nach vorn. David versuchte noch, die Maschine nach oben zu ziehen – zu spät ...

Ein blendender Ball aus Licht und Feuer hüpfte von der Mitte der Landebahn hoch, als die MiG zerschellte. Gleich darauf erschütterte eine Reihe gewaltiger Explosionen das Gelände des Stützpunktes.

Captain David W. Skillings hatte das andere Ende seines finsteren Tunnels erreicht, und nur ein Major der irakischen Luftwaffe, von dem er nicht einmal den Namen kannte, wusste, warum es so gekommen war.

BRUDER SCHAKAL

Im Sommer 2012, Anfang Juli, habe ich auf einer Internetseite gelesen, dass im Bayerischen Wald ein Goldschakal gesichtet wurde. Sogar ein Beweisfoto gab es.

Wie ein Autofahrer, der es nachts etwas zu eilig hat, war der Schakal auf einem Forstweg ertappt worden und in vollem Lauf in eine Fotofalle geraten, die eigentlich für Luchse installiert wurde.

Ein Goldschakal, ein Tier also, das es hier gar nicht geben dürfte, das bisher nichts verloren hatte in unserer Gegend und Zivilisation. Hat vielleicht gar nicht richtig mitbekommen, der Schakal, was ihm da geschah: ein weißer Lichtblitz plötzlich, dann, auf einem Auge geblendet, sekundenlang erst mal nichts als rote Finsternis. – Und eine Stunde später und vier Kilometer weiter das Gleiche noch mal.

Bereits am 26. April 2012 war das Foto aufgenommen worden, unterhalb vom Rachel, dem zweithöchsten Berg des Bayerischen und Böhmerwaldes. Die Nationalparkverwaltung hatte das Bild erst Wochen danach veröffentlicht, weil selbst die Experten zunächst kaum glauben konnten, dass es sich tatsächlich um einen Schakal handelte.

Diese Tierart ist im Norden Afrikas, im Vorderen Orient und im südlichen Asien bis Hinterindien beheimatet. Auch im Norden Griechenlands – das wusste ich aus Naturfilmen – leben schon länger ein paar kleinere Rudel. Inzwischen sind sie von den Schluchten des Balkans bis nach Norditalien, Ungarn und Österreich gewandert. Dichte Wälder – wie den Bayerischen Wald – meidet der Goldschakal als Tier der Savanne aber normalerweise.

Ende Mai 2012 war ich selbst auf dem Rachel, wo es allerdings um den Gipfel herum keinen Wald mehr gibt. Zwischen Steinen und Felsbrocken und den Skeletten Aberhunderter, von Borkenkäfern und Stürmen gefällten Fichten haben dort nur ein paar junge Buchen und schmale Ebereschen einen neuen Platz an der Sonne gefunden.

Im Wald weiter unten bin ich auch an einer Fotofalle vorbeigekommen, vielleicht sogar – ohne es zu ahnen – genau an der Stelle, wo der Goldschakal geknipst wurde. Aber als Mensch wanderte ich eben tagsüber, und natürlich ist mir dort oben weit und breit weder Wolf noch Luchs, geschweige denn ein Goldschakal über den Weg gelaufen – allenfalls ein aufgescheuchtes Reh, das schnell das Weite suchte. – Aber ein Schakal?

Im österreichischen Burgenland gab es noch bis in die 1920er Jahre den sogenannten Rohrwolf. – Das hört sich an wie ein Gerät zum Reinigen stark verstopfter Abflussrohre (und diesen Rohr-Wolf gibt es tatsächlich – ich hab's gegoogelt).

Die burgenländischen Rohrwölfe sollen aber ebenfalls Goldschakale gewesen sein. Rohrwolf wird er im Volksmund genannt, weil er im breiten Schilfgürtel, im Rohr, rund um den Neusiedler See lebte und jagte. Seit ein paar Jahren hat er sich in dieser Gegend wieder angesiedelt.

Einen Ror Wolf gibt es übrigens auch – in der deutschen Literatur. Wobei Ror (ohne »h«!) sein Vorname ist. Wolf heißt der Schriftsteller, der im Juni 2012 seinen 80. Geburtstag feierte, mit Nachnamen.

Sogar in der Lausitz, im deutsch-polnischen Grenzgebiet, wo es seit ein paar Jahren wieder einige Wolfsrudel gibt, hat man im Sommer des Jahres 2000 einen Goldschakal entdeckt, der danach allerdings lange verschwunden blieb. Erst drei Jahre später wurde er wieder gesichtet – in der Tiefkühltruhe eines Tierpräparators.

Oder im Januar 2009: Da soll im Fichtelgebirge mehrmals ein Goldschakal beobachtet worden sein.

Der Klimawandel – so vermuten Wissenschaftler – mache es möglich, dass die wärmeliebenden Tiere immer weiter nach Norden ziehen und dort vielleicht sogar überleben können.

Wie weit mag so ein Schakal wohl an einem Tag wandern? – 50 Kilometer vielleicht, und wenn er es eilig hat hundert? Wie weit ist es vom Rachel im Bayerwald bis, sagen wir mal, ins Altmühltal? 150 bis 200 Kilometer vielleicht. Nur ein paar Schakalwandertage also oder genauer gesagt Nächte.

Er könnte jedenfalls längst hier sein, der Goldschakal. Könnte bereits oben zwischen den Felsen und Büschen herumstreifen, sich dort verstecken, auf die Nacht warten und sich dann hinunterschleichen ins Tal.

Frisches Wasser schlabbern aus dem Fluss, danach einen Frosch schnappen, eine Maus fangen oder einen leichtsinnigen Junghasen. Oder sich eine, bei einem Fest im Freien fallen- und liegengelassene Bratwurst einverleiben und im zurückgelassenen Müll nach Fressbarem wühlen.

Wenn Sie also in der Dämmerung oder nachts einmal einem frei herumlaufenden Hund ohne Halsband begegnen, der aussieht wie ein kleiner Wolf mit rotbraunem Fell, oder wenn sie auf einer Wiese einen sehr großen Fuchs mit langen Beinen beobachten, der wie eine Katze nach einer Maus springt – dann ist es jedenfalls nicht völlig unwahrscheinlich, dass es sich dabei um einen Goldschakal handelt.

Füttern Sie ihn aber bitte nicht! Damit er sich gar nicht erst an Menschen gewöhnt, und damit aus dem Goldschakal kein Problem- oder gar Schadschakal wird.

Müssen wir uns fürchten vor ihm? – Nein, Wildtiere sind normalerweise scheu. *Er* sollte sich fürchten: vor Jägern und vor Gefahren wie plötzlich heranbrausenden Blechmonstern mit runden Gummiläufen und riesigen, blendenden Augen. – An eine Begegnung mit denen kann sich ein Tier oft nicht erinnern – weil es danach tot ist. Vor seinen ärgsten Feinden, seinen nächsten Verwandten, den Wölfen, muss ein Schakal hierzulande wohl am wenigsten Angst haben.

Aber was treibt so ein Tier, das hier eigentlich nichts verloren hat, in unsere Gefilde? Was lässt es derartige Gefahren auf sich nehmen? Und ist es ein Männchen oder ein Weibchen? – Wahrscheinlich ist es ein junger Rüde. Männchen gehen oft größere Risiken ein und müssen sich, wenn sie erwachsen sind, ihr eigenes Auskommen und ein eigenes Revier suchen.

Die Afrikaner, die – auch meist nachts – in überfüllten und unsicheren Kähnen von der Küste Nordafrikas übers Meer nach Europa schippern auf der Suche nach Sicherheit und dem gelobten Land, sie sind auch vorwiegend jung und männlich, haben noch keine eigene Familie und wenig zu verlieren, höchstens ihr Leben – und das ist da, wo sie herkommen oft auch nicht viel wert.

Und unser Goldschakal? Ist er vielleicht nur eine Vorhut, ein Kundschafter auf der Suche nach neuem Lebensraum für das heimliche Volk der Rohrwölfe? Und ist er allein gekommen?

Was würde ich tun, wenn ich eines Abends in der Dämmerung so einem fremden Wesen begegnete? – Hätte ich Angst?

Der Schakal hätte vermutlich mehr Angst als ich, und höchstwahrscheinlich würde es ohnehin nie zu so einer Begegnung kommen, da das Tier mich schon von weitem wittern und hören würde, ehe ich überhaupt auf den Gedanken käme, ich könnte nicht das einzige Raubtier sein, das dort unterwegs ist.

Was aber, wenn doch? Wenn das Tier einen Augenblick unaufmerksam war, abgelenkt vielleicht durch eine mögliche Beute.

Ich denke, ich würde stehen bleiben, ihm in die Augen schauen und versuchen, ihm zu verstehen zu geben, dass er vor mir keine Angst haben muss, dass ihm von *mir* keine Gefahr droht. Und ich würde hoffen, dass er das weiß oder spürt – und vor allem würde ich versuchen, selbst keine Angst zu haben.

Hast du Angst? Bist du hungrig? – Auch ich hab Angst. Und Hunger. – Einen anderen Hunger vielleicht als du. Aber wer weiß, vielleicht treibt dich sogar derselbe Hunger hierher? – Ein Hunger nach dem, was fehlt, trotz einem Überfluss an Nahrung.

Hab keine Angst, Bruder Schakal! Aber sei vorsichtig! Und pass auf, wem du traust!

Und dann, nach einer Weile, die gerade so lang wäre wie ein kleiner Tod, würden wir gehen. Würdevoll und ohne Hast. Jeder auf seinem Weg, seinem eigenen, ungewissen Weg. Der Schakal weiter auf seinem unsichtbaren Pfad in die dunkle Nacht. Und ich zurück in unsere Nacht, der wir durch künstliches Licht ihre Finsternis und ihre Schrecken genommen haben. Die wir aber vielleicht doch nicht all ihrer Geheimnisse beraubt haben.

D 300 – NYMPHE IM NACHTZUG

»Wie gut, dass ich lebe. Was für ein Glück, dass es all das da draußen noch gibt!«

Während er in der S-Bahn saß, dachte Max an das, was einer der älteren Offiziere ihm bei der Spätschicht im Atombunker erzählt hatte: Vor elf Jahren, im Sommer 68, waren zwei sowjetische MiG-21 bei der Niederschlagung des Prager Frühlings über die Grenze zur Tschechoslowakei in den westlichen Luftraum eingedrungen – aus Versehen wohl, denn die Flugzeuge waren schnell, die Piloten fremd, und der am Boden unüberwindliche Eiserne Vorhang erschien von oben gesehen nur wie ein dünner Strich auf einer Landkarte.

Als grüne Leuchtpunkte auf seinem Radarschirm hatte der Offizier die Radarechos der Eindringlinge bei ihrem Flug durch die 50-Meilen-Pufferzone verfolgt, ebenso wie die Leuchtpunkte der amerikanischen Abfangjäger, die aufgestiegen waren, um sie zur Umkehr zu zwingen. Wenige Minuten – ein Wimpernschlag nur im Vergleich mit den russischen Weiten – und sie wären über dem Großraum Nürnberg gewesen.

Der Offizier erzählte, er habe gehört, wie der Pilot von einem der Abfangjäger über Funk seinen Leitoffizier angefleht und geschrien hatte: »Let me shoot! Let me shoot!« – Lasst mich schießen!

Ein Fingerdruck am Abzug hätte der Startschuss für den Dritten Weltkrieg sein können – und ihn selbst gäbe jetzt vielleicht gar nicht mehr. Daran dachte Max, als er im Münchner Hauptbahnhof aus der Freisinger S-Bahn stieg.

Mit einem Spurt hinüber zum nächsten Bahnsteig erwischte er auf den letzten Drücker seinen Anschlusszug. Kaum drin, schlug die Tür zu. – Freitagnacht, Wochenendheimfahrt zweiter Klasse im D 300 München–Berlin.

Max atmete schwer. Wie ein Seemann auf Landgang wankte er durch den ersten Waggon, während der Zug über die Gleise und Weichen der Ausfahrt des Bahnhofs schlingerte. Er war müde, wollte seine Ruhe haben, wenn möglich ein Stündchen schlafen bis Nürnberg. Aber überall Licht und Leute in den Abteilen.

Nachdem er seine Reisetasche voll schmutziger Wäsche und Bundeswehr-Marschverpflegung durch den halben Zug geschleppt hatte, fand er endlich ein unbeleuchtetes Abteil, in dem niemand zu sitzen schien. Die Großstadtlichter hatte der Zug inzwischen hinter sich gelassen. Auch draußen war es jetzt dunkel. Max schob die Tür zum Abteil auf. Er machte kein Licht und ließ sich neben dem Fenster auf das Sitzpolster fallen. Anstatt sie in die Gepäckablage zu stemmen, stellte er die Reisetasche auf den Boden und schob sie mit den Füßen von sich weg.

»Au!«, rief eine verschlafene Stimme. »Passen Sie doch auf!«

Erst jetzt bemerkte er das Mädchen, das sich ihm gegenüber ausgestreckt hatte. Seine Tasche hatte sie wohl am linken Arm erwischt, der seitlich von der Sitzbank herunterhing.

Sie setzte sich auf, Max entschuldigte sich und zog die Tasche wieder zurück. Seine Augen hatten sich inzwischen an die Dunkelheit gewöhnt. Sie kamen ins Gespräch: »Woher kommst du? Was machst du?« und so weiter. Lange, goldblonde Haare hatte sie und einen Berliner Akzent. Sie sagte, dass sie auf der Heimfahrt sei vom Kurzurlaub in irgendeinem Kaff in der Nähe von Mühldorf am Inn, wo sie Bekannte habe.

Max war gar nicht mehr müde, dafür bekam er jetzt Hunger. Aus seiner Tasche kramte er eine große Plastikdose hervor.

»Da ist alles drin, was man zum Leben braucht«, sagte er. »Hast du auch Hunger?«

Sie nickte. Dann stand sie auf und hob einen ihrer beiden Koffer aus der Ablage. Sie öffnete ihn und zog eine ganze Packung Teelichter heraus. Während Max sein Besteck suchte, zündete sie einige der Kerzen an und stellte sie auf das Klapptischchen am Fenster, damit er besser sehen konnte. Auf dem Deckel der Frischhaltebox teilte Max, was er vom Abendmahl in der Kasernenkantine aufgespart hatte: zwei Fleischpflanzerl mit Kartoffelsalat. Er teilte artgerecht: Die Berlinerin bekam eine Bulette und er, als Franke, das Fleischküchla. Den Kartoffelsalat aßen beide aus der Box.

Nach den Teelichtern zauberte sie aus ihrem Gepäck noch eine Flasche Rotwein hervor. Einen Korkenzieher habe sie leider nicht. Er schon ... an seinem Mehrzweck-Kampfmesser.

»Lebenswichtiges Zubehör«, sagte er. Sie tranken. Es wurde warm im Abteil. Zwischendurch schaute der Schaffner herein und schüttelte den Kopf, als er die Kerzen sah.

»Bitte kein offenes Feuer in den Abteilen!«, sagte er in strengem Ton, dann grinste er aber. Er ließ sich die Fahrkarten zeigen und wünschte eine gute Fahrt. Als er wieder verschwunden war, lachten beide.

Sibylle hieß sie, kam tatsächlich aus Berlin und arbeitete dort als Näherin. Siebzehn sei sie und Nymphomanin. Das erwähnte sie so beiläufig, wie einem andere nach einem langen Abend vielleicht gestehen, dass sie in ihrer Freizeit Briefmarken sammeln oder Gedichte schreiben.

Lebhaft schilderte Sibylle ihre Erlebnisse mit der Landjugend in jenem Dorf in Oberbayern: Sauftouren auf frisierten Mopeds, in Heuschobern durchgemachte Nächte und Diskobesuche. Auch von der Langeweile erzählte sie, und dass sie einen Freund habe in Berlin, der schon über dreißig sei und immer auf sie warte.

Sibylle trug ein weißes T-Shirt mit nichts darunter und einen kurzen, schwarzen Rock – selbst genäht, wie sie stolz sagte. Und ihre Haare waren so hell, dass die Haut rosig hindurchschimmerte. Irgendwann küssten sie sich. Als Max' Hand nach unten wanderte, hielt Sibylle sie fest.

»Hast du außer deinem lebenswichtigen Zubehör vielleicht auch ein Kondom dabei?«

»Nein, leider nicht«, sagte er. »An sowas hab ich nicht gedacht. – Aber du, als Nymphomanin, da solltest du doch ...«

»*Was* sollte ich da?«, unterbrach sie ihn schnippisch.

Max zögerte, und sein Gesicht leuchtete etwas roter im Kerzenschein. »Na ja, irgendwie vorbereitet sein, meine ich.«

Sie zuckte mit den Schultern. »Siehst du hier vielleicht eine Nähmaschine?«

Max machte große Augen und warf einen Blick nach oben in die Gepäckablage. »Nein, wieso?« – Dann lachte er. »Willst du etwa ... eins nähen?«

»Quatsch!«, sagte Sibylle und lachte ebenfalls. »Aber Näherin bin ich auch, und trotzdem hab ich nicht ständig eine Nähmaschine dabei.«

Eine Berührung an der richtigen Stelle und er wäre vielleicht doch weitergekommen bei ihr. Nur ein leichter Fingerdruck am Abzug, und alles wäre vielleicht ganz anders gelaufen – im Großen wie im Kleinen.

Die dunkelroten, samtschweren Vorhänge vor den Fenstern zum Gang hatten sie zugezogen. – Beim Halt in Augsburg betrat trotzdem ein Fremder ihr Zugséparée.

»Ah, wie romantisch!«, sagte er, als er sich und sein Aktenköfferchen durch die Tür und den Spalt im Vorhang geschoben hatte. Dann schaltete er die Abteilbeleuchtung ein.

Dieser Vertretertyp im grauen Anzug ließ sich tatsächlich bei ihnen nieder und versuchte sogar ein Gespräch anzufangen: Ob sie denn auch bis Berlin fahren, wollte er wissen.

»Sie schon«, sagte Max. – »Und du mich auch!«, dachte er, und fügte mit Blick auf Sibylle hinzu: »Ich leider nicht.«

Seine Wehrpflichtigen-Heimfahrkarte galt nur bis Nürnberg. Wäre nicht so schlimm gewesen, hätte er bis Berlin vielleicht nachlösen können. Er hatte aber keinen Reisepass dabei für das Visum, sondern nur den Ausweis und seinen Wehrpass. Hier im Abteil war es warm, aber später, auf der Transitstrecke nach Berlin, herrschte Kalter Krieg. Und bei den Kontrollen an der DDR-Grenze wären sie bestimmt begeistert gewesen über sein Foto im Wehrpass und die dreckigen Bundeswehrklamotten in seiner Reisetasche. – Wer weiß, vielleicht der Beginn einer schönen Spionagekarriere?

Sibylle und Max beachteten den Eindringling nicht weiter, unterhielten sich wieder und leerten dabei ihre Weinflasche. Der andere saß scheinbar teilnahmslos in seiner Ecke gleich neben der Tür und hielt ein Buch in der Hand, in das er ganz versunken schien. Ab und zu gierte er verstohlen nach Sibylle und dem Wein, und manchmal hob er etwas den Kopf, schaute über den Rand seiner Lesebrille herüber zu Max und tat dabei so, als wüsste er nicht ganz genau, dass er störte.

»Nürnberg-Hauptbahnhooof!« – Kreischend fuhr der D-Zug ein ... »Fünfzehnminutenaufenthalt!« – Zeit genug zum Aussteigen und Abschied nehmen.

Sie tauschten noch schnell ihre Adressen aus, dann begleitete Sibylle Max zur Wagentür. Sie wussten nicht mehr, was sie sagen sollten. Zum Abschied küssten sie sich. Lange und ziellos.

Die Leute, die mit ihren Koffern unten auf Bahnsteig 13 standen, waren rücksichtsvoller als der Mann im Abteil und warteten mit dem Einsteigen, bis die beiden fertig waren.

Durch Mark und Bein – »Bitte einsteigen, Türen schließen, Vorsicht am Zug!« – gellte der Abpfiff des Zugbegleiters. Automatisch schlugen die Türen zu wie ein Schafott, und fahrplanmäßig verließ der D 300 den Nürnberger Hauptbahnhof.

Die Nachtluft war lau. Die Bahnsteiguhr zeigte 00:31 Uhr. Nachhause gehen konnte er jetzt nicht. Mit der Reisetasche an der Hand machte sich Max zu Fuß auf den Weg zu der Kneipe, wo seine Freunde bestimmt auf ihn warteten. – Nein, *warten* nicht gerade, sie würden längst feiern und halt da sein. Alles war noch da. Außer Sibylle.

Ein paar Wochen später bekam er Post aus Berlin: einen rosa Umschlag mit einem kurzen Brief, der anregend duftete. »Weißt Du noch ...?«, schrieb Sibylle. »Wir haben zusammen 'ne Flasche geleert.«

WIE MAN GÜNSTIG ZU EINER LIEBESGESCHICHTE KOMMT

Seit geraumer Zeit stand er da und starrte hinunter auf die Tanzfläche. Seine Ellenbogen hatte er zwischen leeren und halb vollen Biergläsern auf die Holzbrüstung gestützt, welche die dort Trinkenden von den unten Tanzenden trennte. Sein Kopf ruhte zwischen den Handflächen. Wenn ihm die Musik zu laut wurde, brauchte er so nur mit den Zeigefingern die Ohren zu verschließen, um die Lärmflut einzudämmen. Er nahm sie dann nur noch als dumpfes Dröhnen und gedämpftes Stampfen wahr.

Mit seinen kurzen, dunkelblonden Haaren, seinem rotkarierten Flanellhemd, der schwarzen Cordhose und den braunen Winterstiefeln fiel er unter den anderen Diskobesuchern allenfalls durch seine Unauffälligkeit auf. Er hätte auch ganz gern getanzt, befürchtete aber, dass das ziemlich plump wirken würde mit den schweren Stiefeln an den Füßen. Außerdem war auch sein Kopf schon etwas schwer nach ein paar Bierchen. So beschränkte er sich darauf, mit dem rechten Fuß im Rhythmus der Musik zu wippen, wenn ihm ein Stück gefiel.

Wer ihn so sah, hätte glauben können, er sei schon halb hinüber. Er war aber wach und beobachtete aufmerksam – die Mädchen: die hübschen und die weniger hübschen, die sich auf den spiegelnden Tanzbodenblechen die Figur verrenkten oder ganz cool nur ihren Oberkörper wiegten und dabei kaum die Hüften bewegten.

Es schien ihn nicht weiter zu stören, als der Typ, der links neben ihm stand, ohne zu fragen die Selbstgedrehte, die er sich gerade angesteckt hatte, aus dem Aschenbecher nahm, um seine eigene Zigarette daran anzuzünden. Er hatte auch kaum einen Seitenblick übrig, wenn sich ab und zu eines der Mädchen neben ihm auf das Geländer lehnte, um zu verschnaufen – selbst, wenn er ihnen eben noch beim Tanzen mit den Augen gefolgt war.

Er wollte nicht reden, er wollte sie nicht stehen, er wollte sie tanzen sehen.

Eine von den Coolen war ihm besonders aufgefallen. Sie hatte langes, blondes Haar, das ihr glatt bis über die Schultern fiel, trug Blue Jeans und darüber eine Art Ponchokleid mit bunten Streifen. Sie tanzte mit dem Gesicht zur Wand, bewegte sich dabei kaum, aber gut.
»Das könnte die Richtige sein«, dachte er.
Eigentlich hatte er längst gehen wollen. Er schluckte den Rest Bier in seinem Glas auf einen Zug herunter. Dann besann er sich anders und kämpfte sich durch das Gedrängel bis zur Bar vor, wo er sich noch ein Bier – diesmal in der Flasche – holte.
Als er sich wieder zurückgeschlängelt hatte, war sein bequemer Stehplatz an der Brüstung jedoch besetzt, und die schöne Tänzerin war von der Tanzfläche verschwunden. Mit der Flasche in der Hand stand er da und fühlte sich selbst wie vom Tanzboden verschluckt.
»Da hab ich mir extra noch'n Bier gekauft und dann das«, dachte er. Vorsichtig schaute er sich im Kreis um, darauf bedacht, keinen allzu suchenden Eindruck zu machen. Nach halber Drehung blieb sein Blick auf dem Treppchen hängen, das zu den Sitzplätzen führte.
Ein paar wache Augen entdeckte er dort, in einem hübschen, schmalen Gesicht, blond gerahmt über einem bunten Ponchokleid. Und gleich daneben noch ein freies Plätzchen.
»Komm endlich zur Sache!«, ermahnte er sich selbst. »Bevor du hier versackst.«
Langsam ging er auf sie zu. Sie hatte ihn noch nicht bemerkt. Links neben ihr setzte er sich auf das Treppchen.
»Jetzt sag irgendwas!«, forderte er sich im Stillen auf. – »Hast du was dagegen, wenn ich mich ein bisschen zu dir setz?«
Sie sah ihn an, nickte wortlos und musterte ihn mit einem Blick, als würde sie denken: »So ein Idiot! Sitzt schon da und fragt dann, ob er darf.«
Er hatte das Gefühl, ihr seine Gegenwart erklären zu müssen.
»Peter heiß ich«, sagte er erst mal.
»Ja und?«, entgegnete sie kühl und ließ ihn links sitzen.

Eine ganze Weile hockten sie still nebeneinander und schauten zur Tanzfläche. Nach der ersten Abfuhr traute Peter sich nicht, sie noch mal anzusprechen.

Gerade als er doch wieder Mut geschöpft hatte, kam ein ziemlich großer Kerl daher, küsste seine Nachbarin auf der Treppe ohne weiteres direkt auf den Mund und fing gleich eine angeregte Unterhaltung mit ihr an.

Es interessierte Peter nicht sonderlich, was die beiden sich zu sagen hatten, aber er ertappte sich dabei, dass er etwas eifersüchtig wurde. Gott sei Dank verzog sich der Typ nach kurzer Zeit – und einem Abschiedsküsschen – wieder. Peter beschloss, es von neuem zu versuchen.

»Willst du dir tausend Mark verdienen?«, fing er diesmal an. Keine Reaktion. Bei dem Lärm hatte sie ihn wahrscheinlich gar nicht gehört. Er tippte sie an. – »Hey du!«

Sie schreckte auf. – »Hä, was is denn los? Was willst du?«, fuhr sie ihn an.

»Ob du dir tausend Mark verdienen willst, hab ich gefragt.«

Verständnislos sah sie ihn an. – »Spinnst du?«, fragte sie dann mit bösem Blick und wandte sich wieder ab.

»Lass dir das doch erst mal erklären! Bitte, hör mir nur eine Minute zu! Hinterher kannst mir dann sagen, was du davon hältst.«

Er wartete erst gar nicht auf eine Antwort, warf nur schnell einen Blick auf seine Armbanduhr und legte los.

»Also, ich muss da eine Liebesgeschichte schreiben für einen Wettbewerb. Das Problem ist, dass mir überhaupt nichts Gescheites einfällt. Ich war nämlich schon lang nicht mehr in jemand verliebt. Und, weißt du, da wollt ich dich fragen, weil du mir gefällst, ob du nicht Lust hast, dass wir so tun, als ob du in mich verliebt wärst. Da hätt' ich dann was, worüber ich schreiben kann. – Und wenn ich wirklich den Preis gewinn, dann geb ich dir tausend Mark davon ab.«

Fassungslos starrte sie ihn an.

»Ich weiß schon, das klingt jetzt erst mal blöd«, ergänzte er. »Aber ich mein's ernst.« – Er hielt inne, schaute zuerst auf die Uhr – »Ha, genau eine Minute!« – und dann zu ihr. – »Na, was meinst du?«

»Du spinnst echt«, sagte sie. – »So leicht verliebt man sich doch nicht«, fügte sie dann in etwas milderem Ton hinzu. – »Und schon gar nicht wegen Geld. Du hast ja vielleicht Ideen.« Erstaunlicherweise schien sie ihn jetzt trotzdem ernst zu nehmen. Peter rieb sich innerlich die Hände.

»Ja, das stimmt schon. Aber das isses ja gerade. Wie soll ich die fünftausend Mark gewinnen für irgendeine Liebesgeschichte, die ich mir bloß so ausgedacht hab, wo ich gar nichts davon selbst erlebt hab? – Und von fünftausend Mark, weißt du, da könnt ich fast ein dreiviertel Jahr von leben.«

»Hm.« – Sie nickte nachdenklich mit dem Kopf. »Ich auch!«

»Wieso?«, fragte er überrascht. »Was machst du denn so? Studierst du etwa?«

»Jaha!« Sie lachte. »Nicht schwer zu erraten, was?«

»Was studierst du denn?«

»Germanistik und Sport.«

»Ach, ausgerechnet – und das in der Disko?«, sagte er mit frechem Grinsen.

»Nein, im Bett!«, konterte sie und hielt sich gleich eine Hand vor den Mund, als würde sie sich schämen, über das, was sie gerade gesagt hatte.

Jetzt mussten sie beide lachen.

»Zuerst hab ich gedacht, da kommt mal wieder so'n Typ mit 'ner ganz blöden Tour, um einen anzumachen. Bist du denn ein richtiger Schriftsteller?«

»Nö, eher ein Möchtegern.«

»Na ja, Ideen hast du jedenfalls.«

»Ja, weißt du, zuerst ist mir schon was anderes eingefallen. Ich hab mir überlegt, ob ich darüber schreiben soll, wie ich mich in eine Katze verliebe. Eine schöne, schlanke schwarze Katze. Und die verwandelt sich später aus Liebe zu mir in eine schöne Frau mit schwarzen Haaren überall. Wie beim Froschkönig, bloß umgekehrt.«

Sie lachte. »Du stehst wohl mehr auf dunkle Typen?«

»Nein, das kommt ganz drauf an. Ich kann mich da nicht so festlegen. Das ändert sich von Fall zu Fall.«

»Dann brauchst du ja wohl keine Katzenfrau, sondern eher eine Chamäleondame«, stellte sie belustigt fest.

Beide lachten über ihr Wortspiel, und er freute sich, dass sie so gewitzte Sachen sagte. Eine Zeitlang sahen sie sich stumm in die Augen. Während die Lautsprecher weiter den harten Rhythmus der Rockmusik auf die Tanzbleche hämmerten und grelle Blitze aus der Lichtorgel zuckten, hatten sie ihre laute Umgebung und er sein Bier völlig vergessen.

Er durchbrach das Schweigen als erster.

»Wie heißt du eigentlich?«

»Claudia, und du? – Ach ja, Peter«, erinnerte sie sich.

Er rückte noch etwas näher heran und beugte sich an ihr rechtes Ohr. – »Du, Claudia«, sagte er. »Du gefällst mir wirklich unheimlich gut. Ich glaub, jetzt hab ich mich tatsächlich ein bisschen in dich verliebt.«

Dabei berührten seine Lippen ganz leicht ihre Ohrmuschel, und er spürte, wie sie etwas zusammenzuckte. Aber diesmal schien sie ihm nicht böse zu sein. Mit einem ernsten Lächeln schaute sie ihn an. Dann nahm sie seine linke Hand, drückte sie sachte, ließ aber gleich wieder los.

»Was machen wir denn jetzt?«, fragte er etwas verlegen.

»Weiß nicht. Wie spät ist es eigentlich?«

Er sah auf seine Uhr: »Gleich vier!«

»Was, schon so spät!«, rief sie. »Wollen wir gehn?«

»Au ja!«

Sie standen auf, suchten im Durcheinander der Klamotten an der Wand ihre Winterjacken und stiegen die Treppe hinunter, die zum Ausgang der Disko führte.

Als Peter unten die Tür aufmachte, leuchtete die Straße in einem bläulichen Licht. Es hatte geschneit. Zum ersten Mal in diesem Winter. Gleichzeitig holten beide tief Luft.

Nur noch das Wummern der Bässe drang gedämpft durch die Fassade der Disko im ersten Stock, und ihre Schritte waren die ersten, die Fußabdrücke im frisch gefallenen Schnee hinterließen.

»Puh, endlich wieder an der frischen Luft!«, sagte sie.

»Und jetzt?«, fragte er erwartungsvoll.

Da fing sie leise an zu singen: »Geh ma zu dir oder geh ma zu mir …?«

»Dann geh ma halt zu mir«, ergriff er die Initiative. – »Wennsd nix dagegen hast. Ich wohn auch gar nicht weit weg von hier. Außerdem ist's bei mir grad schön warm, weil ich heut ausnahmsweise tüchtig eingeheizt hab.«

»Okay!«, sagte sie. »Dann geh ma natürlich zu dir.«

Sie hakte sich bei ihm unter, und gemeinsam stapften sie die menschenleere Straße entlang. Als sie an der sogenannten »Mauer« vorbeikamen – dem Viertel an der alten Stadtmauer, wo Frauen ihre Dienste ab dreißig Mark aufwärts anboten –, blieb Claudia stehen und lehnte sich lässig an die nächste Hausecke.

»Na, Kleiner, gefall ich dir?«, fragte sie ihn in laszivem Tonfall.

Peter sah sie verwundert an. Dann musterte er sie von oben bis unten.

»Ja, natürlich, du bist wunderschön«, erwiderte er ernst und fügte scherzhaft hinzu: »Genügt dir das?«

»Nein!«, sagte sie. »Ich will die Hälfte.«

»Die Hälfte von was?«

»Na, von den fünftausend Mark, die du für deine Story bekommst.«

»Hm, einverstanden!«, sagte er nach kurzem Zögern. Er schmunzelte. »Aber den Vertrag machen wir später.«

»Kann man das nicht auch gleich mündlich erledigen?«

»Klar!« – Diesmal ohne zu zögern machte Peter die zwei Schritte zu ihr hin. Dann umarmte er sie, und sie küssten sich ausgiebig.

»Wie gut deine Haare riechen«, flüsterte er ihr ins Ohr.

»Och, nicht nur meine Haare«, flüsterte sie zurück.

Danach schlenderten sie Arm in Arm weiter. Er lächelte und dachte bei sich: »Vielleicht wird's ja doch noch eine richtige Liebesgeschichte.«

DER DA

Schau dir den da an! Seit über drei Stunden sitzt der jetzt schon da hinten in sich versunken über einem Glas Bier nach dem anderen. Sagt nichts und sieht nichts als eine Halbe Bier. Ab und zu hebt er etwas seinen Kopf und starrt mit wässrigem Blick ziellos vor sich hin.
　Irgendwie kommt er mir bekannt vor. Wie-heißt-er-doch-gleich? – Nein, seinen Namen kenne ich nicht, aber irgendwo bin ich ihm schon mal begegnet.
　»Na, noch a Halbe?« – Nur ein leichtes, geistesabwesendes Kopfnicken ist seine Antwort an die Bedienung, die das leere Glas mitnimmt. Wo hab ich den bloß schon mal gesehen?
　Manchmal bewegen sich stumm seine Lippen, oder er nickt wie zustimmend nach dem Bierglas hin, als würde er sich mit ihm unterhalten. Seinen Platz in der Ecke hat er während der ganzen Zeit nicht ein einziges Mal verlassen – eine sehr geduldige Blase bewahrt ihn wohl davor. Niemand hat sich zu ihm an den Tisch gesetzt, obwohl dort mehrere freie Stühle stehen.
　Als es schließlich ans Bezahlen geht, kramt er mühsam aus den tiefen Taschen seines filzgrauen Mantels einen zerknitterten Geldschein hervor.
　Jetzt fällt mir ein, woher ich ihn kenne.

Ein paar Tage zuvor war er mir in der Fußgängerzone aufgefallen, eben wegen dieses Mantels, den er –aufgeknöpft zwar – aber trotz der Wärme trug. Er saß allein auf einer Bank unter einem der wenigen, Schatten spendenden Bäume und aß aus einer Dose. Zwischen seinen Beinen standen zwei Plastiktüten, die vermutlich seine gesamten Habseligkeiten enthielten. Mit zittrigen Fingern balancierte er auf einer Gabel den Inhalt der Dose zum Mund. Fisch in Tomatensoße. Das sah man auch an seinem Hemd, das vorne damit bekleckert war.
　Eine ältere Dame mit prallgefüllten Einkaufstaschen setzte sich neben ihn auf die Bank um zu verschnaufen. Nervös blickte sie auf ihre Uhr, dann erst bemerkte sie den Mann mit der

Fischdose. Mit offenem Mund starrte sie ihn ein paar Sekunden fassungslos an, dann wandte sie sich angewidert ab, packte ihre Taschen, stand auf und ging kopfschüttelnd davon.

Der Mann blieb allein auf der Bank. Er hatte die Frau anscheinend gar nicht registriert, und ungerührt schlabberte er weiter mit hastiger Genüsslichkeit seinen Tomatenfisch.

Als ich weiter ging, hörte ich zwei junge Mädchen kichern.

»Schau mal, der da! Wie der isst.«

In der Kneipe hatte die Kellnerin inzwischen kassiert, und nachdem der Mann mit einer müden Handbewegung die Annahme des Restgelds verweigert hatte, erhob er sich langsam und rückte, als er sicher stand, noch seinen Stuhl zurecht, bevor er ging.

Ohne auf etwas anderes als den Boden vor seinen Füßen zu achten, schlurfte er zur Tür. Die übrigen Wirtshausgäste würdigten ihn keines Blickes, und so verließ er grußlos und beinahe unbemerkt – wie er gekommen war – das Lokal.

Einige Tage später stieß ich beim Zeitunglesen auf ein Foto mit folgender Meldung:

»Wie bereits in unserer gestrigen Ausgabe berichtet, hatten am Wochenende Spaziergänger im Waldgebiet östlich der Gleiwitzer Straße die Leiche eines etwa 50-jährigen Mannes entdeckt. Der Polizei ist es bisher nicht gelungen, den Toten einwandfrei zu identifizieren. Seine Obduktion ergab, dass der Mann verblutet war nach einem Messerstich in den Hals, den ihm ein ebenfalls unbekannter Täter beigebracht hatte.

Bei seinem Auffinden trug der Ermordete einen grauen Wintermantel, eine dunkelbraune Cordhose und ein grün-weiß kariertes Baumwollhemd. Der Unbekannte ist 1,80 Meter groß, auffallend kräftig gebaut, hat dunkelblondes Haar und eine Tätowierung auf dem rechten Unterarm.

Wie die bisherigen Ermittlungen ergaben, handelt es sich bei dem Mordopfer um einen vermutlich Obdachlosen, der häufig in homosexuellen Kreisen und im Stadtstreichermilieu verkehrte, wo er lediglich unter dem Spitznamen ›Hühner-Kalle‹ bekannt war.

Einen Raubmord hält die Polizei für ausgeschlossen. Nach ihren Angaben stammt der Ermordete wahrscheinlich aus der ehemaligen DDR, da er laut Zeugenaussagen Hochdeutsch mit sächsischem Akzent sprach.

Die Kriminalpolizei bittet die Bevölkerung um Mithilfe bei der Aufklärung des Falles und fragt: Wer kennt oder vermisst die beschriebene Person auf dem Foto? Wer hat sie in den letzten Tagen gesehen oder weiß, wo der Mann übernachtet hat? War er in Begleitung? Wurden zur vermutlichen Tatzeit (die Abendstunden des 17.Juni) verdächtige Personen auf dem Gelände östlich der Gleiwitzer Straße beobachtet? Wer kann Hinweise auf mögliche Täter geben oder auf die Tatwaffe, ein feststehendes Messer mit zirka. elf Zentimeter langer, einschneidiger Klinge?

Sachdienliche Mitteilungen werden vertraulich behandelt und sind zu richten an die Kriminalpolizeidirektion oder an die örtlichen Polizeidienststellen.«

Das graue Gesicht auf dem Foto neben der Meldung war mir gleich bekannt vorgekommen. Ich wusste aber auch nur, dass es »Der da« war, und ich glaube nicht, dass es irgendjemand gab, der ihn vermisste.

USCHKUREIT GEHT

Annas Nachtaroma – ein bisschen davon war noch da: vom Duft ihrer Haare, vom Geruch ihrer Haut.

Nach dem Aufwachen hatte er, ohne die Augen zu öffnen, als Erstes nach dem Kopfkissen neben ihm gegriffen, hatte es sich über sein Gesicht gezogen und seine Nase hineingesteckt. Anna, ein bisschen von ihr war noch da. Aber der andere Geruch war stärker. Dieser Modergeruch, der jede schöne Erinnerung vertrieb, da war er wieder.

Nein, das konnte jetzt kein Traum mehr sein, denn schon seit Tagen war dieser Geruch das Erste, was er beim Aufwachen wahrnahm. Jedes Mal hätte er sich dann am liebsten die Bettdecke gleich wieder über den Kopf gezogen und sich zurück in seine Träume geflüchtet.

Heute war es anders: Fast war er froh, dass der Gestank noch da war – ein Grund mehr, seinen Entschluss auch wirklich in die Tat umzusetzen.

Ein Weile blieb er noch liegen mit geschlossenen Augen und versuchte, sich an den Traum zu erinnern, ehe dessen letzte Bilder ganz verblassten: Von einer Kuh hatte er geträumt, einer großen, schwarz-weiß gefleckten Kuh. Nur von hinten hatte er sie gesehen. Sie stand vor einer alten Holzbrücke und wollte hinüber. Die Brücke war aber überschwemmt, und auf der anderen Seite steckte das Kalb der Kuh im Schlamm und blökte ängstlich herüber. Er selbst hielt einen Stock in der Hand. Mit Schlägen auf ihr Hinterteil versuchte er, die Kuh über die Brücke und zu ihrem Kalb zu treiben. Es half aber nichts – die Kuh blieb stehen, drehte ihm nur stur die Hörner zu und sah ihn aus ihren großen, dunklen Augen fragend an.

»Warum tust du das?«

An der Stelle war Uschkureit aufgewacht. Als er einsehen musste, dass er die Kuh so niemals über die Brücke bekommen würde – weder im Traum, noch in Wirklichkeit.

Erst jetzt fiel ihm auf, dass das Kälbchen im Traum tatsächlich »määäh!« gemacht hatte – wie ein Schaf.

»Auch Träume sind eben nicht perfekt«, dachte er und schmunzelte. Er beschloss, doch lieber aufzustehen, statt sich weiter in unsinnige Träume zu verkriechen.

Etwas mühsam kam er auf die Beine und streckte sich erst einmal gründlich. Im Bett schlief man halt doch bequemer, als auf einer Matratze, die nur auf dem Boden liegt.

Er sah, dass die Fenster innen schon wieder ganz nass waren. Der Dunst im Haus schlug sich über Nacht auf den Scheiben nieder, aber er konnte die Fenster nicht die ganze Zeit offen lassen, dazu war es in den Nächten schon zu kalt.

Er öffnete die Fenster und atmete tief durch. Wenigstens draußen roch die Luft wieder gesund.

Bald darauf zog der Duft von handgemahlenem und frisch gebrühtem Kaffee durchs Haus. Gut, dass er rechtzeitig an den Campingkocher gedacht hatte. Außer trocken Brot, Erdbeermarmelade und Wurst aus der Dose hätte es sonst nur Modergeruch zum Frühstück gegeben – und Wasser, davon war noch genug im letzten Kanister. Zum Zähneputzen und Geschirrspülen würde es reichen und später auch noch zu einer Kanne Kaffee für ihn und Daniel. – Wenn er denn käme. Aber eigentlich war er sich sicher, dass Daniel kommen würde.

Daniel war einer der wenigen, die ihm geholfen hatten nach der Katastrophe. Ein paar Tage davor hätte er das noch kaum für möglich gehalten.

Uschkureit kannte Daniel schon, als der noch ein kleiner Rotzjunge war, der damals fast jeden Tag an seinem Grundstück vorbeikam auf dem Heimweg vom Hort.

»Kindertagesstätte«, fiel ihm ein. »So heißt das ja jetzt. Was für eine schöne, bürokratische Wortschöpfung! Hört sich irgendwie nach ›Abgeschoben und tagsüber sicher aufbewahrt‹ an«, dachte Uschkureit. »Da muss man sich eigentlich nicht wundern.«

Inzwischen war Daniel wie fast alle seiner Altersgenossen motorisiert, und Uschkureit hörte sie jetzt eher nachts, wenn sie mit ihren Mopeds unterwegs waren zu den verschiedenen ...

»Heranwachsendennachtstätten«, fiel ihm diesmal ein. »So könnte man eine Disko oder Ähnliches ja auch nennen.«

Früher, als sie noch Schultaschen schwingend in kleinen Gruppen an seinem Gartenzaun vorbeizogen, hatten sie manchmal Spottverse zu ihm herübergerufen: »Eins, zwei, drei, Uschkureit, steh schon auf, die Muhkuh schreit!« oder auch »Uschkureit, puscht so weit!« und ähnliche, alberne Wortspielereien mit seinem Namen. Daniel war immer dabei und meistens als einer der lautesten Schreihälse.

Einmal riefen sie: »Uschkureit, hast viel Zeit, komm raus aus'm Loch und fang uns doch! … Uschkureit, kommst nicht weit.« – Dabei hatten sie nicht bemerkt, dass er sich gerade im Garten aufhielt, und da hatte er sie beim Wort und Anlauf genommen und war mit einem Satz über den Gartenzaun gesprungen. Damit hatten die Kinder nicht gerechnet. Wie aufgescheuchte Hühner waren sie schreiend davongerannt. Nur Daniel hatte Pech. Er war gestolpert und lag zitternd vor Angst und mit blutigen Knien vor Uschkureit auf dem Schotterweg.

Statt ihn zu schlagen, hatte er ihn aber wieder auf die Beine gestellt und ihn an der Hand zu seinem Haus geführt. Auf der Bank unterm Vordach hatte er Daniel dann – ohne große Vorwürfe – verarztet und ihm zwei große Pflaster auf die Knie geklebt.

»Haaalt, wart' mal noch!«, hatte Uschkureit gerufen, als sein junger Patient sich danach gleich wieder aus dem Staub machen wollte. Dann war er noch mal ins Haus verschwunden, als habe er etwas vergessen, und Daniel hätte die Gelegenheit bestimmt genutzt und wäre weggerannt, wenn ihm die Knie nicht so wehgetan hätten. Umso erstaunter war er dann, als Herr Uschkureit wieder herauskam und ihm eine kleine, zwar leicht angekratzte, aber trotzdem schöne Mundharmonika in die Hand drückte.

»Da, die schenk ich dir!«, hatte Uschkureit freundlich gesagt. »Und jetzt mach, dass du nachhause kommst!«

So schnell er konnte, war Daniel davongehumpelt. Hinterm Gartentürchen hatte er sich aber doch noch kurz umgedreht und ein zaghaftes »Danke!« über den Zaun gerufen.

Uschkureit hatte nur gegrinst und den Kopf geschüttelt, als ein paar Häuser weiter erste, schräge Mundharmonika-Akkorde zu hören waren.

Zur Strafe fürs Zuspätkommen und die an den Knien aufgerissene Hose hatte Daniels Mutter ihm die Mundharmonika aber gleich wieder weggenommen.

»Von *dem* brauchst du dir gar nichts schenken lassen!«, hatte sie geschimpft. »Der will sich doch nur einschmeicheln. Am besten, du redest gar nicht mehr mit ihm.«

Daniel hatte damals nicht verstanden warum, und als Uschkureit ihn irgendwann fragte, was denn aus der Mundharmonika geworden sei, da hatte der Junge es ihm erzählt, trotz des Verbots seiner Mutter.

Uschkureit wusste schon, was Daniels Mutter gemeint hatte, und ihm war auch klar, dass er bei manchen im Ort nicht gerade beliebt war. Er war zwar in Marchin geboren und aufgewachsen, ein paar Leute waren aber trotzdem der Meinung, dass er eigentlich nicht hierher gehörte. Ein Grund dafür war, dass er als junger Mann in den Westen »rübergemacht« hatte. Manche nahmen ihm heute noch übel, dass er sie damals – wie sie meinten – im Stich gelassen hatte.

Am meisten hatten seine Eltern darunter leiden müssen. Erst, als beide im Rentenalter waren, hatten sie ihren Sohn ein paarmal »drüben« besuchen dürfen. Als kurz nach der Wende Uschkureits Mutter starb – sein Vater war schon längere Zeit davor verstorben –, hatte er, als ihr einziges Kind, das Häuschen seiner Eltern geerbt – das er eigentlich nie haben wollte.

Bald nach der Wiedervereinigung war er dann in sein Heimatdorf zurückgekehrt – als er auch im Westen nicht mehr viel zu verlieren hatte. Er war geschieden und hatte keine Kinder, dafür aber eine viel zu teure Wohnung, zumindest seitdem die Maschinenfabrik, für die er lange als Übersetzer gearbeitet hatte, Pleite gegangen war.

Die paar Freunde, die ihm geblieben waren – nun, die wären ja nicht aus der Welt, hatte er gedacht, und seinen Beruf würde er überall ausüben können.

Ein weiterer Grund, warum manche im Ort lieber nichts mit ihm zu tun haben wollten, war, dass sie nicht recht wussten, was er eigentlich machte und wovon er lebte. Und gerade auf dem Land – hüben wie drüben – ist es eben wichtig, dass man seine Mitmenschen irgendwie einordnen kann.

Abenteuerliche Gerüchte hatten anfangs die Runde gemacht, was sein Leben im Westen betraf. Man munkelte, er habe dort für den Bundesnachrichtendienst gearbeitet. Andere wiederum behaupteten sogar, er hätte gute Kontakte zur Stasi gehabt.

»Wie kommen die da drauf?«, hatte er sich aufgeregt, als ihn ein Nachbar einmal vorsichtig fragte, ob an den Gerüchten etwas dran sei. »Sehn die vor lauter Stasi nur noch Spitzel? – Was glauben die denn, in welcher Bananenrepublik sie jetzt leben?«

Tatsächlich wusste Uschkureit allerdings über einige im Ort mehr, als die vermuteten – oder ihm selbst lieb war. Das meiste davon hatte er aber von seinen Eltern erfahren oder auch nur einfach nicht vergessen, was er selbst erlebt hatte.

Sonst kümmerte es ihn wenig, was die Leute von ihm dachten. Er lebte eher zurückgezogen und beteiligte sich nicht an der ländlichen Gerüchteküche. Hätte ihn jemand ganz offen nach seiner Vergangenheit gefragt, so hätte derjenige höchstwahrscheinlich eine ehrliche Antwort bekommen. Irgendwann war es den meisten sowieso egal, warum er hier war oder was er *machte*. Sie hatten ihn wohl in die Schublade »Eigenbrötler, aber harmlos« gesteckt.

Nach der Rückkehr in seine alte Heimat hatte er als erstes den großen, verwilderten Garten seiner Eltern wieder hergerichtet. Dann hatte er die nötigsten Reparaturen erledigt und anschließend Schritt für Schritt das Häuschen renoviert, soweit es seine Ersparnisse und seine handwerklichen Fähigkeiten zuließen. Dabei musste er feststellen, dass er dem Verfall bestenfalls immer einen Schritt voraus sein konnte. – Und dass jetzt, am Ende, doch alles für die Katz war.

In den zehn Jahren, seit er wieder hier war, hatte sich im Ort vermutlich mehr verändert, als in den über zwanzig Jahren, die er weg war – zumindest an Dingen, die offensichtlich sind. Straßen waren neu gebaut oder asphaltiert worden. Es gab Bauern, die wieder selbst ihre Höfe bewirtschafteten und dafür andere, die keine Arbeit mehr hatten. Der Bahnhof war mitsamt der Strecke stillgelegt worden, auch ihre Post hatte man geschlossen und die Zweigstelle der Sparkasse. Als Ersatz für letztere parkte jetzt einmal in der Woche der Sparkassenbus auf dem neu gepflasterten alten Marktplatz.

Viele der älteren Häuser im Ort waren verlassen und verfielen. Dafür waren ein paar neue hinzugekommen oder wenigstens frisch gedeckte Dächer. Sogar ein Neubaugebiet gab es, mit einem großen Supermarkt – dort konnte man nun auch seine Post aufgeben.

»Konnte man« und »aufgeben« waren die richtigen Worte, denn dummerweise hatten sie die neue Siedlung mitten ins frühere Überflutungsgebiet der Plieża gebaut. Dort war eben massig Platz, für Häuser – und für das Wasser.

Obwohl die Plieża – verglichen mit Strömen wie Elbe und Oder – kein großer Fluss war, hatte ihr Hochwasser doch beträchtlichen Schaden angerichtet. Zum ersten Mal seit seiner Kindheit war sie so weit über ihre Ufer getreten.

Uschkureit war jetzt fast fertig mit Packen. Zum dritten Mal in seinem Leben stellte er fest, wie wenig man braucht, wenn man geht. Drei Koffer voll waren es – mehr Koffer besaß er nicht.

Noch einmal betrachtete er das alte Schwarz-Weiß-Foto, das ihn als kleinen Jungen mit seinen Eltern vor dem Haus zeigte. Das Foto war angegilbt, und auf seinem Gesicht hatte er dunkle Pünktchen, wie von schwarzem Schimmel. Er wusste aber, dass das kein Schimmel war, sondern Mückenstiche. Seine Eltern hatten oft erzählt, dass es damals, im Sommer nach der letzten großen Überschwemmung, Myriaden von Mücken gab. Wie eine biblische Plage waren sie über seine Familie hergefallen. Einmal hatten sie vergessen, nachts sein Fenster zu schließen. – »Noch mal möchte ich sowas nicht erleben!«, hatte sein Vater gesagt. »Eher ziehen wir weg von hier.«

Uschkureit legte das Foto obenauf in den letzten Koffer, zusammen mit dem Bild von Anna und Teresza – der großen, blonden Anna und ihrer dreizehnjährigen Tochter. Trotz der dunklen Haare des Mädchens schien Teresza ihrer Mutter wie aus dem Gesicht geschnitten.

Anna – seit Tagen hatte er nicht mehr mit ihr gesprochen. Das Telefon war immer noch tot. Es funktionierte genauso wenig wie das Licht, der Kühlschrank, Herd, Fernseher, die

Türklingel und die gesamte Stromversorgung. Und ein Handy besaß Uschkureit nicht – er hasste es, ständig erreichbar zu sein, auch wenn so ein Ding, wie er zugeben musste, manchmal ganz nützlich sein konnte.

Anna wird sich Sorgen machen. Als er wieder aus dem Haus konnte, hatte er ihr gleich eine Karte geschrieben: »... Es geht mir gut!« Aber wenn sie drüben im Fernsehen die Bilder sah, würde sie ahnen, dass das eigentlich nicht stimmen konnte.

Oft hatte er an sie gedacht in den letzten Tagen – noch öfter als sonst.

Vor zwei Jahren hatten sie sich kennengelernt, auf einer internationalen Tagung von Wissenschaftlern und Naturschützern, an der er als Dolmetscher und Übersetzer teilgenommen hatte. Es war um die Wölfe gegangen, die seit ein paar Jahren von Polen her wieder nach Deutschland einwanderten. Auf der Suche nach neuem Lebensraum oder um ein eigenes Rudel zu gründen, kamen einzelne Tiere herüber, indem sie nachts – wie heimliche Grenzgänger – die Neiße durchschwammen oder sogar die viel breitere Oder.

Anna arbeitete als Wildbiologin im polnischen Beskiden-Nationalpark. Zusammen mit drei ihrer Kollegen hatte sie während der Tagung bei ihm übernachtet. Sie hatten viel Spaß gehabt, obwohl Anna ständig übersetzen musste. Ihre Kollegen konnten kaum Englisch und wollten sich doch auch mit ihrem deutschen Gastgeber unterhalten.

Anna sprach sehr gut Englisch, aber gleich am ersten Tag hatten sie beide gemerkt, dass es mehr war, als nur die Sprache oder ihr gemeinsames Interesse an den Wölfen, was sie zueinander hinzog.

Anna war einige Jahre jünger als er, aber schon Witwe. Ihr Mann war bei einem Unfall ums Leben gekommen, als Teresza gerade acht Jahre alt war.

Seit der Tagung hatten sich Anna und Uschkureit ein paarmal im Jahr gegenseitig besucht. Im vergangenen Winter hatten sie sogar ihren Urlaub zusammen verbracht – in Italien, im Abruzzen-Nationalpark, wo es auch Wölfe gibt. Von denen hatten sie aber nur Spuren im Schnee gesehen und nachts von weitem ihr Heulen gehört.

In einer der langen Nächte dort hatte er vorgeschlagen, dass sie doch zu ihm nach Deutschland ziehen könne. Er habe genug Platz in seinem Haus, und am liebsten wäre es ihm, sie würde gleich nach dem Urlaub bei ihm bleiben mit ihrer Tochter.

»Ach Mischa!«, hatte Anna auf Deutsch gesagt, ehe sie englisch weiterredete. »Du weißt doch selbst, dass das nicht geht. Ich hab meine Arbeit, und Teresza muss in Polen zur Schule. Alle ihre Freunde sind dort, und dann verstehen wir ja kaum ein Wort Deutsch. Wie soll denn das funktionieren bei dir?«

Darauf wusste er auch keine Antwort.

»Warum ziehst du eigentlich nicht zu uns?«, hatte sie ihn dann gefragt, als er schwieg. »Unsere Wohnung ist nicht so groß, aber für dich werden wir schon noch ein Plätzchen finden. – Und mein Bett ist sowieso viel zu breit, wie du weißt«, hatte sie hinzugefügt und gelächelt.

»Aber ich kann doch kaum Polnisch, und du weißt doch, wie sehr ich meine eigene Sprache brauche.«

»Siehst du!«, hatte sie gesagt und resigniert die Schultern hochgezogen. »So ist es eben – nur die Wölfe heulen überall gleich.« – Und er wusste nicht, ob das ein altes polnisches Sprichwort war oder ein Original von Anna, die am Ende trotzig hinzugefügt hatte: »Warum machst du's nicht einfach wie die Wölfe? – Du musst nur in die andere Richtung gehen.«

Das rhythmische Knallen von Stiefelabsätzen auf dem Straßenpflaster vorm Haus hatte Uschkureit aufhorchen lassen. Er war ans Fenster getreten, um nachzusehen, was draußen los war. Dann kamen sie: eine Horde junger Glatzköpfe in schwarzen Klamotten und Springerstiefeln marschierte vorbei. Im Chor brüllten sie irgendwelche dumpfen Parolen. Es klang bedrohlich.

Uschkureit erschrak aber erst, als er zwischen den dummgeschorenen Hassfratzen das Gesicht von Daniel erkannte.

Der war seinem Blick sofort ausgewichen und hatte – als ihre Blicke sich trafen – einen Moment aufgehört mitzugrölen.

»Vielleicht hat er sich geschämt«, dachte Uschkureit. – »Hoffentlich!«

»Daniel in der Löwengrube« – das fiel ihm später dazu ein. »Mal sehen, ob du da heil wieder herauskommst.«
Es machte ihn traurig. Ein Haufen besoffener Fußballfans wäre ihm lieber gewesen, und die Spottverse Daniels und seiner Schulkameraden hatten dagegen geklungen wie Musik in seinen Ohren, damals. »Du solltest manche Dinge nicht so ernst nehmen«, sagte Anna manchmal zu ihm. – In diesem Fall hätte sie es wohl nicht gesagt.

Vier Monate war das mit dem Aufmarsch der Glatzköpfe jetzt her. Seitdem hatte er Daniel höchstens von weitem gesehen. Der ging ihm wohl aus dem Weg, und irgendwie war es Uschkureit auch lieber so.

Bei der Überschwemmung war er relativ glimpflich davongekommen. Sein Haus lag etwas höher und alles, was lebenswichtig war, hatte er rechtzeitig im ersten Stock in Sicherheit gebracht: seine Papiere vor allem, Wäsche, Schlafzeug, Lebensmittelvorräte, Kerzen, Wasserkanister, Campingkocher, Zahnbürste und so weiter – und ein paar Möbel, die er alleine nach oben tragen konnte, darunter auch der Fernseher, der jetzt völlig nutzlos war.

Im Nachhinein hatte sich herausgestellt, dass seine Vorsichtsmaßnahmen nicht unbedingt nötig gewesen wären, aber er war doch froh, dass er alles oben hatte. Das Wasser war zwar nicht in die Wohnräume eingedrungen, im Erdgeschoss war aber trotzdem alles feucht, und der Geruch, der aus dem Keller kam, war dort unten fast unerträglich.

In der Neubausiedlung dagegen waren sie abgesoffen, fast bis ins Obergeschoss hinauf. Im neuen Supermarkt hatten die Müslikartons ihren Freischwimmer gemacht, und alle Anwohner waren evakuiert worden. Erst nach Tagen konnten die Leute wieder in ihre Häuser zurückkehren, wo das Wasser auch jetzt noch kniehoch in den Erdgeschossen dümpelte.

Nachdem sich das Hochwasser um Uschkureits Haus wieder zurückgezogen hatte, und seit drei Tagen nur noch stinkender, brauner Brei den Garten bedeckte, war endlich die Feuerwehr aufgetaucht und hatte die restliche Dreckbrühe aus seinem Keller gepumpt.

Gleich am nächsten Tag hatte er angefangen, den übrig gebliebenen, zähen Schlamm im Keller in Eimer zu schaufeln und herauszutragen, bevor er so fest wurde, dass man ihn nur noch mit dem Meißel vom Boden und den Wänden wegbringen würde.

»Puuh, das stinkt ja wie abgestandene Kuhpisse!«, hatte plötzlich eine bekannte Stimme von der Kellertreppe her gerufen. Dann stand Daniel auf einmal im Keller – diesmal in Gummistiefeln.

Das Haus seiner Eltern war von der Flut verschont geblieben, sodass er dort nicht gebraucht wurde. Da hatte er nicht lange gefragt und war hergekommen.

»Na, wo du schon mal hier bist, kannste gleich helfen, die ganze Kacke rauszuschaffen, bevor sie fest wird«, sagte Uschkureit.

Gemeinsam trugen sie erst den größten Teil des Schlamms nach draußen, danach war das Gerümpel an der Reihe: alte Teppiche, Regale, Gläser, Kisten, durchweichte Kartons und Werkzeug, das schon angerostet war. Fast alles war jetzt nur noch unbrauchbarer Müll, den sie – ohne ihn zu sortieren – an der Straße auf einen Haufen warfen, gleich neben die Müllberge der Nachbarn.

Später hatte Daniel auch noch geholfen, den durchnässten, stinkenden Putz von den Kellerwänden zu schlagen.

»Vielleicht wird ja doch noch ein anständiger Mensch aus ihm«, dachte Uschkureit, als er sah, wie Daniel sich abmühte. »Schließlich hätte er ja nicht kommen müssen.«

Ihm war gleich aufgefallen, dass Daniels Haare fast wieder ihre normale Länge hatten. Das Gesicht des jungen Mannes – mit der etwas spitzen Nase und umrahmt von der nachwachsenden Frisur – erinnerte ihn an den Igel Mecki. Uschkureit hatte geschmunzelt, aber nichts gesagt.

»Was ist mit deinen Nazi-Kumpels? Bist du nicht mehr mit denen zusammen?«, hatte er Daniel dann doch gefragt, als sie bei einer Flasche Bier im Freien eine Pause machten.

»Ach die ...«, sagte Daniel. »Die machen sich doch auch bloß wichtig. Und richtige Freunde war'n das sowieso nicht.«

Er schien nachzudenken, ehe er weiterredete.

»Vor zwei Monaten ist doch das Asylantenheim in Gastrow überfallen worden, da war'n die auch dabei ...«

»Davon hab ich in der Zeitung gelesen«, sagte Uschkureit. »Und du, warst du auch dabei?«

»Ja, schon ...«, sagte Daniel und blickte auf seine Gummistiefel. »Ich bin mit hingefahren, aber da hab ich noch gar nicht gewusst, was die vorhatten. Als es dann losging, bin ich abgehauen. Seitdem will ich nix mehr mit denen zu tun haben.«

Sie schwiegen eine Weile.

»Und, wie sieht's bei dir zuhause aus?«, fragte Uschkureit dann. Er hatte das Gefühl, dass den Jungen noch etwas anderes bedrückte.

»Ach ..., ich glaub, ich halt das bald nicht mehr aus«, klagte Daniel ihm da sein Leid. – »Mein Vater, seit er arbeitslos ist, ist der daheim nur noch am Meckern. War ja vorher schon schlimm, aber jetzt ist's kaum noch auszuhalten. Wenn ich's mir leisten könnte, wär' ich schon längst weg.«

»Hm«, sagte Uschkureit. »Du kannst hier sofort einziehen – wenn du willst. Ich will sowieso weg von hier, wenigstens für eine Weile. Da wär's ganz gut, wenn das Haus solange nicht leer steht. – Sieht zwar jetzt nicht gerade gemütlich aus, aber bis du was Besseres gefunden hast, kannst du gerne bleiben.«

Daniel schien sofort begeistert, und Uschkureit war erst in dem Moment klar geworden, dass auch er selbst eine Entscheidung getroffen hatte.

Die Koffer standen bereit, der Kaffee auch. Jeden Moment müsste er kommen. Daniel fuhr zwar nur ein altes Moped mit einem klapprigen Anhänger, er hatte aber versprochen, Uschkureit samt seinem Gepäck zum nächsten Bahnhof zu bringen, der noch funktionierte. Uschkureit besaß schon lange kein Auto mehr. Er hatte es sich nicht mehr leisten wollen. Auch so kam er überall hin, wo er hin wollte, wenn es auch länger dauerte. Aber wenn es etwas gab, wovon er auf jeden Fall ausreichend hatte, dann war es Zeit.

Daniel hatte vor, gleich nach seiner Abreise in das Haus einzuziehen – falls er es sich inzwischen nicht doch anders überlegt haben sollte.

Mit Daniels Handy hatte Uschkureit am Tag zuvor versucht, Anna in ihrem Büro zu erreichen. Ihre Mitarbeiter erkannten ihn inzwischen schon an der Stimme und normalerweise holten sie Anna sofort ans Telefon, wenn sie nicht gerade unterwegs war.

»Anna niiicht da!«, hatte ihr Kollege auf Deutsch gesagt, dann folgte eine Erklärung auf Polnisch. Im Hintergrund war Gelächter zu hören, und obwohl Uschkureit kein Wort verstand, kam es ihm doch so vor, als ob sie über ihn lachten. Etwas verärgert hatte er sich nur kurz bedankt und aufgelegt. – »Na, dann muss ich sie halt überraschen!«, hatte er danach laut zu sich selbst gesagt.

Ungestüm pumperte es unten an der Tür. – Daniel, na endlich! Stimmt, die Klingel funktionierte ja auch nicht. – Vermutlich hatte der Junge schon ein paarmal geklopft, und er hatte es nur nicht gleich gehört.

»Is' ja gut!«, rief Uschkureit. »Lass die Tür ganz, ich komm ja schon!« – Dann ging er nach unten, um Daniel hereinzulassen. Er öffnete und …

Anna stand vor der Tür.

DER KAISER VON DEUTSCHLAND

Es hatte gerade so viel geschneit, dass es aussah, als habe jemand ein weißes Bettlaken über Straße und Autos gebreitet. Abends strömten hier die Besuchermassen zum Nürnberger Christkindlesmarkt, jetzt sah man nur ein paar Reifenspuren und die Schuhabdrücke der Gäste, die kurz vor ihm gegangen waren.

Ehe seine Finger klamm wurden, drehte Martin sich eine Zigarette. Die Leute, die zusammen mit ihm als letzte die Kneipe verlassen hatten, waren schon hinter der nächsten Häuserecke verschwunden. Er hörte, wie der Wirt die Tür von innen zusperrte.

Martin sah nach oben. Vereinzelte, dicke Flocken segelten im Licht der Straßenlaterne. Auf der Straßenseite gegenüber blieb sein Blick hängen. Dort lag etwas im Rinnstein. Einen Moment überlegte er, ob er die Gestalt lieber für ein schneebedecktes Altkleiderbündel halten und weitergehen sollte wie die anderen.

Martin beugte sich über den Mann. Tot konnte er nicht sein, denn aus dem offenen Mund kamen Atemwölkchen. Eine starke Fahne wehte ihm entgegen. Der Kerl war wohl nur – im wahrsten Sinne des Wortes – sturzbesoffen.

»Lllass mich schlafen!«, lallte er, als Martin ihn wachrüttelte.

»Soll ich dich lieber hier erfrieren lassen?«, sagte Martin. Mit Mühe gelang es ihm, den Betrunkenen hochzuziehen und auf die Beine zu stellen.

»Du bbist ein Kaiser!«, stammelte der Mann, als Martin ihm den Schnee von den Kleidern klopfte.

Wo er wohnte, wusste der Typ nicht mehr und anscheinend wollte er auch gar nicht nachhause: »Ich bbin der Heinz. – Komm, geh'n wir noch was trinken!«

»Wenigstens weiß er noch, wie er heißt«, dachte Martin. Heinz war größer als er und klammerte sich an seiner Winterjacke fest. Was blieb ihm übrig?

Das Einzige, was in der Gegend und um diese Zeit noch offen hatte, war eine Disko ein paar Ecken weiter – eine von denen, in die ihn sonst keine zehn Pferde gebracht hätten.

Arm in Arm schlingerten sie am Hauptmarkt vorbei, wo es noch immer nach Bratwurst, Glühwein, gebrannten Mandeln und Lebkuchen roch.

Der Türsteher der Disko war wohl gerade auf dem Klo oder hatte schon Feierabend, sodass sie tatsächlich da reinkamen.

»Du bist ein Kaiser!«, sagte Heinz mit schiefem Lächeln. »Ein Kaiser …«, wiederholte er. »Der Kaiser von Deutschland!«

Martin lachte. »Und du hast 'nen ganz schönen Zacken in der Krone. – Wenn ich ein Kaiser bin, dann bist du ein echter Rauschgoldengel.«

Die Disko war fast leer.

Sie lehnten an der Bar. Heinz hatte sich inzwischen wieder etwas gefangen, hatte es aber – Gott sei Dank – nicht geschafft, einen der Barhocker zu erklimmen. Heinz redete zusammenhangloses Zeug. »Trink doch!«, forderte er Martin immer wieder auf. Der beobachtete lieber zwei Glitzermiezen mit voller Kriegsbemalung, die sich auf der Tanzfläche fast apathisch um die eigene Achse drehten – genau wie sein Gespräch mit Heinz.

»Ihr müsst jetzt langsam gehen!«, sagte der Barkeeper schon zum dritten Mal. »Wir haben gleich Sperrstunde.«

»Langsam gehen … sicher!«, dachte Martin. Aber wohin mit seinem heimatlosen Trinker?

Als er sein zweites Pils geleert hatte, fiel Heinz plötzlich wieder ein, wo er wohnte. Die frische Luft draußen schien ihm aber nicht zu bekommen. Er hatte wieder tüchtig Schlagseite.

Weit war's nicht bis zu der Adresse, die Heinz genannt hatte, aber die Treppe hinauf zu der Altstadtgasse kam Martin steil vor wie noch nie, und die Stufen waren auch noch rutschig.

»Du bist ein Kaiser«, sagte Heinz, als sie endlich vor seiner Haustür standen. »Der Kaiser von Deutschland!«

»Schon gut«, sagte Martin. »Hoffentlich sind wir hier richtig.«

Heinz hatte aber hundert Hosentaschen und fand den Schlüssel nicht. – Wie sich herausstellte, war die Tür offen. Zum Glück!

»Du bist ein Kaiser! – Komm mit rauf, wir trinken noch 'n Bierchen.«

Das Treppenhaus sah aus, als ob die besseren Zeiten, die es einmal gesehen hatte, schon ziemlich lange her waren. Es roch nach Bohnerwachs und altem Holz, und von den Wänden blätterte die Farbe ab. Auf jedem Stockwerk gab es nur eine Tür. Vor der Tür im dritten Stock blieb Heinz wie angewurzelt stehen. – »Da wohn ich!«

Martin klingelte … mehrmals.

Endlich kam jemand herangeschlurft und die Tür ging auf. Eine Frau mit einem kleinen Kind auf dem Arm stand im Flur und versperrte den Weg. Sie fing sofort an zu schimpfen. Ihre ganze Erscheinung war wie ein fleischgewordener Vorwurf. Das Kind begann zu heulen.

»Das ist mein Kumpel!«, sagte Heinz. »Er ist der Kaiser von Deutschland.«

Der Blick der Frau sagte Martin, dass sie ihn wohl eher für einen Saufkumpan hielt. Mit Heinz im Schlepptau schob er sich an Frau und Kind vorbei in die Wohnung und ließ ihn im Wohnzimmer auf einen Sessel gleiten.

»Bring doch mal zwei Bier!«, sagte Heinz zu seiner Frau.

»Wohl besser, wenn ich jetzt geh«, sagte Martin.

Die Frau sagte nichts mehr und begleitete ihn zur Tür. Heinz hing wie ein toter Frosch in seinem Sessel.

Als Martin im Hausflur war, sagte die Frau »Danke!« – und er fragte sich, wofür.

Auf der Treppe hörte er noch, wie Heinz rief: »Der Kaiser von Deutschland!« – und seine Frau darauf: »Sei ruhig jetzt!«

Wieder unten auf der Straße atmete Martin tief durch. Er wusste jetzt, wie man sich fühlt nach so einer Krönung.

DAS MODELL DES MINOTAURUS
(inspiriert von Radierungen Pablo Picassos)

Er macht die Liebe wie ein Tier. Wie ein andalusischer Stier – an nichts anderes denkend, vibrierend vor Energie.
»Du bist eine seltsame Mischung aus Zärtlichkeit und Brutalität«, sag ich zu ihm.
»*Ah! ... Sí?*«, sagt er nur, halb fragend, halb bestätigend. Dann drückt er mir einen Kuss aufs linke Auge und gleich darauf schlägt er mich ... nein, gibt mir einen kräftigen Klaps auf den Hintern, wie man ein Maultier oder einen Esel nach einer kurzen Verschnaufpause zum Weitergehen ermuntert.
»Wir haben doch Zeit«, sage ich.
»*Pero me espera la muerte*«, sagt er.
»Lass ihn doch warten, den Tod!«, sage ich. »Und du, du wirst bestimmt hundert Jahre alt.«
»*Quizá?*« – Vielleicht. – »*Tiene paciencia, pero espera.*« – Er hat Geduld, aber er wartet.
Warum er ausgerechnet bei der Liebe an den Tod denkt? – Na ja, kein Wunder, wenn man jeden Tag vom Fenster aus auf Hunderte von Gräbern schaut.
Dann sieht er mich so seltsam an mit seinen dunklen, flackernden Augen, als würden sie meinen Körper und jeden Winkel meines Gesichts abtasten.
»Was ist los?«, denke ich. »Ist etwa meine Nase krumm, sitzen meine Ohren schief oder schielen meine Brüste?«
»Was ist?«, frage ich ihn. »Was hast du?«
»*Nada*«, sagt er. Nichts. – »*Sólo te miro.*« – Ich sehe dich nur an.
Er hat etwas Düsteres in seinem Wesen, etwas Ungezähmtes, Wütendes und gleichzeitig Hilfloses – vielleicht das Bewusstsein, dass er nicht ankann gegen seine Natur.
»Du bist verrückt«, sage ich, mit ganz sachlicher Betonung.
Er sieht mich an, mit großen Augen erst, dann lacht er ... und lacht. Ich dreh mich zur Seite, kann diesen Blick nicht mehr ertragen.

Ob er selbst schön ist? Ich kann es gar nicht so genau sagen. Aber er hat was, auf jeden Fall hat er etwas: Seine ganze Haltung, die dichten, schwarzen Haare und besonders der Blick, durchdringend offen, aber doch nicht so, dass er aggressiv oder beleidigend wirkt – eher herausfordernd.

Das war mir sofort aufgefallen, gleich, als er mich gefragt hat, ob er sich zu mir setzen darf an den kleinen, runden Tisch in einem der zahlreichen Straßencafés am Boulevard du Montparnasse – draußen, in den ersten warmen Strahlen der Frühlingssonne nach einem langen Kriegswinter.

Seine Mütze hat er noch abgenommen, sich dann aber gleich auf den freien Stuhl gesetzt, ohne meine Antwort abzuwarten. Obwohl es andere Tische gab, die frei waren. – Sich an einen Tisch setzen zu jemand, den man nicht kennt – so etwas tut man nicht bei uns in Spanien.

Aber schon nach kurzer Zeit haben wir uns gegenseitig bestätigt, was für ein schöner Zufall es sei, in der Fremde jemand aus der Heimat zu treffen und sich in seiner Muttersprache unterhalten zu können. Wobei: so ein großer Zufall war das nicht. In Paris gibt es viele unserer Landsleute: Schriftsteller oder Künstler, die schon länger hier leben – wie er – oder ganz normale Menschen, die erst seit kurzem hier sind – wie ich.

Ein alter Mann mit Krücken kam dann herangehumpelt und blieb stehen – ein Veteran wahrscheinlich, aus dem Siebziger Krieg.

»Ist schon schöner, in der Sonne im Café zu sitzen als im Schützengraben«, murmelte er. »Hast wohl keine Lust auf die Front?«, fügte er bissig hinzu.

»Nein danke!«, sagte Pablo. »Ich bin ein *spanischer* Stier, ich muss nicht zum Schlachten.«

Der Alte grummelte etwas in seinen Bart und hinkte weiter.

Unser Land, Spanien, ist neutral. Die meisten französischen Männer aber – jedenfalls die in meinem oder in Pablos Alter – sind unterwegs auf den Schlachtfeldern des Weltkrieges.

»Auch meine Freunde!«, wie Pablo betonte.

»Picasso« – den Namen kannte ich natürlich schon. Auch in Spanien hat man von den kubistischen Malern gehört und gelesen, und jeder kennt zumindest den Namen *dieses* Malers, wenn auch die meisten noch keins seiner Werke zu Gesicht bekommen haben.

Ob ich ihn besuchen möchte, fragte er, als er merkte, dass ich mich ein bisschen für Malerei interessiere. Er könne mir bei der Gelegenheit gleich seine Bilder zeigen. Weit sei es nicht bis zu seiner Wohnung, seinem Atelier, gleich beim Friedhof von Montparnasse.

Nun, ich hatte nichts dagegen, auch seine Bilder zu sehen.

Am nächsten Tag, Sonntag, Frühstück um die Mittagszeit: ein Künstlerfrühstück, nicht üppig, eher karg, auch wortkarg. – Warum sollte ein Künstler auch einkaufen, wenn er sich sein Essen jederzeit malen kann? – Besuch hat er wohl nicht erwartet. Und warum sollte er etwas sagen, wo doch seine Bilder für ihn sprechen? – Nach dem Frühstück jedenfalls darf ich ihm Modell stehen, genauer gesagt sitzen. Wenigstens hat er jetzt eingeheizt und es ist einigermaßen warm in seinem Atelier.

Pablo sitzt auf einem Schemel hinter seiner Staffelei. Dann nimmt er ein Stück schwarze Kreide – Zeichenkohle, sagt er – und fängt an: Erst so etwas wie ein großzügiger Umriss, vermute ich, anschließend fahrige Striche. Eine Weile hält er inne, bewegt dann seine Hand in der Luft – wie ein Priester, der seinen Segen erteilt – und danach wieder auf dem Zeichenblatt.

Und … Nein! Ich soll sitzen bleiben und darf keinen Blick darauf werfen. Nicht bevor er fertig ist. – Seine Hand huscht über das Blatt. Ein paarmal beugt er sich zur Seite oder wirft über den Rand des Zeichenbretts einen Blick auf mich. Aber was für ein Blick: als ob er mich gar nicht wahrnähme.

Begehrliche Blicke, die kenne ich; verächtliche Blicke, liebevolle Blicke, gleichgültige Blicke. Aber so hat mich noch niemand angesehen. Ich könnte gar nicht beschreiben wie: Er sieht mich nicht an. Er sieht *mich*.

Irgendwann steht er auf, tritt drei Schritte zurück, schaut noch einmal mit ernstem Blick in meine Richtung, vergleicht wohl meine Wirklichkeit mit seinem Werk und kritzelt dann seine sieben Buchstaben und vielleicht auch das heutige Datum in eine Ecke des Blatts. Danach legt er die Zeichenkohle ab und winkt mich mit einer huldvollen Handbewegung herbei.

Er hatte mir schon seine Skulpturen gezeigt, seine Zeichnungen, Vitrinen mit einer Art dreidimensionaler Collagen und seine Gemälde, die hier überall auf Tischen liegen, auf Gestellen herumstehen, an den Wänden hängen oder – nach welchem System auch immer sortiert – eins ans andere gelehnt auf dem Boden lagern.

Bilder von Frauen sind auch dabei. Oder mit Frauen. Oder mit dem, was nach ein paar eindeutigen Merkmalen wohl eine Frau sein soll. – Ob er die auch alle bestiert hat? – Auf eine Überraschung bin ich jedenfalls gefasst, nach allem, was ich bisher gesehen habe.

Aber als ich sein neuestes Werk erblicke – mein Bild –, will ich ihm am liebsten eine reinhauen. Da lässt er mich die ganze Zeit splitternackt herumsitzen, meckert auch noch, wenn ich mal meine Beine andersherum übereinanderschlage – und dann zeichnet er nur mein Gesicht. Und überhaupt: was heißt da *mein* Gesicht?

Und wie er jetzt daneben steht mit seinen kurzen, wie ich finde etwas krummen Beinen. Wie er erwartungsvoll schaut und gleichzeitig grinst. – Ich könnte ihn …, aber ich tue es nicht, schließlich ist er ein großer Künstler – und ein paar Jahre älter als ich ist er auch.

»Das bin doch nicht ich!«, will ich schreien.

»Und, wer soll das sein?«, frage ich mit ruhiger Stimme, aber mit spöttischem Unterton.

Aber seine Antwort brauche ich gar nicht, ich sehe es ja: die dünnen Linien, die schmalen Lippen, das leicht windschiefe Lächeln, den etwas bitteren Zug um den Mund. Die Schraffierungen der runden Bäckchen, ein paar kräftige Striche und Bögen, der skeptische Blick, eine beinah hochmütig hochgezogene Augenbraue. – Nein, dieses Gesicht da sieht nicht aus wie meins. Diese verschobenen Formen, diese seltsam entgleisten Gesichtszüge.

Die Frau mit diesem Gesicht, das Gesicht mit diesem Ausdruck, das soll ich sein? – Aber ich kenne mich doch. Das ist nicht mein Gesicht. Das bin *ich*, ganz und gar ich.

WOLFSMOND

Die Erde gab nach wie ein Schwamm. Unter seinen nackten Füßen spürte er die Feuchtigkeit, hörte, wie hinter ihm das Wasser aus dem Boden in seine Fußstapfen schlürfte, als ob es seinen Schritten folgen wollte.
  Der Weiher schien in der Nacht gewachsen zu sein. Er hatte seinen gewohnten Umriss verloren, war übers Ufer getreten und hineingeschwappt in die Wiese, sodass man nicht mehr sicher sein konnte, wo die Wiese aufhörte und der Weiher anfing. Hier wie dort spiegelte sich das Mondlicht. Es zog eine breite Glitzerspur durch den Teich, die sich im nassen Gras fortsetzte.
  Tagsüber war er dort am Ufer gesessen und hatte Schlammschnecken beobachtet, wie sie sich gemächlich durch das Dickicht der Algen und Wasserpflanzen fraßen. Dazwischen schlängelte und wand sich ein Bergmolch. An seinen orangeroten Bauch hatte sich ein Blutegel geheftet. Vergeblich hatte sich der Molch gewehrt und versucht, seinen Peiniger abzuschütteln, während dieser ihm den Lebenssaft aus den Eingeweiden saugte.

Das Fest in dem alten Steinbruch hatte bis tief in die Nacht gedauert. Von weitem war der Widerschein des Lagerfeuers an der Felswand nicht mehr auszumachen, aber wahrscheinlich flackerte es noch immer.
  Sie hatten ausgiebig gefeiert, und als der Vorrat an Bier und Wein aufgebraucht war, hatten sie das Wasser einer nahen Quelle in die leeren Weinflaschen gefüllt und es wie Champagner genossen.
  Aus der offenen Heckklappe eines Kombis dröhnte noch immer die Rockmusik, wenn auch aus der Entfernung nur die Bässe als dumpfes Wummern zu hören waren.
  Rainer, sein bester Freund, hatte irgendwann seine Schuhe ausgezogen und war – begeistert und barfuß – zum Schlagzeugrhythmus im feuchten Gras herumgetrampelt.

»Was treibst du denn da?«, hatte er ihn gefragt. »Willst dir wohl 'ne Erkältung holen?«
»Noch nie was von Tautreten gehört? – Los, komm, probier's auch mal!«
Das kühle Nass unter den Fußsohlen hatte ihn dann gerade wieder so weit munter gemacht, dass er sich aufraffen konnte, endlich schlafen zu gehen.
Rainer und die Anderen wollten aber noch bleiben, also beschloss er, alleine ins Dorf hinunterzulaufen. Auch ohne Auto war es nicht allzu weit bis zu dem abgelegenen und halb verfallenen Gehöft, das seine Freunde vor einiger Zeit gekauft und inzwischen wieder bewohnbar gemacht hatten.

Jetzt lag er auf dem Teppich in dem riesigen Wohnzimmer, zu dem sie den Dachboden über dem ehemaligen Stall ausgebaut hatten. Er konnte nicht einschlafen. Es war stockdunkel, aber viel zu warm unterm Dach. Er wälzte sich hin und her in seinem Schlafsack. Dann bekam er Lust – Lust auf die Frau, die als einzige außer ihm dort oben und nicht weit weg von ihm in ihrem Schlafsack lag.

Julia hatte das Fest lange vor ihm verlassen und atmete wohl schon seit geraumer Zeit gleichmäßig in die Dunkelheit hinein.

Er lag ruhig und lauschte, und ihr Atmen drang durch den Stoff des Schlafsacks bis an sein Glied, pumpte das Blut im Rhythmus ihrer Atemzüge in die Schwellkörper und pochte darin, bis er es nicht mehr aushielt.

Wie eine dicke Raupe schob er sich im Schlafsack näher an sie heran, bis er den vom Lagerfeuer rauchigen Duft ihres Haars an seiner Nase hatte.

Immer noch mit Armen und Beinen im Schlafsack, wälzte er sich auf den Bauch, richtete sich halb auf und beugte sich dann auf allen Vieren über sie. Sehen konnte er sie nicht, aber von ihren Haaren aus begann er, sich nach unten zu riechen.

Ihr Hals lag frei. Seine Lippen stießen dort auf etwas Metallisches: der Schieber vom Reißverschluss ihres Schlafsacks. Er packte ihn mit den Zähnen, zog ihn vorsichtig nach unten und grub dabei seine Nase zwischen ihre Brüste. Julia schien nackt in ihrem Schlafsack zu liegen.

Plötzlich hielt er inne und wich ein Stück zurück. Die Frau hatte einen tiefen Schnaufer getan und warf ihren Haarschopf ein paarmal hin und her, als ob sie im Traum den Kopf schütteln wollte. Sie murmelte irgendetwas Unverständliches und drehte sich schließlich mit dem bereits halb offenen Schlafsack von ihm weg.

Er zog sich zurück, hockte eine Weile regungslos neben ihr, während ihr Aroma in seiner Nase immer intensiver wurde. Der Geruch breitete sich aus zwischen den Nasenflügeln und schien seine Nasenlöcher aufzublähen. Es war ein Gefühl, als würde sein Riechorgan schubweise aufgeblasen wie ein Luftballon. Mit jedem Atemzug wuchs die Nase noch ein Stück, wurde immer dicker und länger – wenn das so weiter ging, würden bald ihre Zellen platzen.

Er konnte nicht glauben, was er da spürte. Mit einer Hand langte er nach seinem Gesicht, um sich zu vergewissern, dass seine Nase noch die normale Größe hatte.

Noch vor dem Gesicht stießen seine Finger auf etwas Anderes, etwas Feuchtes, das fest und rund war, und das er mit der ganzen Handfläche umfassen konnte. Was er da fühlte, kam ihm fremd vor, schien aber trotzdem zu seinem Körper zu gehören. Dann ertasteten seine Finger die rauen, eng anliegenden Haare: kurze, steife Haare, fast wie Borsten.

Er nahm auch die andere Hand zu Hilfe, führte beide Hände gegen den Strich hinauf bis zu den Augen und dann wieder vom Gesicht weg, über den Nasenrücken hin zu den feuchten Nüstern. Es gab keinen Zweifel mehr: Was er da in der Hand hielt, war seine Nase, seine eigene Nase. Er jaulte auf vor Schrecken: Diese Nase, rundum behaart und so dick und lang – ein enormer Zinken – war genau dort angewachsen, wo vorher seine Nase war.

Seine Nase – eine Hundeschnauze!

Doch mit dem Entsetzen darüber wuchs seltsamerweise auch seine Geilheit. Er drängte wieder an die Frau heran und begann, seine Rute an ihrem Hinterteil zu reiben, das sich durch den dünnen Stoff ihres Schlafsacks deutlich abzeichnete. Dabei beschnüffelte er sie und stupste mit seiner neuen Schnauze aufmunternd gegen ihre Schultern.

Erst jetzt fiel ihm auf, dass er Umrisse und Formen erkennen konnte – so gut hatten seine Augen sich inzwischen an die Dunkelheit gewöhnt.

Endlich rührte sich die Frau. Sie hob schläfrig den Kopf, schaute in seine Richtung, brummte aber nur unwillig, ehe sie sich wieder in ihren Schlafsack verkroch. Diesmal zog sie ihn sich bis über die Ohren und schlief sofort weiter.

Er gab seine Bemühungen auf. Er war eben nur ein Hund.

In der stickigen Luft auf dem Dachboden hielt er es nicht länger aus, sie raubte ihm den Atem. Er schlüpfte aus dem Schlafsack und schlich dann auf leisen Pfoten die hölzerne Stiege hinab. Unten angekommen, schob er die Haustür, die nur angelehnt war, mit der Schnauze auf und trat hinaus auf das kühle Pflaster des Hofs.

Draußen war es gar nicht so dunkel – über den nahen Wald leuchtete der abnehmende Vollmond. Beruhigend plätscherte das Wasser aus dem Hofbrunnen in die alte Viehtränke. Er schlabberte ein paar Schlucke aus dem Trog und lief dann hinüber zur Scheune, wo er an der Ecke das Bein hob.

Die frische Nachtluft vertrieb schnell den Geruch der Frau aus der Tiefe seiner Nase. Er reckte den Hals, witterte in den leichten Windhauch hinein und nahm ein anderes, süßeres Aroma wahr: den Morgenduft der alten Linde, sein Lieblingsbaum. Gemächlich trabte er dorthin, und schon von weitem umhüllte ihn die sanfte Aura ihrer Blüten.

Die Hügel am Horizont säumte bereits ein schmaler Streifen Dämmerlicht, und als er bei der Linde ankam, empfing ihn ein gewaltiges Summen aus den Ästen: Die Bienen, Hunderte von Bienen, waren auch schon unterwegs.

In der Baumkrone schwoll ihr Summen immer mehr an, und von unten schien es, als ob die Lindenblüten ausschwärmen wollten. Eine Weile schnupperte er noch und lauschte mit gespitzten Ohren; dann wandte er sich ab, lief zum Fischweiher hinüber und trottete an ihm vorbei über die Feuchtwiese auf den Wald zu.

Ein aufgeschreckter Grasfrosch flüchtete mit weiten Sprüngen ins Wasser, und noch ehe der Wolf den Waldrand erreicht hatte, versank der Mond hinter der Silhouette der Baumwipfel.

Nur noch schwach schimmerte sein fahles Licht durch das Blätterdach, als das Tier im Unterholz verschwand.

Ein feiner Nebelschleier bedeckte den Boden im Wald, und nur ein paar höhere Gräser und Farnwedel ragten daraus hervor. Überall zwischen den gefiederten Etagen der Schachtelhalme hatten Spinnen ihre Netze gespannt. Allmählich wich der Nebel und nur der Morgentau blieb in Abertausend Tröpfchen an den Spinnenfäden hängen.

Als die ersten Sonnenstrahlen den Boden trafen, da fingen die Baldachine der Spinnen an zu leuchten und zu glitzern, dass es bald aussah, als habe eine Fee ringsumher zarte Taschentücher aus Silberfäden auf den Waldboden fallen lassen.

Um das Zauberwerk nicht zu zerstören, bemühte sich der Wolf, den Spinnweben auszuweichen; dennoch blieben einige als feuchte Klumpen an seinen Pfoten hängen. Immer heller wurde es jetzt, und auch der Wald begann sich zu lichten. Der Wolf witterte nach allen Seiten, ehe er aus dem Dickicht hinaustrat auf die lange Lichtung der Eisenbahnstrecke.

In der Morgensonne hatten sich die hölzernen Schwellen und der grobe Schotter zwischen den Schienen bereits erwärmt. Der Wolf folgte den Gleisen. Von Zeit zu Zeit hielt er an, wenn er etwa eine Maus rascheln hörte, oder um an den Malven, Nachtkerzen und Reseden zu schnuppern, die neben anderen Pflanzen wieder Fuß gefasst hatten auf dem stillgelegten Bahndamm.

Vor einer langgezogenen Kurve entdeckte er einen sonnigen Sandflecken in der Böschung. Der Sand war weich, und der Wolf beschloss, sich für eine Weile dort niederzulassen und sich das Fell zu wärmen.

Die Sonne tat gut, und niemand störte seine Ruhe. Er machte die Augen zu und blinzelte nur manchmal: Eine Eidechse huschte in der Nähe vorbei; ein Vogelschatten flatterte durchs Himmelblau; oder er blickte einfach ruhig in das leuchtende Purpurrot der Weidenröschen, die rings um ihn blühten.

Wohl ein, zwei Stunden hatte er so gedöst und sich die Sonne aufs Fell brennen lassen, dann stand er auf, streckte sich und machte sich wieder auf den Weg.

Als nach ein paar hundert Metern die Bahnlinie den Wald verließ und in offenes Gelände hinauslief, bog er nach rechts ab und folgte im Schutz der Bäume dem Waldrand.

Von einem Bauernhof, der am anderen Ende der Felder und Wiesen lag, drang das rhythmische Schaben einer Säge herüber. Dann schlug drüben ein Hund an. – Der Hofhund, vielleicht hatte er ihn gewittert. – Vorsichtshalber zog der Wolf sich tiefer ins Gebüsch zurück. – Sogar das Rasseln der Hundekette hatte er noch herausgehört aus dem Gebell.

Für einen Augenblick hob er die Schnauze und überlegte, ob er hinüberheulen sollte zu seinem entfernten Verwandten – ließ es aber lieber bleiben.

»So ein Kettenhund möchte ich nicht sein«, dachte er. »Um keinen hingeworfenen Fleischknochen der Welt!« – Und wie er dies dachte, merkte er erst, dass er aufrecht auf zwei Beinen ging und wieder Mensch geworden war.

Um ganz sicher zu sein, griff er mit den Händen nach seinem Gesicht. Er atmete auf, als er feststellte, dass seine Nase wieder die normale Größe hatte und auch das Fell verschwunden war.

Mit ausladenden Schritten lief er über einen Feldweg zu der Straße, die dahin zurückführte, woher er in der Nacht gekommen war.

Als er das Gehöft erreichte, waren auch ein paar seiner Freunde schon wach und sonnten sich und ihren Kater auf der Bank vorm Haus.

»Wo kommst *du* denn jetzt her?«, fragten sie ihn. »Wir haben gedacht, du liegst noch oben und pennst.« – Sie wunderten sich, dass er nach der langen Feier um diese Zeit schon – barfuß und nur mit T-Shirt und Unterhose bekleidet – unterwegs war.

»Auf dem Dachboden war's viel zu warm, ich hab einfach nicht schlafen können«, sagte er. – »Und der Morgen war so schön, da hab ich halt einen Spaziergang gemacht.«

DER AUTOR SIEGFRIED SCHÜLLER

Dramatischer Lebenslauf eines Dichters

Was bisher geschah:

1957: erblickt laut Zeugenaussagen das Licht eines Nürnberger Kreißsaales; stößt daraufhin einen Schrei aus.

1959: fällt erst beim Wäschewaschen vom Küchentisch und

1961: beim Angeln in einen Brunnen im Nürnberger Stadtpark.

1964: wird dazu gezwungen, mit fremden Kindern stundenlang in einem Raum zu sitzen.

1965: findet am Strand der Adria eine kaputte Muschelschale.

1967: zieht mit Teddybär Rudi vom 3. Stock eines Hauses ins gleiche Stockwerk eines anderen. Seine erste Liebe in einem Kindererholungsheim der Arbeiterwohlfahrt bleibt unerfüllt; ihre Brüder waren stärker.

1968: darf nicht mit zum Schulausflug, weil er im Werkunterricht mit seinem Bleistift eine Tube UHU erstochen hat.

1971: hängt in seinem Zimmer ein Che-Guevara-Poster neben das unscharfe Abbild eines nackten Mädchens.

1972: seine »Ballade vom Gummischwein« findet großen Anklang bei fast allen Klassenkameraden.

1973: vermisst seine Zunge und findet sie in einem fremden Mund wieder.

1974: wird beim genüsslichen Verzehr eines Schweinebratens vom Bayerischen Fernsehen entdeckt; noch am selben Tag erhalten seine Eltern einen empörten Anruf von seinem ehemaligen Klavierlehrer, einem eingefleischten Vegetarier.

1976: verbringt drei Tage und Nächte auf einer Matratze im Keller eines Freundes; nimmt dabei nur Tomatenfisch zu sich, bis er ein Licht am Boden der Dose erblickt.

1978: bekommt doch nicht den 1. Preis für Schulschwänzen; leistet sich stattdessen Monica für 245 Mark. Schaut danach in den Krater des Vesuvs und entdeckt ein großes Loch.

1979: darf wegen Befehlsverweigerung nachts durchschlafen.

1982: hält im Dunkeln einen Skorpion für einen harmlosen Käfer; die Begegnung bleibt für beide Seiten folgenlos.

1983: schreibt seine Lebenserinnerungen, beendet das Werk jedoch nicht.

1985: erschreckt bei seiner Freundin auf dem Dachboden eine alte Frau fast zu Tode, weil sie bei seinem Anblick glaubt, ihr sei Reinhold Messner erschienen.

1987: erblickt zum zweiten Mal das Licht eines Nürnberger Kreißsaales; diesmal nur als Zeuge.

1988: findet auf der Flucht vor seinem damaligen Arbeitgeber mit Frau, Katze, Kind und Kastenwagen Asyl in der Oberpfalz.

1989: gräbt jede Menge Löcher, durchsiebt ihren Inhalt und findet eine blaue Glasperle. Ein Agent knöpft ihm 547 Mark ab für die Vermarktung seines ersten Buchmanuskripts. Die sieben Exemplare sind im Nu vergriffen.

1991: pflanzt das erste von 1.356 Bäumchen.

2001: legt den letzten von 186.354 Pflastersteinen an seinen Platz.

2002: macht nach 24 Jahren endgültig Schluss mit Monica und steigt um auf Dumbo, einen graublauen PC mit Elefantenohren.

2003: droht einem Kleinverlag mit Papierfliegerangriffen, falls dieser seine Werke nicht veröffentlicht – ohne Erfolg.

2005: fällt in ein Fass mit zähem Hartz, das lange kleben bleibt.

2006: bekommt auf einen Schlag 142 pubertierende Töchter; verbringt wieder viel Zeit in Räumen mit fremden Kindern.

2015: Ein hässlicher Fisch mit langen Zähnen macht Werbung für sein (Schüllers) erstes Buch.

2017: veröffentlicht dieses Buch hier, begibt sich auf dünnes Eis und schafft den Durchbruch. – Wohin? – Schaun mer mal!

Wenn Sie das Buch von hinten anfangen, dann wünsche ich Ihnen viel Spaß beim Lesen; falls Sie vorne angefangen haben, dann hoffe ich, Sie hatten ihn. (der Autor)

DER ILLUSTRATOR TOM MEILHAMMER

… arbeitet seit 1996 im Raum Regensburg vorwiegend mit regionalen Autoren und Verlagen zusammen.

„Ich war schon immer ein Beobachter. Ausdrucksstarke Charaktere mit Ecken und Kanten und Wampen, skurrile Situationen aber auch das nicht auf den ersten Blick Erkennbare, das Zurückgenommene und die Stille haben mich interessiert.

Zeichnen und Illustrieren sind für mich die passenden Ausdrucksformen, diese Situationen, Stimmungen und Charaktere einzufangen und wiederzugeben, so wie ich sie empfinde. Illustration hat keine Grenzen. Hier können sich Realität und Phantasie vermischen und wirken doch am Schluss authentisch."

tom-meilhammer.de